Dr. phil. Christian Hardinghaus, geb. 1978 in Osnabrück, promovierte nach seinem Magisterstudium der Geschichte, Literatur und Medienwissenschaft (Film und TV) an der Universität Osnabrück im Bereich Propaganda und Antisemitismusforschung und schloss danach ein Studium des gymnasialen Lehramtes mit dem Master of Education in der Fachkombination Geschichte/Deutsch ab. Der Schriftsteller Christian Hardinghaus veröffentlicht erzählende Sachbücher über die Zeit des Zweiten Weltkrieges, historische Romane und Thriller. Im Mittelpunkt seiner Geschichten stehen Menschen mit besonders tragischen Schicksalen und Ereignisse mit „unglaublichen Wendungen".

CHRISTIAN
HARDINGHAUS

DIE TOTEN VON NORDERNEY

EIN NERVENAUFREIBENDER **KRIMINALTHRILLER**
AN DER **NORDSEE**

Überarbeitete Neuausgabe September 2024
Copyright © 2024 dp Verlag, ein Imprint der
dp DIGITAL PUBLISHERS GmbH
Made in Stuttgart with ♥
Alle Rechte vorbehalten

Die Toten von Norderney

ISBN 978-3-98998-320-5
E-Book-ISBN 978-3-98998-283-3

Copyright © 2019, KBV
Dies ist eine überarbeitete Neuausgabe des bereits 2019 bei KBV er-
schienenen Titels Die Schatten von Norderney
(ISBN: 978-3-95441-458-1).

Covergestaltung: Anne Gebhardt
Umschlaggestaltung: ARTC.ore Design
Unter Verwendung von Abbildungen von
shutterstock.com: © Resul Muslu
stock.adobe.com: © Tommaso Lizzul, © bluraz, © Olga,
© XtravaganT, © Mikiehl Design, © Met
elements.envato.com: © ghostlypixels
Korrektorat: Daniela Pusch
Satz: dp DIGITAL PUBLISHERS GmbH
Druck und Bindung: Books on Demand GmbH, Norderstedt

Prolog

Der Regen prasselte unablässig gegen die Fenster der kleinen Polizeiwache, als der Gendarm Hilko Martens die zitternde Pflegeschwester Gesine musterte. Sie kauerte seit einer Ewigkeit auf dem kalten Steinboden und vergrub ihren Kopf in der Armbeuge. Die Zwanzigjährige in ihrem langen, weißen Kleid hob den Kopf, ihre Augen waren verquollen vor Tränen und Verzweiflung.

»Dir ist sicher gewahr, dass ein Niemand auf Norderney von dieser Totenkammer in unserer Krankenanstalt weiß, von der du redest«, raunte Martens.

Gesines Brust bebte, sodass sie nur stotternd sprechen konnte. »Ich ... Ich ... wei... weiß. Dok... Doktor Eisenfels sagt mir das jed... jeden Tag.«

Martens unterbrach ihr Schluchzen schroff: »Dann unterlasse jetzt das Getöse und Geflenne, setz dich an den Tisch und nimm einen Schluck!«

Gesine hob den Kopf und Martens bemerkte, dass die Schwester sich in die Lippe gebissen hatte, ein schmales Rinnsal aus Blut und Tränen lief ihr den Hals hinab. Sie rührte sich nicht.

»Hinsetzen, auf der Stelle, sagte ich«, brüllte der Gendarm und schlug so heftig mit der Faust auf den Tisch, dass der Kerzenständer umfiel und das Wachs über die Platte spritzte. »Verdammt noch eins!« Martens richtete Ständer und Kerze wieder auf und entzündete die Kerze erneut. »Hätte meine beste Uniformjacke etwas abbekommen, wärest du die Schuldige gewesen. Du weißt, was das heißt?«

»Ja, Herr Wachtmeister, es tut mir leid, Herr Wachtmeister«, stammelte Gesine, kroch auf den Knien über den Boden und zog sich an der Seite der hölzernen Bank hoch.

»So, nun trinke endlich!« Obwohl der bronzene Becher schon zu drei Vierteln gefüllt war, goss Martens erneut aus dem Krug mit Rum nach. Bevor der Rand überlaufen konnte, griff Gesine eilig nach dem Becher, denn sie fürchtete, durch ein weiteres Malheur würde sie in noch größere Schwierigkeiten geraten. Sie fühlte, wie die Angst sie überwältigte. Ihre Hände zitterten so stark, dass sie den Becher kaum halten konnte. Sie dachte an die schrecklichen Dinge, die sie gesehen hatte, die Schreie und das Blut. Sie wusste, dass sie hier nicht sicher war, dass Martens ihr jeden Moment etwas antun könnte, wenn er ihr nicht glaubte. Sie führte sich das Gefäß an den Mund und kippte es nach hinten. Augenblicklich begann ihre Kehle zu brennen. Sie hustete.

»Noch einen«, rief Martens grinsend. »Zur Beruhigung!«

Gesine trank erneut, röchelte, wischte sich dann den Mund ab und stellte den Becher zurück.

»Ich sage dir, wenn ich da raus reite und ich keinen verbrannten, jungen Mann mit einem Metallstab im

Auge vorfinde, den ihm unser ehrwürdiger Doktor Eisenfels dort hineingerammt haben soll, dann sperre ich dich hier ein Jahr lang wegen unverschämter Lügen in den Kerker. Leuchtet dir das ein, Gesine Kaufmann?«

»Bitte, Herr Wachtmeister Martens, Sie müssen mir Glauben schenken. Ungeheuerliches geht im Krankenlager des Doktors vor sich. Sie können die anderen Frauen fragen oder den Hannes, der hat´s ja gesehen.«

»Müssen tue ich gar nichts, zum Henker«, sagte Martens, zog eine silberne Dose aus seiner grünen Jacke, stopfte sich den Kautabak in beide Backentaschen und rieb auch etwas davon auf sein blasses, kaum vorhandenes Zahnfleisch. Die unebenen, gelben und verfaulten Zähne des Gendarmen lösten einen Würgereiz bei der Pflegeschwester aus. »Aber ich frage dich wohl«, sagte Martens. »Sodann und erneut: Warum wohl sollte unser neuer Insel-Medizinalrat das getan haben?«

»Ich weiß es doch nicht.« Gesine seufzte und hielt sich beide Hände vor die Augen. »Bitte, so reiten Sie hinaus und schauen nach. Die Totenkammer befindet sich im Keller. Es gibt unten nur diesen Raum und dort nur jenen Kranken.«

»Was ist mit den anderen Leidenden? Haben die keinen Stab im Auge?« Martens lachte, während er seine Tabakdose wieder in die Brusttasche schob.

»Nein, wer oben ist, braucht nichts zu befürchten. Nur wer sich über Wochen weigert, gesund zu werden, und dabei verblödet, der kommt herunter in die Totenkammer.«

»Verblödet?«

»Ja, Herr Wachtmeister!«

»Das soll sie mir erklären, bevor ich aufbreche.«

Gesine nahm den Becher und trank einen weiteren Schluck. Sie musste sich Gehör verschaffen, das würde nur klappen, wenn sie sich zusammenriss. »Alsdann. Ich will es Ihnen erzählen!«

»Das möchte ich hoffen und keine Lügen oder Märchen darüber hören«, brummte Martens und wies mit dem dreckigen Zeigefinger auf die Tür, neben der zwei brennende Öllampen an der Wand hingen. Auf dem Holzschild darüber war das Wort *Kerker* eingeritzt.

»Der Joris, ältester Sohn vom Gutsherren Peterschmidt aus Aurich, den sie rübergebracht haben vor ein paar Wochen.«

»Ja?«

»Er leidet schwer an einer seltenen Erkrankung, und der Doktor hat sich angeboten, ihn für eine neuartige Behandlung hierzubehalten. Er hat eine Woche nicht gesprochen und sich kaum gerührt. Auch das Essen und Trinken wollt er nicht, nur mit Gewalt ging das. So kam er hier schon an, deswegen war er ja hergebracht worden.«

»Ich bin im Bilde«, sagte Martens. »Eine Nervenkrankheit, an der er leidet, seit seine Frau das dritte tote Kind gebar. Auf dem Festland konnten ihm weder Arzt noch Heiler helfen. Eine ausgezeichnete Entscheidung des Gutsherrn, seinen Balg hier behandeln zu lassen.«

»Ja«, sagte Gesine. »Denn der Doktor Eisenfels ersucht sich doch um einen Ruf als Nervenarzt. Und Norderney gilt doch schon überall als Wunderinsel, so viele wie hier gesund werden, aber nicht der Joris, der arme Kerl.«

»Ja?« Martens klang höhnisch. »Und warum wird er nicht gesund? Was hat der Doktor denn wohl unternommen gegen diese geistige Umnachtung des Patienten?«

Gesine schaute Martens direkt in die Augen. Ihre Stimme wirkte entschlossener. »In der zweiten Woche hat er ihm ein verseuchtes Laken eines an Krätze leidenden Kranken ins Bett gelegt. Sofort wurde der Joris angesteckt. Am ganzen Körper hat er sich blutig gekratzt. Doch noch immer nichts gesprochen.«

»Das ist doch ein Märchen und törichter Humbug. Warum sollte er eine zweite Krankheit verpasst bekommen, wenn schon die erste nicht kuriert wird?«

»Weil der Doktor sagt, der Schwachsinn sei eine Blockade, die durch ein anderes Gebrechen gelöst werden kann.«

»Soso«, sagte der Gendarm und zupfte sich an seinem Zwirbelbart. »Ist sie aber nicht?«

»Nein, und das hat Doktor Eisenfels noch wütender gemacht. In der dritten Woche setzte er ihn jeden Tag für quälende Minuten in ein Eisbad. Er hat so geschrien, dass ich Angst bekam. Aber ein Wort gesprochen hat er dennoch nicht.«

»Ich hörte von derart merkwürdigen Methoden«, antwortete Martens, der weiter mit der Pflege seines Bartes beschäftigt war. »Sie sollen doch Wirkung entfalten, was man so liest.«

»Aber doch nicht eine Woche, immerzu und ewig länger. Bald bekam Joris dann das Fieber, das sich der Doktor wünschte, aber noch immer …«

»… sprach er kein Wort«, entgegnete Martens und gähnte. »Ich ahne es schon. Was geschah dann in der vierten Woche, die ja nach meinen Berechnungen die jetzige sein müsste?«

»Der Doktor schlug – und ich schwöre es bei den geliebten Eltern – vor meinen Augen gestern Abend dem Joris mit voller Wucht einen Metallstab in sein linkes Auge. Das Blut spritzte bis an die Wand. Ich habe keinen Menschen, nicht mal ein Tier, zuvor so kreischen gehört.« Gesine schluckte. »Dann klopfte er auf das Ende des Stabes mit dem Hammer ein, und der Joris hat die Augen verdreht, zumindest eins, das rechte, und ganz hektisch geatmet und gekrampft. Heute Morgen wollte ich nach dem Armen sehen und seine Wunden versorgen, aber die Kammer war zugeschlossen. Ich habe überall gesucht, der Joris war verschwunden, und auch den Doktor hat man nicht gesehen. Aber der Hannes, unser Wächter, verriet mir, dass Eisenfels ihm den Auftrag erteilt hatte, den bedauernswürdigen Joris noch in der Nacht zu verbrennen. Er hat mir die Stelle genau gezeigt.« Gesine schluchzte. »Und der Stab steckt nun immer noch da, inmitten der Überreste und der Asche, da wo dem Joris sein Kopf sein müsste.«

»Pah, die Geschichte glaub ich nicht«, sagte Martens. »Nie im Leben!«

»Ich ahnte das«, sagte Gesine, ließ den Kopf hängen und wimmerte. Aber dann stützte sie sich entschlossen mit den Händen auf dem Tisch auf und rief laut: »Aber das ist doch Mord, das geht doch nicht. Das hätte der Doktor nicht tun müssen. Es ist doch seine Schuld?«

»Was erlaubst du dir eigentlich, du kleines Bauerngesindel? Weißt wohl nicht, dass der Doktor ein Studierter ist. Er wird schon eher wissen, was er anstellt, wie das funktioniert in der Medizin, als du kleines Dorftrampelchen. Kranke, Gebrechliche, Versuchte und Irre zu pflegen, das ist doch keine Kunst. Das ist nur eine Bürde, die einer macht, der sonst kein Geld auftreiben kann.« Martens schüttelte den Kopf. »Anstatt dankbar zu sein, dass man dir hier auf der Insel eine Gelegenheit gegeben hat, um dir ein paar Taler zu verdienen, kommst du mit so einem Seemannsgarn daher, redest unseren Doktor schlecht, stiehlst mir die Zeit und bist obendrein noch frech.« Martens schielte auf die Tür, die zum Kerker führte.

Gesines Augen füllten sich mit noch mehr Tränen. »Ich will nicht ins Gefängnis, bitte, und ich lüge nicht.«

»Nun ja, ich habe auch keine Lust, dass ich so ein Büttel wie dich da unten versorgen muss.«

»Dann reiten Sie raus?« Gesine wischte sich die Tränen von der Wange.

»Es ist wohl oder übel meine Pflicht, dies zu tun«, brummte Martens. »Auch wenn nichts dran sein wird an der kruden Geschichte. Der Hannes wird's mir dann verraten oder der Doktor, wenn er wieder da ist.«

»Danke, Herr Wachtmeister«, winselte Gesine. »Habt großen Dank dafür.«

Martens stand auf und setzte sich seine Spitzhaube auf, die er an ein Nagelbrett an der Wand gehängt hatte. »Du wartest hier, bis ich zurück bin, und rührst dich nicht von der Stelle«, sagte er und zog Gesine heftig von hinten an den blonden Haaren. »Und du fasst auch kein Stück an und klaust nichts.«

»Aua. Nein, ich meine, ja, ich bleibe hier, ganz sicher tu ich das. Keine zehn Pferde bringen mich freiwillig zurück an diesen schaurigen Ort. Und ich bin doch keineswegs so blöd und stehle etwas bei der Polizei.«

Es dauerte fast eineinhalb Stunden, bis Martens zurückkehrte. Er trat ein und stieß mit seinen Lederstiefeln gegen die Bank, auf der Gesine eingeschlafen war. »Aufwachen, Weib! Schlafmütze!«

Gesine wischte sich eine Haarsträhne aus dem Gesicht. »Herr Wachtmeister, Sie sind zurück. Haben Sie die Stelle gefunden?«

»Das kann schon sein«, sagte der Gendarm.

»Dann wissen Sie Bescheid? Ist es Mord? Ja? Wird der Doktor eingekerkert?«

»Nun mal langsam«, antwortete Martens ruppig und setzte sich zurück an den Tisch. Unter seinem Mantel zog er den herausgerissenen Teil einer Zeitung hervor. »Wir besprechen das gleich, doch erst will ich, dass du das hier liest. Du kannst doch lesen, wenn ich mich recht erinnere?«

Gesine nickte, und Martens entfaltete das Blatt, legte es dann vor sie hin und schob den Kerzenständer dicht davor. »Das ist ein Bericht aus dem *Politischen Journal für die Provinz Ostfriesland* vom 28. Mai 1815, recht aktuell, will ich meinen.« Er räusperte sich. »Lies jetzt!«

»Jawohl, Herr Wachtmeister.« Gesine beugte sich vor und legte den Zeigefinger auf die Stelle, an der der Artikel begann. Sie las fast flüssig vor: »Norderney im Aufwinde, von Doktor von Halem: Das erste deutsche Seebad auf unserer Insel Norderney verdient alle Aufmerksamkeit, im ganzen Lande und darüber hinaus. Nun sind zwei Jahre vergangen, seit wir die Franzosen von der Insel geworfen haben. Seither nähert sich Norderney immer mehr dem Grade der Vollkommenheit. Auf der Wiese vor dem Conversationshause feiern und tanzen die Gäste zusammen mit den Inselbewohnern, in deren Häusern sie wohnen. Das neue Glück und der plötzliche Reichtum jedes einzelnen Heimischen sind für diesen wohl kaum schon in Gänze zu erfassen. Gemeinsam spielt man Billard, fährt mit den Badekutschen zum Meer. Die Warmbäder, die funktionierende Post, die reine Luft, der temperierte Sandboden, die fröhliche sorgenfreie Unterhaltung – das passt einfach für jeden. Das gesellschaftliche Hin und Her, das Fahren über das Meer, das Plaudern mit Bekannten und Unbekannten, das behagliche kühle Baden – all das macht die Insel zu einem Paradies und in allen Landen bekannt. In nichts steht dieses zweite deutsche Seebad, und das erste in der Nordsee, denen der Engländer mehr nach. Und das Beste ist, bei all dem Vergnügen wird ein jeder hier gesund. Die Heilung vieler chronischer Krankheiten ist gewiss. Und stolz will ich verkünden, durch unseren neuen Inselarzt Doktor Eisenfels können sogar die nervlichen Leiden, für die es bisher keine Möglichkeit gab, gebessert und geheilt werden, bald ausgemerzt. Nur auf Norderney. Norderney im Aufwinde! Unsere Insel, ein deutscher Traum!«

Gesine legte die Zeitung zurück auf den Tisch und dachte nach. Ein spannender Bericht, aber sie verstand nicht, was das mit ihrer Situation zu tun haben sollte.

»Und?«, fragte Martens.

»Ich verstehe nicht.«

»Norderney im Aufwind, und so soll es bleiben«, sagte Martens. »Du glaubst doch nicht, dass, wenn sich deine Geschichte mit der Totenkammer und dem Mord an dem Herrn Joris herumspricht, dann alles weiterhin so glücklich und friedlich ist auf unserer Insel? Oder glaubst du das etwa?«

»Nein, aber ...«

»Nichts aber!« Martens brüllte. »Auf Norderney wird man gesund, hier gibt es weder Mord noch Totschlag, keine ominösen Totenkammern und schon gar keine grausamen Doktoren. Das will unser Inselvogt nicht haben, das wollen die ostfriesischen Stände nicht. Und daran habe ich mich zu halten. Ich bin der verlängerte Arm des preußischen Gesetzes.« Martens stand auf und lief zur Tür. »Ich will meine Ruhe. Ich kontrolliere, ob der Bäcker sauber arbeitet, der Wirt korrekt einschenkt, abends Ruhe herrscht. Wenn sich mal ein Gast bei Tische blamiert oder zwei betrunken aufeinander losgehen, dann ist das gerade zu ertragen. Mehr geht hier nicht, darf hier nicht. Und deswegen werde ich sichergehen müssen, dass du, Gesine Kaufmann, deinen vorlauten Schnabel hältst.« Martens riss die Tür auf.

»Guten Abend.«

Gesines Herz blieb beinahe stehen, als sie die Stimme des Mannes erkannte, der nun von dem Gendarmen eingelassen wurde. Sie versuchte sich unter den Tisch zu stehlen, aber jemand hatte sie schon am Arm gepackt und zog sie hervor.

»Hannes, nein. Nicht du!«, rief Gesine entsetzt und nun gänzlich verstört.

»Es tut mir leid, Gesine, aber ich kann auf das viele Geld nicht verzichten, das mir der Doktor zahlt, wenn ich besondere Aufträge zu erfüllen habe. Wie mit dem Joris und wie mit dem, was ich jetzt mit dir tun muss. Aber hab keine Sorge, es ist schnell vorbei, spürst nichts.«

»Was meinst du denn bloß?«, fragte Gesine und versuchte sich loszureißen. Aber Hannes sprang schon zur Seite und hielt sie jetzt von hinten fest umklammert. Wie gelähmt starrte die Krankenpflegerin auf Doktor Eisenfels. Mit kalten Augen fixierte er Gesine und bewegte sich langsam auf sie zu. In der linken Hand hielt er den Metallstab, in der rechten einen Hammer.

1. Schatten der Vergangenheit

Norderney, 2. August 2018

»On the first part of the journey, I was looking at all the life ...«

Carsten Kummer saß erschöpft und gedankenversunken in seinem mintgrünen Porsche 911 und starrte aus dem Fenster auf das Parkdeck der Fähre. Seit er seinen Dienstwagen auf die Fähre nach Norderney gesteuert hatte, spielte Americas Song *A Horse with No Name* in Endlosschleife über die Musikanlage seines Autos. Die Lautsprecherboxen waren aufgedreht, ebenso wie die Klimaanlage, denn draußen herrschten unerträgliche vierunddreißig Grad. Selbst das Parkdeck der Fähre glühte in der Sonne, und beim Versuch auszusteigen, hatte Carsten das Gefühl gehabt, seine Schuhsohlen würden am Lack des Bodens festschmelzen. Also hatte er die Tür seines Autos wieder zugeschlagen und war sitzen geblieben. In letzter Zeit verkroch er sich gerne in seinem Porsche. Die Dächer der Autos, die vor ihm standen, glänzten rot, silber und blau in der prallen Sonne. Dahinter erkannte Carsten das glitzernde Blau der Nordsee, das sich bis zum Horizont erstreckte. Möwen kreisten kreischend über dem Schiff und tauchten gelegentlich hinab, auf der Suche nach achtlos weggeworfenem Proviant der neu ankommenden Gäste. Die Fähre bewegte sich gemächlich durch die Wellen, und das beruhigende Auf und Ab des Schiffes stand im krassen Kontrast zur stickigen, stehenden Hitze des Parkdecks.

Während die Musik in seine Ohren drang und die klimatisierte Luft seinen Hinterkopf kühlte, ließ Carsten den Vormittag Revue passieren. Nach einer zähen und anstrengenden Verhandlung, die sich über fast sechs Monate hingezogen hatte, war heute am Landgericht Oldenburg das Urteil im Prozess gegen Gesa Onken, die Mutter seiner kleinen Tochter Leefke, gesprochen worden. Sieben Verhandlungstage lang hatte Carsten als einer der wichtigsten Zeugen ausgesagt und jedes Mal von Norderney nach Oldenburg fahren müssen. Das Einzige, was ihn dabei nicht gestört hatte, war die Gelegenheit, seinen Sportwagen auszufahren – ein Luxus, den er seit seinem Wechsel nach Norderney kaum noch genießen konnte. Carsten war stolz auf seinen Porsche und fand es authentischer, einen flotten Sportwagen zu fahren, als wie einige Kriminalermittler im Fernsehen in einem alten, abgeranzten VW Käfer oder einer Ente zu sitzen. Er hasste Klischees. Und er hasste Gesa für das, was sie ihm angetan hatte.

Nun war es so weit, und er hatte das Urteil vernommen, aber weder Genugtuung noch Gerechtigkeit verspürt. Einzig, dass er diese Hexe nun nie wieder sehen müsste, verschaffte ihm ein wenig Erleichterung. Lebenslänglich wegen mehrfachen Mordes unter der besonderen Feststellung der Schwere der Schuld. Gesa hatte den Urteilsspruch gelassen entgegengenommen, sich danach zu Carsten umgedreht und ihn höhnisch angegrinst, um ein letztes Mal ihren Spott mit ihm zu treiben. *Die Frau ist und bleibt wahnsinnig!*

Zum eigenen Lächeln war Carsten schon lange nicht mehr zumute gewesen, und heute besonders nicht, selbst nicht aufgrund der Tatsache, dass Gesa durch die gegen sie verhängte Sicherheitsverwahrung nie wieder einen Fuß in die Freiheit setzen und nie mehr jemandem Schaden zufügen könnte. Alles schmerzte zu sehr. Immer noch. Er fühlte sich nicht befreit, sondern wie ein Mitgefangener, wie ein namenloser Schatten an der Wand in Gesas Zelle.

»In the desert you can't remember your name, 'cause there ain't no one for to give you no pain ...« Carsten sang den Refrain leise mit und trommelte dabei mit den Fingern auf das Lenkrad. Erst als er ein lautes Klopfen an der Fensterscheibe vernahm, ließ er davon ab und schaute auf. »Was ist denn?«, rief er, hob in Erwartung, dass sich jemand über die laute Musik beschweren wollte, den Kopf und schaute über seine linke Schulter. Ein Mann mit auffällig schwarzen Haaren, silbern verspiegelter Sonnenbrille und lässig sitzendem, weißen Shirt schaute zu ihm herein und machte mit der rechten Hand eine schnelle Kurbelbewegung in der Luft. Carsten verstand und drückte den Knopf des elektrischen Fensteröffners. Der Mann, dem breite hellblaue On-Ear-Kopfhörer um den Hals hingen, rief ihm etwas durch die geöffnete Scheibe zu, das Carsten nicht verstand. Jetzt vollzog der Fremde mit Zeigefinger und Daumen eine pantomimische Drehbewegung, lächelte und wies auf Carstens am Armaturenbrett eingestöpseltes Smartphone. Der Hauptkommissar ärgerte sich

über sich selbst und drückte die Pausentaste auf seinem Display.

»Mensch, was ist denn mit Ihnen los?«

»Entschuldigen Sie, ich war in Gedanken«, sagte Carsten.

»In offensichtlich ziemlich trüben«, antwortete der Fremde. »Kein Wunder bei der depressiven Musik. Haben Sie nicht gemerkt, dass wir angelegt haben?«

Carsten zuckte zusammen, schaute durch die Windschutzscheibe auf die vor Hitze flirrende Luft über dem grünen Lack des leeren Parkdecks. Weiter vorne erkannte er den roten Van, der vorhin in der Reihe vor ihm geparkt hatte. Er fuhr gerade auf die Rampe.

»Oh«, sagte Carsten. »Bin wohl eingeschlafen oder so.« Eilig startete er den Motor.

»Das sah aber nicht so aus«, sagte der Mann. »Wir landen auf Norderney. Zeit zu relaxen, mein Freund! Cooler Schlitten übrigens.«

»Ja, und danke«, entgegnete Carsten und wollte das Fenster wieder schließen, als er sah, dass der Mann ihm eine CD durch die Scheibe hereinreichte. Er nahm sie verwundert entgegen und warf einen Blick auf das Cover, auf dem er den Titel *Pleasure Mix Ney* las und eine Dünenlandschaft erkannte, die ihm bekannt vorkam. Er drehte die Hülle um. Auf der Rückseite waren unter dem Bandnamen *Blank & Jones* die Titel aufgelistet sowie ein Foto abgebildet, das zwei lächelnde Männer vor stürmischem Meer zeigte. Der eine von beiden war doch der, der neben seinem Auto stand? Die Kopfhörer, die Brille, die pechschwarzen Haare?

»Sind Sie Herr Blank oder Herr Jones?«, fragte Carsten und drehte den Kopf zurück zum Fenster. Aber der Musiker, wenn er dieser denn war, stand dort nicht mehr. Auch in den Seitenspiegeln und dem Rückspiegel keine Spur mehr von ihm.

Der Hauptkommissar wandte seinen Kopf nach hinten und sah, dass die Frau, die im Wagen hinter seinem saß, fluchte. Als sie seinen Blick bemerkte, schien sie das noch mehr zu verärgern. Sie zeigte ihm einen Vogel und drückte dann verärgert auf die Hupe. Nachdem kurz darauf ein zweites Auto anfing zu hupen, hob Carsten beschwichtigend die Hand und fuhr von der Fähre.

Was für eine merkwürdige Begegnung, dachte Carsten, als er die Hafenstraße in Richtung Stadt entlangfuhr. Mit der linken Hand am Steuer griff er mit der anderen nach der CD im Cover. Das gleißende Sonnenlicht spiegelte sich so intensiv auf der Unterseite der CD, dass er für einige Sekunden dunkle Flecken vor seinem linken Auge sah. Es dauerte eine Weile, bis er den Schlitz des Players traf, der die Disc daraufhin hastig einsog, als würde sich die veraltete Technik freuen, nach Jahren mal wieder gefüttert zu werden. Aus nostalgischen Gründen hatte Carsten den Player nie ausgebaut, obwohl er Musik normalerweise über sein Handy abspielte. Die sanften Beats und warmen, fast hypnotischen Klänge, die jetzt aus den Boxen schallten, beruhigten Carsten auf der Stelle. Es schien ihm, als würde der Sound direkt von seinem Herzen absorbiert und von dort in jede Faser seines Körpers transportiert. So etwas wie eine vorsichtige Lebenslust, von der er gar nicht mehr gedacht hatte, sie überhaupt je wieder spüren zu können, begann in ihm zu erwachen.

Er ließ den Blick aus dem Fenster schweifen und beobachtete einen Schwarm Möwen, der auf gleicher Höhe mit ihm über die grünen Wiesen und blauen Seen gen Stadt flog. Auf dem Radweg in entgegengesetzter Richtung erkannte er den als arrogant verschrienen Stadtrat Benjamin Eller, der eigentlich Lothar mit Vornamen hieß. Er radelte ihm mit seinen zwei Kindern im Schlepptau entgegen. Carsten drückte kurz auf die Hupe und hob die Hand zum Gruß. Eller lachte und winkte zurück. Carsten wusste, dass der Politiker sich jetzt zeigen musste, sich ständig unters Volk mischen. Im kommenden Herbst standen Bürgermeisterwahlen an, und da gab er sich freundlich und familiär. Aber Carsten war auch bekannt, dass Eller bei den Norderneyern durch verschiedene kostspielige Bauprojekte in der Kritik stand und vermutlich nicht den Hauch einer Chance gegen den amtierenden Bürgermeister Max Schwätjen haben würde. Aber das war Carsten heute völlig egal, er nickte mit dem Kopf zum Beat und sah im Rückspiegel, wie der Politiker auf sein Auto wies und den aufgeregt wirkenden Kindern etwas erklärte. Der Hauptkommissar: zurück im Revier, wieder auf der Insel.

Für einen Moment vergaß Carsten Gesa. Das Gefühl guter Laune hielt an. Schließlich fühlte er sich so euphorisiert, dass er dachte, er könnte vor der Pressekonferenz, die heute Abend anlässlich der offiziellen Einweihung der neu gegründeten Kripo Norderney im Forum des *Hotel Kaiser* stattfinden sollte, zu den Freesemanns fahren. Dort könnte er seine Tochter Leefke spontan sehen. Aber als Carsten den Porsche vor dem eigens für ihn angelegten, mit Kies aufgeschütteten Parkplatz vor dem Haus im Argonner Wäldchen abstellte, in dem er jetzt seit einem knappen halben Jahr lebte, verwarf er den Gedanken wieder. Schließlich hatte ihm sein Psychologe doch erst in der letzten Sitzung dringend geraten, sich durch das Einhalten fester Termine mehr Ruhe in seinem gedanklichen Chaos zu verschaffen. Und morgen ist ja auch schon wieder Wochenende, dachte Carsten. Sonntags nach seiner Therapiestunde hatte er immer eine Stunde Zeit für Leefke.

Zunächst war er nur einmal in der Woche zur Therapie gegangen. Nun war Freesemann der Meinung, er müsse auch samstags kommen. Also würde das Wochenende anstrengend werden. Aber er würde seine Tochter in den Arm nehmen und ihr die Sternenlicht-Stoffschildkröte übergeben können, die er vor seiner Abfahrt in Oldenburg gekauft hatte. Es hatte lange gebraucht, bis er das passende Tier gefunden hatte. Überall braune Teddys und bunte Einhörner. Bloß kein Klischee für sein eigen Fleisch und Blut!

Weil es ihm so guttat, spielte er *Relax*, so hieß das erste Stück der CD, noch zweimal ab, bevor er ausstieg. Schon konnte er den prägnanten Text, der wie auf seinen Tag zugeschnitten war, mitsingen, die Lyrics versprachen ihm das, wonach er sich am meisten sehnte und was er schon lange nicht mehr verspürt hatte:

»*Relax your mind. It's been a long day. I wanna chillout for a while ... bring me the cold rain. Something to help relax my mind ... relax your mind.*«

»Meine Damen und Herren, verehrte Presse. Wir haben Sie heute Abend ins bezaubernde *Hotel Kaiser* eingeladen, damit auch Sie sich ein umfassendes Bild über unseren neuen Kriminaltechnischen Ermittlungsdienst hier auf Norderney machen können.«

Hauptkommissar Gert Rickmer begrüßte die rund zwanzig anwesenden Journalisten, die aus ganz Norddeutschland angereist waren und mit weiteren geladenen Gästen die rund vierzig aufgestellten Klappstühle im Forum des Hotels voll besetzten. Trotz ausgezeichnet funktionierender, voll aufgedrehter Klimaanlage schwitzte Rickmer. »Zunächst möchte ich Ihnen die Ansprechpartner vorstellen. Zu meiner Rechten sitzt Oberkommissarin Julia Meyer-Hülsmann, die seit Juni letzten Jahres, nach der schweren Krise der gesamten Norderneyer Polizei, diese als Chefin übernommen hat, und mit ihrem Team der Schutzpolizei dieser nicht nur wieder auf die Beine geholfen, sondern sie zur modernsten Dienststelle aller Inselzeiten gemacht hat.« Rickmer drehte sich zu seiner Kollegin und klatschte anerkennend. Sofort stiegen die Anwesenden in den Applaus ein. Die Reporter schossen Fotos von der blonden Kommissarin in dunkelblauer Uniform, die aufgestanden war und sich artig nach allen Seiten verbeugte.

Carsten hatte die erst zweiunddreißigjährige Julia als zuverlässige Kollegin und herzensguten Menschen kennengelernt. Außerdem war sie optisch ein echter Hingucker, aber sie wehrte Flirtversuche von Männern allen Alters ab. Auch der verheiratete Rickmer war schon damit gescheitert. Carsten gegenüber hatte er einmal erwähnt, dass Julia, die immer zwei lange geflochtene Zöpfe unter ihrer Schirmmütze trug, wohl eher Frauen zugeneigt sei. Doch das alles interessierte Carsten momentan überhaupt nicht.

Nachdem sich Julia wieder gesetzt hatte, fuhr Rickmer fort: »Und zu meiner Linken sitzen Hauptkommissar Carsten Kummer und Oberkommissar Balthasar Bärlein, unser versierter, wir sagen oft allwissender, Kriminaltechniker. Herrn Kummer werde ich nach meinem Rückzug nach Norden im September die Schlüssel übergeben und ihn zum neuen Leiter der Kripo ernennen. Sie alle kennen meinen Kollegen aus den Medien und wissen, dass es vor allem seiner herausragenden und peniblen Arbeit zu verdanken war, dass die abscheulichen Morde des letzten Sommers restlos aufgeklärt werden konnten.« Die Anwesenden stiegen prompt – jetzt ohne eine Animation Rickmers – in einen tosenden Applaus ein.

»Sie wissen, dass Stadt und Marketing der Insel berechtigte Sorgen hatten, dass die Vorfälle auf dieser sonst so und jetzt auch wieder friedlichen Insel immense Auswirkungen auf den Tourismus haben könnten.« Rickmer wies auf die hell erleuchtete Sonnenterrasse, die man vom Saal aus durch eine breite Glastür erreichen konnte. Einige Gäste lagen auf den dort aufgestellten Liegen, tranken Sekt und genossen die abendlichen Sonnenstrahlen. »Es ist halb neun und noch immer dreißig Grad. Die Insel ist proppenvoll. Das liegt nicht nur am Wetter. Die Menschen haben Vertrauen in die herausragende Arbeit der hiesigen

24

Schupo und vor allem der neuen Kripo, die ja genau zu diesem Zweck hier geschaffen wurde.« Er schaute zu Carsten hinüber. »Und auch das haben wir Herrn Kummer zu verdanken, den Sie in Ihren Zeitungsbeiträgen ja auch richtigerweise als einen der besten Polizisten des Landes Niedersachsen beschreiben.«

Rickmer nickte seinem Kollegen zu, und Carsten spürte sofort ein heftiges Stechen in der Magengegend. Er hatte kaum Kraft und vor allem nicht die Lust aufzustehen, wusste aber, dass das von ihm erwartet wurde. Unter keinen Umständen durfte irgendjemand von seinen Depressionen erfahren, sie ihm anmerken. Er stand zögerlich auf und rang sich im Blitzlichtgewitter ein Lächeln ab. Doch was er sagen sollte, wusste er nicht so recht. In den letzten Wochen hatte er beinahe panische Angst davor, nicht die richtigen Worte zu finden. In jeder Situation, aber vor allem in beruflichen Angelegenheiten.

»Geht's?«, flüsterte ihm Rickmer zu und schaute ihn dabei mitleidig an.

Meine Güte, dachte Carsten, hatte er etwas bemerkt? Er musste sich zusammenreißen, wollte sich kurzhalten und entschloss sich für: »Danke, danke. Ich werde mein Bestes geben, so wie die Kollegen auch.« Er hasste es, im Rampenlicht zu stehen – neuerdings. Früher hätte ihm das gefallen. Er wusste, was alle von ihm erwarteten. Er, der große Held, der eine unfassbare Mordserie aufgeklärt hatte. Der baldige neue Chef der ersten Insel-Kripo. Es ärgerte ihn, denn keiner schien mehr daran zu denken, dass er selbst Opfer in dieser Geschichte gewesen war. Schließlich lag seine ältere Tochter Merle auf dem Inselfriedhof begraben, und er musste ein zweites Kind großziehen, dessen Mutter die abscheuliche Mehrfachmörderin Gesa war. Wie sehr verteufelte er den Augenblick, als er mit ihr geschlafen hatte. Sie hatte ihn verhext, und herausgekommen war Leefke, die jetzt keine Mutter hatte, weil die im Knast saß, und keinen Vater, weil der krank war. Zu ihrem Glück gab es wenigstens die Freesemanns.

Die Kamerablitze blendeten Carsten, wieder sah er die dunklen Flecken vor seinen Augen vorbeiziehen und spürte die Stiche im Kopf, die ihn schon seit Wochen quälten.

»Sie dürfen sich sicher fühlen«, sagte er eilig und setzte sich sogleich wieder. Das nahm Kommissar Bärlein sofort zum Anlass aufzustehen. Er hielt sich mit Worten nicht zurück, blühte, seit er nach Norderney gezogen war, förmlich auf, werkelte ununterbrochen in seinem neuen, modernen Labor herum und mischte sich überall ein.

»Mein Name ist Balthasar Bärlein«, sagte der kleine Spurensicherer mit der Halbglatze und dem Kugelbauch. »Als mich Hauptkommissar Rickmer im vergangenen Winter fragte, ob ich mir vorstellen könnte, von der Polizeiinspektion Aurich-Wittmund, von der ich wegen der Hexen-Morde abkommandiert worden war, ganz auf die Insel zu wechseln, war das zunächst keine leichte Entscheidung. Schließlich lasse ich eine große Familie zurück. Ich habe sechs Kinder und sechzehn Enkel – ach nein, seit ein paar Wochen siebzehn, der kleine Paul ist ja ... Na ja, ich langweile Sie, aber meine ganze Familie vermisst nun mal ihren ...«

Carsten bemerkte, wie Rickmer Bärlein unter dem Tisch auf den Fuß trat. Der wollte sich das nicht anmerken lassen, lockerte den Knoten seiner viel zu kurzen Krawatte und fuhr fort: »Ja, also, auf jeden Fall bin ich ja nun seit zwei Monaten fest hier, weil ich gebraucht werde. Meine Expertisen liegen vor allem in der Analyse von Kleinstpartikeln und Substanzen, die nicht mit dem bloßen Auge zu erkennen sind. Als studierter Chemiker bin ich es gewohnt, Laborergebnisse fachgerecht auszuwerten. Mein Labor ist mit neuester Technik bestückt, weil ich die brauche. Außerdem bin ich Experte für den IT-Bereich. Ich knacke jedes Passwort, verschaffe mir Zugang zu jedem System. Das liegt daran, dass ich schon als Jugendlicher mit einer der ersten Atari ...«

»Danke vielmals, Herr Kollege«, unterbrach ihn Rickmer, und Bärlein setzte sich. Der Applaus, den auch er erwartet hatte, blieb aus. Verärgert griff der Oberkommissar, der in der letzten Woche seinen neunundfünfzigsten Geburtstag gefeiert hatte, in die Schale mit den Erdnüssen, die auf dem Tisch stand, klatschte sich die gefüllte Hand an den Mund, kaute und schmollte.

Seit Carsten sich in seinem Tief befand, nervte ihn Bärleins penetrantes, nach billigem Aftershave riechendes Deo noch mehr als sonst. Die Temperaturen verleiteten Bärlein wohl dazu, noch mehr aufzutragen. Carsten hätte es, bevor er den Spurensicherer kennengelernt hatte, nicht für möglich gehalten, dass es Menschen gab, die geradezu süchtig nach Deodorant waren. Ansonsten aber war Bärlein ein zwar etwas eigenartiger, aber feiner Kollege, der über formidables

Fachwissen verfügte, dem es dafür hier und da an sozialer Kompetenz mangelte. Früher selbst ein Mobbingopfer bei der Osnabrücker Polizei – das hatte er den Kollegen direkt am Anfang seiner Beschäftigung auf der Insel erzählt, denn er war stets geschwätzig –, schien er sich nun selbst Opfer zu suchen. In Julia hatte er eines gefunden. Ständig musste sie sich unfaire Seitenhiebe gefallen lassen. Dass nun sie Applaus bekommen hatte und er nicht, das würde er wieder an der Kommissarin auslassen. Das wusste Carsten, und das würde auch Julia ahnen. Carsten hatte aber keine Kraft, sich dessen anzunehmen und zwischen den beiden zu schlichten. Früher hätte er das getan, nun musste er sich um sich selbst kümmern, und das schaffte er mehr schlecht als recht. Was Bärlein zu seinen Sticheleien bewegte, konnte er nicht mit Gewissheit sagen. Vermutlich die Entfernung zu seiner Familie und dass er nun weniger verdiente als zuvor bei der Polizeiinspektion Aurich, obwohl er eigentlich gleich viel Gehalt bekam, dies aber mit seinen gestiegenen Lebenshaltungskosten verrechnete, und sich so vorkam wie ein unterbezahlter Spezialist. Und das auch jeden, und zwar immer häufiger, wissen ließ.

»Leider konnten wir diese Präsentation nicht auf unserer neuen Wache veranstalten, denn dafür ist dort tatsächlich zu wenig Platz«, fuhr Rickmer fort und wischte sich mit einem Taschentuch den Schweiß von der Stirn. Sicherlich nicht nur eine Reaktion auf die unglaubliche Hitze, sondern auch darauf, dass er kürzlich mit dem Rauchen aufgehört hatte.

Carstens Gedanken schweiften ab. Es war schon absurd, die Journalisten feierten eine Gruppe von

Beamten, doch diese schienen alle noch nicht bereit zu sein, komplexere Aufgaben zu übernehmen, auch da sich bisher kein wirklicher Teamgeist ausgeprägt hatte. Carsten befürchtete, dass das alles schnell nach hinten losgehen könnte. Das lastete er zuvorderst sich selbst an, der die Truppe ja in Zukunft zusammenhalten sollte. Doch wenn schon er selbst innerlich zerfiel, wie könnte ihm das gelingen? Sie konnten nur alle froh darüber sein, dass es die Kripo auf dieser, wie Rickmer eben betont hatte, wieder friedlichen Insel ruhig würde angehen lassen können.

»Dass wir nun hier im Hotel sind, schmälert aber nicht das Ergebnis der umfangreichen strukturellen, baulichen und technischen Umbaumaßnahmen, mit denen erstmals in der Geschichte der Bundesrepublik die Dienststelle einer Kriminalpolizei auf einer deutschen Insel eingerichtet wurde.« Rickmer schaute mit einem breiten Grinsen in die Menge. »Sie werden erstaunt sein. Nach der kleinen Foto-Präsentation, die meine Kollegin Julia, ähm, ich korrigiere mich, Frau Meyer-Hülsmann, vorbereitet hat. Na, wie auch immer, die Oberkommissarin wird Ihnen gleich die wichtigsten Fakten und Daten für Ihre Berichte erklären, im Anschluss sind Sie herzlich eingeladen, mit auf die Wache zu kommen und Fotos zu schießen. Sie wissen ja, wo. Gibt es schon Fragen bis hierher?« Rickmer schaute in die Menge. »Keine? Das ist doch ein gutes Zeichen. Sicher sind Sie nun alle sehr gespannt.« Er wandte sich zu Julia: »Bitte, fang doch an!«

2. Die Therapie

»Herr Kummer, bitte kommen Sie herein und nehmen Sie Platz«, sagte Michael Freesemann, nachdem er Carsten die Tür zu seiner Praxis geöffnet und diesem die Hand gereicht hatte. »Endlich mal an einem Samstag. Sie sehen müde aus. Haben Sie wieder nicht geschlafen?«

Carsten ließ sich auf das Polster der roten Couch fallen. Alles hier in diesem stillen, farbenfrohen Raum war ihm mittlerweile vertraut. In den ersten beiden Sitzungen hatte er sich über die Klischee-Atmosphäre aufgeregt. Freesemann hatte Bilder von Sigmund Freud und Carl Gustav Jung an den Wänden hängen und legte Wert auf Feng-Shui, wenn Carsten das richtig deutete. In allen Ecken des Raumes standen massive Blumentöpfe mit grünen Pflanzen darin, die bis zur Decke reichten. Die Therapie-Couch, die wahrscheinlich original dem neunzehnten Jahrhundert entstammte, befand sich vor einem hellgelben, kreisrunden Teppich, in dessen Mitte Freesemann auf einem Sessel aus rubinrotem Kunstleder saß. Schräg vor ihm ein Tischchen, auf dem ein Wecker, ein Notizblock und eine Packung Taschentücher zum Herausziehen standen. Die nannte Freesemann doch wirklich Trauer-Verarbeitungs-Tücher. Carsten hoffte innigst, dass er sie ihm nicht mal anbieten würde. Auf einer Kommode neben der Eingangstür standen zwei Gläser und eine geschwungene Karaffe mit Wasser, auf dem Zitronenscheiben und Minzblätter schwammen. Zwischen Freesemann und seinem imposanten Bücherregal befanden sich ein Flipchart und eine Standkamera, und Carsten hoffte jedes Mal, dass sie nicht ohne sein Wissen lief.

Als Carsten so seinen Blick durchs Zimmer wandern ließ, fiel ihm eine Veränderung auf. Nicht mehr nur ein kreisrunder Ventilator stand neben dem Psychologensessel, sondern jetzt zwei, an beiden Seiten. Das erklärte also den, wenn Carsten überlegte, übertrieben starken Wind, der durch seine Haare blies.

Freesemann hatte sich gesetzt und die Beine übereinandergeschlagen. Mit den Ventilatoren neben sich, die Turbinen nicht nur glichen, sondern kaum weniger Wind zu erzeugen schienen, sah es aus, als säße der Therapeut in einem Düsenjet. In mancherlei Hinsicht verhielt er sich wirklich komisch, aber Carsten wusste, wie viel er ihm zu verdanken hatte, und das, obwohl der Psychologe ihm bislang nicht hatte helfen können. Dazu war niemand in der Lage. Freesemann gab sich einfühlsam, verständnisvoll und fachlich flexibel. Nur, es brachte Carsten nichts.

»Herr Kummer.« Freesemann hakte nach und riss ihn aus den Gedanken.

»Ja, Albträume habe ich«, murmelte Carsten und schaute an seinem Psychologen vorbei durch das ovale Fenster auf der linken Seite des Raumes, das den Blick freigab auf den Weg, der vom Damenpfad abging und durch die Dünen zum Weststrand führte. Wie zu groß geratene bunte Ameisen hetzten die Touristen in Scharen zum Meer. Taschen, Handtücher, Sonnenschirme oder plärrende Kinder vor sich hertragend oder -schiebend. Schon um halb zehn hielt es niemand mehr auf seinem Hotelzimmer aus. Der nächste Tag mit rekordverdächtigen Hitzewerten kündigte sich an. Freesemann folgte Carstens starrem Blick und drehte sich zum Fenster um. Sein in Gedanken versunkener Patient bemerkte das nicht.

»Wenn man bedenkt, dass da noch vor hundertfünfzig Jahren ausschließlich Frauen mit bespannten Badekarren den Lüttje Damenpfad hochgezogen wurden, freut man sich doch über diese glücklichen Familien, die jetzt zusammen hochlaufen können. So rein historisch-sozialpsychologisch betrachtet, nicht wahr?«

Carsten dachte darüber nach, ob ihm gestern einer der Kollegen oder Journalisten angesehen hatte, dass mit ihm etwas nicht stimmte. Warum hatte Rickmer ihn so mitleidig angeschaut? Wieso hatte der sozial inkompetente und mitteilsame Bärlein mit allen, nur nicht mit ihm gesprochen? Hatte nicht auch Julia versucht, ihn aus dem Rampenlicht zu ziehen? Carsten hatte sich nach Rickmers Vortrag und Julias Präsentation, der er schon gar nicht mehr hatte folgen können, noch redlich Mühe gegeben, die Fragen der Journalisten zu beantworten. Natürlich war ihm klar gewesen, dass diese weniger seine zukünftigen Aufgaben auf der Insel betreffen würden als vielmehr seine Meinung zu dem Strafmaß für Gesa Onken. Das überhaupt war ja für die meisten Pressevertreter der Grund gewesen, nach Norderney zu reisen. Einige von ihnen hatte er am Vormittag bereits in Oldenburg bemerkt.

Noch immer berichtete die Presse im In- und Ausland über die tragischen Ereignisse des letzten Jahres, griff die Boulevard- und neuerdings auch die Regenbogenpresse den Mythos der *Hexe von Norderney* auf. Er konnte das nicht mehr ertragen, vor allem nicht, weil er stets als Super-Polizist beglückwünscht wurde, der eine der spektakulärsten Mordserien der deutschen Kriminalgeschichte aufgeklärt hatte. Warum fragte ihn nicht mal jemand, wie es ihm ging? Wie hatte sich die veröffentlichte Meinung dahin gehend entwickeln können, dass er nun von Menschen aus dem ganzen Land Autogrammanfragen erhielt? Völlig pervers und verletzend empfand er jene Post, die von Frauen geschrieben wurde und der Fotos von sich beigelegt waren. Mit roten Haaren und Sommersprossen – so wie Gesa, so wie Merle. Und bald sicher auch so wie Leefke. Carsten erhielt Heiratsanträge, Kochrezepte aus der Hexenküche und immer wieder Anfragen für Auftritte in Talkshows. Es ekelte ihn an, seit einigen Wochen warf er die meisten Briefe mit Absendern, die ihm nichts sagten, direkt in den Müll. Also eigentlich fast alle.

»Herr Kummer«, rief Freesemann und klatschte in die Hände. »Hören Sie? Ich rede mit Ihnen!«

»Wie? Ach ja, sorry«, sagte Carsten und schaute den Psychologen mit gläsernen Augen an. »Ich weiß einfach nicht, was ich machen soll. Meine Gedanken rattern. Es ist, als schwebe ich über mir. Ich bin nicht ich selbst, erkenne mich nicht wieder, werde da nie rauskommen aus diesem Tief.«

»Ihr Tief nennt sich schwere Depression, Herr Kummer«, sagte Freesemann, der sich nach vorne beugte und mit dem Zeigefinger sein Brillengestell fester auf die Nase drückte. Wie immer, wenn er auf etwas Besonderes hinauswollte. »Und Sie werden da rauskommen«, fuhr er fort. »Jeder Depressive denkt, dass sein unerträglicher Zustand für immer anhält. Dem ist aber nicht so. Aber Sie müssen versuchen mitzuarbeiten!«

Carsten zuckte mit den Schultern. »Und was bringt das? Zuhören? Reden? Wie oft war ich denn schon hier? Es wird doch immer schlimmer statt besser.«

Freesemann griff nach seinem in schwarzes Leder eingebundenen Notizblock und schlug ihn an der Stelle auf, die er mit einem roten Bindfaden gekennzeichnet hatte. Er las. »Es ist jetzt Ihre elfte Therapiestunde«, sagte er dann und schaute Carsten ernst an. »Sie sind also nun seit fast drei Monaten bei mir. Und ich sage es Ihnen noch mal und werde nicht müde, es immer wieder zu tun: Sie werden da rauskommen.« Er strich sich durch die dunkelblonden, zurückgegelten Haare. »Wie ist das denn mit Ihren körperlichen Symptomen? Haben Sie noch diese Überempfindlichkeit gegenüber Licht?«

»Und wie«, sagte Carsten. »Kein guter Sommer dafür, alles blitzt und blendet, dann ziehen Schatten vor meinen Augen vorbei, komischerweise immer nur vor dem linken. Manchmal habe ich das Gefühl, als wenn sich meine Netzhaut ablöst. Der Augenarzt kann aber nichts finden.«

»Sicher, es ist psychosomatisch. Die Schatten könnten auch dafür stehen, dass Sie gewisse Dinge nicht sehen wollen«, antwortete Freesemann. »Zum Beispiel eben die Schönheit der Sonne oder alles, was glitzert und glänzt und blüht.« Er stellte über eine Fernbedienung die beiden Ventilatoren eine Stufe stärker ein. »Alles psychisch erklärbar, so wie auch Ihre ständigen Kopfschmerzen.«

»Ach, hören Sie mit denen auf«, sagte Carsten.

»Sie spüren insbesondere alles Negative heraus«, erklärte Freesemann. »Das kommt aber nicht von ungefähr, sondern daher, weil Sie eben mehr und mehr Angst spüren. Irrational verstärkte Angst. Sie sollen in vier Wochen als Leiter der Kripo Norderney anfangen, und alle Augen werden sich dann noch mehr auf Sie richten. Ich halte das für eine ziemlich schwierige Herausforderung. Da wäre jeder nervös, aber Sie nun ganz besonders, denn es ist keine leichte Entscheidung für Sie gewesen, hier an diesem Ort so viel Verantwortung tragen zu wollen.«

Carsten zog sich allein bei dem Gedanken der Magen zusammen. Freesemann hatte recht, Angst war neben Trauer das einzige Gefühl, das er überhaupt noch spürte. Ansonsten war da nur die Leere. Als wäre er von innen hohl.

»Das wird sowieso nicht lange dauern, dann schmeißen die mich hochkant wieder runter von diesem Eiland«, sagte Carsten. »Wie soll ich denn in meinem Zustand normal nachdenken?«

»Ich verstehe Sie«, antwortete Freesemann, der sich tief in sein Lederpolster zurückgelehnt hatte. Es sah aus, als würde er gleich einen Steuerknüppel ziehen und mit seinem Sessel-Jet abheben.

»Und ich verstehe nicht, warum mich nicht schon längst jemand darauf angesprochen hat, dass es mir so schlecht geht«, fuhr Carsten fort. »Man muss es einfach sehen.«

»Das aber wollen Sie doch gar nicht, das ist doch Ihre größte Sorge.«

»Mmh.« Carsten verschränkte die Arme vor seiner Brust und spürte, wie heftig sein Herz schlug. Freesemann hatte auch damit recht. Carsten schauspielerte, ohne dass er sich dessen bewusst war.

»Und deswegen überspielen Sie Ihre tiefe Trauer«, sagte Freesemann. »Aber das ist auch menschlich. *Der Mensch spielt nur, wo er in voller Bedeutung des Worts Mensch ist, und er ist nur da ganz Mensch, wo er spielt.*«

»Aha.«

Freesemann schaute Carsten mit hochgezogenen Augenbrauen an.

»Was ist?«

»Finden Sie nicht, dass das ein starkes Zitat ist, das ich eben preisgegeben habe?«

»Weiß nicht, vielleicht.«

»Sie kennen es nicht? Wissen Sie nicht, von welchem berühmten Schriftsteller es ist?«

»Nein, keine Ahnung. Von wem? Sebastian Fitzek?«

»Wer?«

»Ach egal, von wem denn nun? Ich habe keinen Nerv für Rätsel.«

»Schiller, von Friedrich Schiller ist das, in *Die Räuber*. Es beschreibt den *Homo ludens*. Ein anthropologisches Erklärungsmodell, wonach der Mensch seine Fähigkeiten vor allem über das Spiel erwirbt. Es ist so treffend, wahrscheinlich habe ich mich daher vor langer Zeit entschieden, das Theaterspiel zu meinem liebsten und, nun ja, ich muss zugeben, zu meinem einzigen Hobby zu machen.«

»Na dann.« Carsten räusperte sich. »Ich will nicht unverschämt sein. Aber diese Dinge helfen mir alle nicht weiter. Theater, Spieltheorie und dergleichen. Können wir die Therapie vielleicht bitte etwas weniger theoretisch angehen?«

»Schon okay«, sagte Freesemann. »Ich wollte nur zum Ausdruck bringen, dass auch das Schauspiel zum Menschsein gehört. Und wir spielen eigentlich immer, in einer bestimmten Form zumindest. Fast alle Depressiven meinen, man müsse ihnen ansehen, was in ihnen vorgeht. Doch das ist ein Irrtum. Die wenigsten Depressionen sind von Melancholie geprägt. Den meisten Depressiven sieht man nicht an, was sie denken und fühlen, weil sie es nach außen gut kompensieren, also überspielen können. Bewusst oder unbewusst.« Der Psychologe bog den Hals in beide Richtungen, in seinen Gelenken knackte es. »Menschen mit Depressionen neigen dazu, ihren Zustand zu verbergen. Und das kann dazu führen, dass sich die Krankheit verschlimmert. Wie bei Ihnen: Es kostet Sie unglaubliche Reserven und Energie. Kraft, die Sie nicht haben, die Sie eigentlich dafür aufwenden müssten, Ihre Trauer zu verarbeiten. Und die Sie in ein bis zwei Jahren spätestens bräuchten, um sie dann Leefke widmen zu können.«

»Wie geht es Leefke?«, fragte Carsten, dem eine einzelne Träne über die Wange rann. Er hoffte, sein Psychologe würde sie übersehen oder ihn zumindest mit den Alles-wieder-gut-Tüchern verschonen.

»Sie ist ein tolles Kind«, sagte der beruhigend. »Meine Frau und ich sind unglaublich dankbar dafür, dass wir uns um sie kümmern können. Meine Tochter Stella ist total fixiert auf sie. Die beiden sind gerade beim Babyschwimmen.«

»Ach so, dann sehe ich sie erst morgen?«

»Wie immer«, antwortete Freesemann. »Das ändert sich erst mal nicht. Wir wollen weder für Sie noch für Leefke etwas überstürzen. Sie müssen erst mal ganz gesund werden. Und wir brauchen ...«

»Feste Termine, Absprachen und Struktur«, ergänzte Carsten.

»Richtig«, sagte Freesemann und strich sich durch die Haare. »Jedenfalls entwickelt sich Leefke prächtig. Freuen Sie sich darauf, dass Sie sie zu sich nehmen können, wenn Ihre Gesundheit und Ihre berufliche Situation es erlauben. Und genau das wollen wir ja so schnell wie möglich erreichen.«

»Ich bin Ihnen zu großem Dank verpflichtet«, sagte Carsten und meinte das auch so. Glücklicherweise hatte der Wind des Ventilators seine Träne schnell getrocknet, eine weitere konnte er sich verdrücken.

Als er im Februar bei einem Treffen mit Rickmer zugesagt hatte, seine Stelle in Bremen zu kündigen, hatte ihn seine Frau Beate aufgrund der Vorkommnisse rund um Gesa Onken verlassen. Zu diesem Zeitpunkt erfuhr er, dass eben jene Gesa ihm ihr Haus im Argonner Wäldchen vermacht hatte. Da hatte er sich alles so glatt vorgestellt. Ja klar, da war er ja nicht krank gewesen und hatte nicht im Entferntesten eine Vorstellung davon besessen, was eine Depression bedeutete. Noch immer dachte er ununterbrochen an seine verstorbene

Tochter Merle, besuchte sie täglich auf dem Inselfriedhof an der Jann-Berghaus-Straße, konnte nicht loslassen. Es war klar gewesen, dass man Gesa ihre gemeinsame Tochter Leefke direkt nach der Geburt wegnehmen würde, zu gefährlich wäre es gewesen, wenn man dieser Psychopathin gestattet hätte, sie unter Aufsicht in der JVA bei sich zu behalten. Gut so.

Die Familie Freesemann hatte sich nach Vermittlung durch Rickmer schnell bereit erklärt, sich um Leefke zu kümmern. Das hatte letztendlich den Ausschlag für Carstens Entscheidung gegeben. Für die sechzehnjährige Stella war das spektakulär, sie erkannte vielleicht in Leefke ihre tote beste Freundin wieder. Im Gegensatz zu ihm hatte Stella aber die Trauer um Merle weitestgehend verarbeitet. Vielleicht waren das die Freesemannschen Psychologen-Gene, jugendlicher Selbstschutz oder tonnenweise angebotene Trauer-Verarbeitungs-Tücher. Carsten war nicht neidisch, Stella betrachtete er als ein gutes, ehrliches Mädchen. Alles lief gut für Leefke, sie konnte sich ja noch keine Gedanken darum machen, was mit ihrer wahren Mutter geschehen war. Doch in letzter Zeit dachte Carsten immer öfter darüber nach, ob das mit der Stelle auf Norderney nicht doch die falsche Entscheidung gewesen war. Hier zu leben, am Ort der Verbrechen, im Haus einer Mörderin. Auch mit Arbeit konnte er sich kaum ablenken, denn das, was die Kripo bisher leisten musste, war kaum mehr, als Kinder wiederzufinden, die sich verlaufen hatten, oder ein paar illegale Drogen in der winzigen Szene am Busbahnhof zu konfiszieren.

Nicht der Rede wert, kleine Sachen. Meist unterstützten sie die Arbeit der Schutzpolizei und suchten nach allem, was so verschwinden konnte im Urlaub.

»Außerdem«, Freesemann riss ihn erneut aus den trüben Gedanken, »hatte ich Ihnen ja schon beim letzten Treffen erzählt, dass Leefke bereits jetzt im frühen Kleinkindstadium Zeichen einer Hochintelligenz aufweist. Es ist mir ein Rätsel, denn eine solche Intelligenz habe ich noch bei keinem Kind in ihrem Alter beobachten können, auch nicht von etwas Vergleichbarem gehört und bislang auch in meinen Fachbüchern nichts gefunden. Sie scheint ein Phänomen zu werden.«

»Sie meinen ihre Kommunikationsversuche?«

»Genau. Sie spricht natürlich noch nicht, das ist auch rein physiologisch nicht möglich, aber sie kann ausdrücken, was sie will, so als ob sie komplexe Gedanken entwickelt. Sie werden staunen, wenn wir die Kleine morgen besuchen. Sie hat da dieses Buch, und … Ach, Sie werden es selbst sehen morgen. Erstaunliche Fähigkeiten, wirklich ganz erstaunlich.«

»Vermutlich ist das die Genetik der Mutter oder ihr Fluch. Man sagt ja Hexen besondere Begabungen nach. Zaubert sie denn schon?«

»Nicht albern werden«, sagte Freesemann. »Sicher, Leefke hat eine ganz außergewöhnliche Gabe, die hat ja auch Merle gehabt, wie ich von Stella weiß. Aber dass diese Fähigkeiten nicht von unserer Welt sind, halte ich für Humbug. Leefke ist ganz von dieser schönen Erde, und ich gebe darüber hinaus zu, dass sie mit ihren Besonderheiten für mich ein überaus interessantes Projekt darstellt.«

»So so«, murrte Carsten. »Meine Tochter ist also Ihr wissenschaftliches Projekt?«

»Mensch, Herr Kummer, nun reißen Sie sich mal zusammen!«

»Entschuldigen Sie. Ich habe es nicht so gemeint. Sie kümmern sich alle rührend. Und wer, wenn nicht Sie, könnte auch eine Hochbegabung fördern, wenn sie denn eine hat.«

»Das will ich meinen«, antwortete Freesemann. »Wir in diesem Haus lieben Leefke alle und drängen sie zu nichts.«

Carsten starrte betrübt aus dem Fenster.

Freesemann ließ ihn eine Weile, bis er ihn unterbrach: »Herr Kummer, worüber denken Sie nach? Sie müssen mir Ihre Gedanken mitteilen.«

»Es ist beschissen«, sagte Carsten. »Momentan könnte ich einfach nicht für Leefke da sein. Wissen Sie, gestern habe ich ihre Mutter im Gerichtssaal gesehen. Sie hat mich angelächelt, mit Blicken verspottet. Es ist für mich so unvorstellbar, so surreal und manchmal regelrecht ekelhaft, dass ich ein Kind mit ihr habe. Ich möchte meine Tochter ja lieben, aber wenn ich sie anschaue, empfinde ich nichts. Absolute Leere. Und das kann nicht normal sein. Ich schäme mich dafür. Ich hasse Gesa für das, was sie mir angetan hat.« Carsten brüllte jetzt, und Freesemann zuckte vor Schreck zusammen. »Sie hat meine Ehe zerstört.« Carsten stöhnte. »Gesa Onken ist der Teufel in Person. Sie ist eine Hexe, und sie stammt von einer ab.«

Freesemann kannte natürlich diesen in letzter Zeit vor allem medial weitergesponnenen Mythos der Hexe Dortje Freding. Diese, so war es in Kummers erstem

Fall auf der Insel zutage gekommen, hatte 1544 auf Norder Neye Oog gelebt und war wegen Hexerei in Aurich zum Tode verurteilt worden. Der damalige Richter Asse Hering hatte es nach Berichten der Insulaner als erwiesen angesehen, dass Dortje ihren Mann absichtlich vergiftet hatte. Gesa Onken, die mit Kräutern experimentiert, Menschen manipuliert und ihnen wehgetan hatte, war sich wie Carstens Tochter Merle als legitime Nachfahrin der Norderneyer Hexe vorgekommen, die sich an der Gesellschaft spät rächen sollte. Als Psychologe und Mann der Wissenschaft allerdings schloss Freesemann Hexenkräfte selbstverständlich aus. Er ordnete die Taten Gesa Onkens und das Verhalten Merles als eine Mischung zwischen angelesenem Wissen, einer exzellenten Gabe, Menschen zu beobachten und einzuschätzen, und einer Portion Fantasie ein. Er wollte aber über dieses Thema so wenig wie möglich sprechen. Carsten war nicht der Typ für eine tiefenpsychologische Behandlung, schon gar nicht für eine, mit der man theoretisch fünfhundert Jahre in der Vergangenheit starten müsste. Und so sehr er selbst Theorie liebte, so wenig brachte sie Carsten etwas. Nach dem modernen verhaltenstherapeutischen Ansatz sollte sein prominenter Patient daher Gesa und Merle vergessen und sie am besten ganz aus seinem Bewusstsein verdrängen. Nur so würde Carsten die Chance bekommen, ein neues Leben zu beginnen. Bislang war der Knoten bei Weitem nicht geplatzt, doch Freesemann hatte Ideen, und zwar einige. Er hatte sich vorbereitet und einen neuen Behandlungsplan erarbeitet, der morgen starten sollte. Carsten musste rausfinden aus den trüben Gedanken, so oft es irgendwie ginge, bis es sich verselbstständigte und zur Normalität würde.

»Haben Sie denn etwas mitgebracht, was Sie entspannt?«, fragte Freesemann schließlich. »Ich hatte Ihnen das beim letzten Mal aufgetragen.«

»Es gibt ja nichts«, sagte Carsten, hielt dann aber inne und schaute auf seinen Rucksack, den er vor der Couch abgestellt hatte. »Aber etwas habe ich doch mitgebracht. Gestern habe ich die hier bekommen, von einem Fremden auf der Fähre.« Er nahm die CD aus seinem Rucksack. »Ich weiß nicht, warum diese Musik hier so einen Effekt auf mich hat. Ich höre sie seitdem immer wieder. Eigentlich bisher nur den ersten Song, *Relax*. Weiter bin ich noch nicht gekommen, ich höre dieses Stück immer wieder. Einfach zu schön.«

»Zeigen Sie mal her!«, sagte Freesemann, stand auf und ließ sich von Carsten die Disc geben. »Blank & Jones«, las er von der Hülle ab. »Das wundert mich kaum. Ich habe viele Patienten, die auf diese Art von Entspannungsmusik anspringen. Chillout nennt man das doch?«

Carsten zuckte mit den Schultern. »Das steht was von *Ambient* drauf.«

»Dann werde ich sie mir mal nachher anhören. Mal sehen, ob wir das einbinden können.« Er klatschte einmal in die Hände. »So, wollen wir dann jetzt noch unsere Achtsamkeitsübungen machen?«

»Wenn es sich wieder nicht vermeiden lässt, dann ja.«

3. Reise zum Mittelpunkt der Insel

Etwa um die Zeit, als Carsten sich nach seiner Therapiestunde das dritte Samstagsnachmittagsbier aufmachte, legte Sophia Warstein mit der Fähre auf Norderney an. Sie hatte nicht vor, einen schönen Urlaub zu verbringen, und sie gedachte auch nicht, länger als nötig zu bleiben. Ihr Interesse galt einzig der Krankenhausruine, die sie heute nach Sonnenuntergang aufsuchen wollte. In ihrem umgeschnallten Militärrucksack verwahrte sie einen Kompass, eine Taschenlampe, ein Taschenmesser und etwas Proviant. Sie machte sich zu Fuß auf zum Stadtzentrum und verließ gegen einundzwanzig Uhr das Café, in dem sie sich bis dahin aufgehalten hatte, um ein paar Artikel für ihren Blog zu schreiben. Die Nervosität stieg, als sie in einem unbeobachteten Moment die Absperrungen vor den Norddünen überstieg und in den Wäldern nach dem Treffpunkt suchte.

»Das ist nicht schlecht«, sagte Sophia, als ihr zweieinhalb Stunden später der mit einem engen weißen Kittel gekleidete, breitschultrige Mann, der seine untere Gesichtshälfte mit einem chirurgischen Mundschutz verdeckte, den Knebel abnahm. »Ich muss zugeben, ich bin erschrocken. Da habe ich wohl wirklich Glück, dass

Sie mich ausgewählt haben, was?« Der Mann, dessen Glatze unter dem Licht einer an einem alten Kabel von der Decke baumelnden Glühbirne glänzte, zuckte mit den Schultern. Noch immer hatte dieser merkwürdige Mensch kein Wort gesprochen. Positionierte sich einfach da, die Hände hinter dem Rücken verschränkt, und starrte sie mit leeren Augen an.

»Ich werde *Lunatic Hospital Ney* auf jeden Fall fünf volle Sterne auf meinem Blog geben.« Sophia hielt ihre beiden Daumen in den Handschellen, die sie an das rostige Bettgestell fesselten, nach oben. Das wird sicher ulkig aussehen, dachte sie und erwartete, dass die absolut gelungene Vorstellung jeden Moment mit einem fulminanten Finale enden würde. Die etwa zehn Minuten, die sie hier auf der alten Pritsche in der bestialisch nach Unrat stinkenden, vielleicht drei Quadratmeter großen Zelle zusammen mit einigen hundert Fruchtfliegen, die über zwei schmutzigen Eimern kreisten, verbringen musste, hatten ihr genug Schrecken eingejagt. Sie hatte jede Minute genossen, schon als der Darsteller sie von hinten gepackt und aus der Krankenhausruine gezogen hatte, in der das *Dark Tourism Event* veranstaltet worden war. Wie so oft hatte sie sich für den besonderen Kick von der Touristengruppe getrennt, um die schaurigen Räumlichkeiten der Nervenanstalt aus dem 19. Jahrhundert alleine erkunden zu können. Das hatte sie auch während der Führung auf dem abgewrackten Jahrmarkt in Tschernobyl gemacht, im japanischen Selbstmordwald *Aokigahara* und selbst im Londoner Hochhaus Grenfell Tower, in dem bei einem schweren Brand erst im Juli 2017 über siebzig Menschen gestorben waren. Dort gab es den neuesten makabren Reality-Grusel, den sie natürlich schon auf ihrem Blog *Sophia's Shadow Shows* rezensiert hatte.

Sie gehörte zu den Top Ten der *Dark Tourism*-Blogger weltweit. Doch ihr letzter Besuch in Auschwitz hatte ihr harsche Kritik eingebracht, und sie hatte dadurch fast tausend Follower eingebüßt. Da kam ihr so etwas Unpolitisches wie Norderney im 19. Jahrhundert gerade recht. Und die alte Nervenheilanstalt gehörte zu den Geheimtipps. Es war dieses Mal außerordentlich schwer gewesen, Ort und Veranstaltungstermin herauszufinden. Neben ihr hatten nur zwei Mädels aus Australien, ein Ukrainer und natürlich Skeletor aus Paris das zu lösende Online-Rätsel geknackt. Ihr größter Konkurrent würde sich ärgern, dass ausgerechnet sie dieses Mal den *Dark Special* bekommen hatte. Damit lagen sie wieder gleichauf. *Dark Specials* zu erleben, also während einer an sich schon geheimen Führung noch eine Solo-Bespaßung abzusahnen, das galt als der ultimative private *Table Dance* der Szene. Zwischen ihr und dem Franzosen stand es jetzt also vier zu vier. Und alleine dafür hatte sich der Trip schon gelohnt. Sie konnte es kaum erwarten, die Fotos hochzuladen. Hoffentlich machte der stumme Glatzentyp gleich noch ein schauriges Selfie mit ihr. Möglicherweise könnte sich irgendwo etwas Kunstblut auftreiben lassen. So jedenfalls erschien sein Kittel zu steril. Notfalls mit Photoshop bearbeiten, dachte Sophia, die der Meinung war, für den doch recht happigen Preis von dreihundertfünfzig Euro ein spektakuläres Bild erwarten zu dürfen.

»Ich nehme doch mal an, ich bin jetzt in der Toten-kammer«, sagte Sophia. »Sie spielen den Professor Eisenfels, und wenn mich nicht alles täuscht, halten Sie hinter Ihrem Rücken Hammer und Metallstab bereit? Wirklich eine geile Rahmengeschichte! Absolut abge-fahren.«

Der Mann nickte.

»Na, dann los. Sitze ich richtig? Ich konnte die Kame-ras nicht finden, die das aufzeichnen. Sind die in den Eimern? Ich hoffe doch, es sind überhaupt welche da?«

Der Darsteller schüttelte den Kopf.

»Wie jetzt?«, fragte Sophia entsetzt. »Wozu dann der Aufwand? Megaätzend. Mega, echt jetzt! Dann machen Sie mich hier sofort los ... Oh, là, là, da sind ja Hammer und Stab. Sind die Teile auch desinfiziert? Ich habe keine Lust, mir was einzufangen.«

Sophia schloss die Augen, als der Mann ihr mit der Spitze der Stange auf der Stirn herumfuhr, bis sie die Spitze auf ihrem linken Lid spürte. Sie genoss die Gän-sehaut und den innerlichen Schrecken, nach dem sie so süchtig geworden war. Echt besser als jede chemische Droge. Krasser als Sex. Und das hier heute war un-glaublich realistisch. Dass diese Lobotomien, eine neurochirurgische Operation, bei der mithilfe von Stahlnadeln Nervenbahnen im Gehirn durchtrennt wurden, wirklich mal durchgeführt worden waren, wusste sie ja. Und die Authentizität eines Trips gab den Ausschlag dafür, was am meisten Follower und Klicks brachte. Das war wichtig. Keine komplett ausgedachte Scheiße.

Sophia hörte den Mann stöhnen. Das klang ekelhaft echt, irgendwie so, als sei er sexuell erregt. Widerlich!

Sie öffnete die Augen, sah im schwachen Licht der Glühbirne, wie er mit dem Hammer ausholte, und spürte dann, wie das Metall ihren Schädel durchbrach.

4. Manche mögen's kalt

Als Carsten am Sonntag um kurz nach elf wieder im Wind zweier Ventilatoren auf seiner Couch saß, hatte Freesemann die CD schon in den Spieler, der zwischen einem Haufen Fachbüchern im Regal stand, eingelegt. Er nahm seine Fernbedienung von dem kleinen Beistelltisch und tippte darauf herum. Der Sessel hob auch heute nicht ab.

»Ich kann die Musik hierüber starten, wie alles hier in dem Raum, das an Strom angeschlossen ist«, erklärte der Therapeut. »Läuft per Bluetooth, habe ich ganz neu eingerichtet.«

»Wahnsinn«, murmelte Carsten und fragte sich, wie weit hinter dem Mond manche Leute doch leben konnten. Freesemann war sechsundvierzig und damit gerade mal zwei Jahre älter als er. Doch hin und wieder kam sein Therapeut ihm vor wie Carstens seniler Vater in Bremen, der ihn jede Weihnachten darum bat, ihm zu erklären, wie man per E-Mail empfangene Dokumente in Ordnern eines Computers ablegen konnte.

Er sollte sich mal wieder bei seinen Eltern melden. Das hatte er lange nicht getan, aber er hatte auch nie ein besonders enges Verhältnis zu ihnen gehabt. Außerdem empfand er wenig Lust darauf, mit den beiden über die Trennung von Beate zu sprechen, für die sie kein Verständnis aufbrachten, und schon gar nicht wollte er eine Erklärung dafür formulieren. Aber melden sollte er sich dieses Jahr mal vor Weihnachten, wenn er nicht wollte, dass ihn sein Vater damit überraschte, dass er die Lichter des Weihnachtsbaumes per Bluetooth bedienen konnte.

»Herr Kummer«, sagte der Psychologe nach ein paar Minuten des gegenseitigen Beschweigens, »Sie wissen, dass ich in erster Linie Hypnotherapeut bin, ich arbeite methodisch damit sehr erfolgreich, bringe Menschen vom Rauchen weg, bearbeite Traumata, und meine Hypnose nach Erickson ist im Normalfall auch wirksam gegen Ängste und Depressionen.«

»Nur bei mir nicht«, brummte Carsten.

»Leider gehören Sie zu den wenigen Prozent Menschen, die überhaupt nicht in Trance zu versetzen sind, wir haben es lange genug probiert, sodass ich das behaupten kann.«

»Bravo, selbst das geht nicht«, sagte Carsten, winkte dann aber schnell ab. »Allerdings würde ich das auch nicht im gesunden Zustand wollen. Schon gar nicht nach dem letzten Sommer. Ich werde mich nie wieder manipulieren lassen.«

»Werden wir nicht alle jeden Tag manipuliert?«, fragte Freesemann, und als Carsten nicht antwortete, fuhr er mit seiner Einschätzung fort: »Wir haben es dann in den letzten Wochen mit Gesprächs- und Verhaltenstherapie versucht, mit psychoanalytischen Ansätzen, kognitiver Umstrukturierung und Schema-Therapie. Nichts davon bringt Sie momentan voran, Gruppentherapie schließe ich aus, da Sie zu prominent sind. Und die Achtsamkeit mögen Sie ja selbst nicht, wie Sie mir gestern wieder einmal eindrucksvoll bewiesen haben. Aber Sie müssen so schnell wie möglich aus diesem traumatischen Zustand der Leere heraus, damit Sie überhaupt in der Lage sind, an sich arbeiten zu können. Sie merken, dass wir uns im Kreis drehen. Wir sollten nicht immer wieder die Ereignisse des letzten Sommers durchgehen. Wir dürfen sie gar nicht mehr thematisieren. Es ist nicht zu ändern, und alles macht Sie nur depressiver!«

»Ach was?«, rief Carsten. »Welch Neuigkeit! Ist das eine esoterische Weisheit, hat Schiller das geschrieben oder versuchen Sie mich gerade zu manipulieren?«

»Beruhigen Sie sich und seien Sie nicht immer so sarkastisch«, sagte Freesemann. »Ich weiß, wie Sie sich fühlen, glauben Sie mir. Ihre Geschichte ist so außergewöhnlich, dass man bald anfangen wird, Bücher darüber zu schreiben, vielleicht wird sie eines Tages sogar verfilmt.«

»Da lege ich absolut keinen Wert drauf«, rief Carsten aus. »Hoffentlich verkaufen die solche Bücher mit meiner Geschichte dann nicht auf dieser Insel. Das werde ich als Polizeichef zu verhindern wissen, mit allem, was in meiner Macht steht! Ist ja eine Verletzung meiner Persönlichkeitsrechte.«

Freesemann strich sich nervös mit den Händen erst über die gegelten Haare, dann über seine weißen Jeans. »Vergessen Sie das einfach mit den Büchern und Filmen. Das war nur so dahergesagt. Worauf ich hinauswill, ist, wir müssen Sie jetzt fit kriegen, damit Sie in vier Wochen Ihren Dienst antreten können. Denn die Menschen brauchen Sie hier, und Sie wollen

diesen Job auch, wissen es nur noch nicht beziehungsweise spüren es nicht, nicht mehr. Heißt: Wir haben
kaum Zeit weiterzureden, und wie Sie ja selbst sehen,
es zieht Sie immer tiefer rein in den Strudel aus negati-
ven Gefühlen.«

»Ja, und was wollen wir stattdessen machen, wenn
wir nicht darüber reden?«, fragte Carsten, der das Gefühl hatte, als würde sich ein Insekt durch sein Gehirn
fressen. »Sollen wir jetzt jeden Samstag im Winde Ihrer
Bluetooth-Ventilatoren Schach spielen? Oder zusammen an den Badestrand gehen und schwimmen gegen
die Depressionen?« Er wies mit dem Zeigefinger auf das
Fenster und schaute seinen Therapeuten dann wieder
an: »Oder, wie wäre es mit einem Flugkurs?«

»Mensch, jetzt werden Sie sogar höhnisch«, sagte
Freesemann. »Und wieso denn Flugkurs? Sehe ich aus
wie ein Pilot? Nein, ich rede von etwas anderem.« Er
machte eine Pause und schaute wehmütig auf das Ge-
mälde von Freud, das hinter Carsten über seinem
Schreibtisch hing. Dann tippte er erneut auf der Fernbedienung herum. »*Relax your mind. It's been a long day.
I wanna chillout for a while ...*«, schallte aus den Lautsprechern, und Carsten beruhigten die chilligen Beats
umgehend.

Freesemann bemerkte das und grinste. Er tippte wieder auf der Bedienung herum, worauf sich beide
Ventilatoren noch einmal schneller drehten. Carsten
schaute wie magnetisiert in das Rotorblatt des ihm ge-
genüberstehenden Gerätes.

»Höchste Stufe«, sagte sein Psychologe mächtig stolz.
»So lässt sich doch der Hitzesommer ertragen.« Augenscheinlich schien Freesemann große Freude an seiner

neuen technischen Errungenschaft zu haben. »Denken Sie mal an das Meer in Kombination mit dieser sommerlichen Musik. Sie gefällt übrigens auch mir gut.«

Carsten wurde plötzlich richtig kalt, von wegen Hitze. Er glaubte beinahe schon vor Kälte zu zittern. Außerdem verspürte er beim Anblick der sich drehenden Ventilatorblätter einen leichten Schwindel und wandte seinen Blick von ihnen ab. »Sie versuchen es schon wieder mit diesem autogenen Training, oder?« Er wurde lauter, aber der Zorn blieb aus, was er auf die Musik schob. »Es bringt Ihnen und mir nichts.« Er schaute Freesemann an, doch für einen Moment verschwamm das Bild vor ihm. Merkwürdig. »Was macht denn ein Clown in einem Eisfach?«, fragte er und verstand es selbst nicht.

Der Psychologe nahm die Bemerkung seines Patienten über das autogene Training wieder auf: »Nein, Herr Kummer. Sie irren sich. Ich wollte nur für eine möglichst entspannte Atmosphäre sorgen, denn ich möchte Ihnen nun ein Angebot machen. Nach reiflicher Überlegung habe ich mich heute dazu entschlossen. Es fiel mir nicht leicht.«

»Dann belehren Sie mich«, sagte Carsten, der den Wind der Ventilatoren auf seiner Haut plötzlich genoss. Obwohl Freesemann nichts verstellt hatte, war ihm nun auch nicht mehr kalt. Wieder schaute er wie magnetisiert auf eines der Geräte. Komisch, ihm war, als würden die Rotoren des Ventilators immer mal wieder die Drehrichtung wechseln, immer dann, wenn er sich das vorstellte. Dachte er an links, drehten sie sich so rum. Dachte er an rechts, taten sie es so rum. Wie konnte er nur so fasziniert sein von einem so simplen Mechanismus?

»Normalerweise beziehe ich keine Medikamente ein in meine Therapie. Ich lehne es ab, wo es möglich ist«, sagte Freesemann. »Erfolgreich, wohlgemerkt. Aber ich denke, es ist für Sie in Ihrer Lage und aufgrund des Zeitdrucks nun das Beste, dass wir Sie auch medikamentös behandeln. Wären Sie dazu bereit?«

Carsten strich sich mit den Fingern über seine juckenden Nasenlöcher. Irgendetwas war hier faul im Raum. Kam es aus einem der Ventilatoren? Er wandte seinen Blick ab und schaute Freesemann wieder an. »Wenn es was bringt«, sagte er, und in ihm keimte zumindest ein wenig Hoffnung auf. Immerhin könnten ihn Pillen davon abhalten, sich mit Bier und Wein in den Schlaf zu trinken. »Ich habe damit keine Erfahrung«, fuhr er fort. »Aber ich mache alles, schlucke, was immer mich gesund werden lassen kann. Ist ein Medikament denn in der Lage, so etwas zu tun? Dann verschreiben Sie es mir! Sofort! Ist okay, bin einverstanden, ich nehme es.« Das kann die Rettung sein mit der Chemie, dachte Carsten.

»Medikamente alleine können Sie nicht gesund machen«, antwortete Freesemann. »Aber sie vermögen Sie aus diesem Zustand des Stillstands herauszuholen. Ihre Trauer ist in eine Form übergegangen, die vermutlich Stoffwechselveränderungen in Ihrem Gehirn ausgelöst hat. Und diese Blockaden können heutzutage recht effektiv mit Medikamenten rückgängig gemacht werden.«

»Ja, ist ja gut, verstehe ich«, sagte Carsten. »Her damit!« Musik, Wind, Tabletten. Der Kommissar fühlte sich wieder wie euphorisiert, wie gestern im Wagen.

»Ich kann Ihnen als Psychologe keine verschreiben«, antwortete Freesemann. »Ich bin kein Arzt. Da müssten Sie eigentlich zu einem Neurologen.«

»Och nö«, warf Carsten ein. »Nicht noch zu einem weiteren Arzt. Man wird bald über mich munkeln. Muss das wirklich sein?«

»Ich dachte mir, dass Sie das ablehnen würden«, entgegnete Freesemann. »Deswegen habe ich mich schon gekümmert, auch wenn das wohl nicht ganz den Regularien unserer Zunft entspricht. Aber ich sehe es als einen Notfall an. Ihnen wird der Name Professor Karlsson nichts sagen, nicht wahr?«

»Wohnt der bei Ihnen auf dem Dach?«

»Wie?« Freesemann schaute seinen Patienten ungläubig an. »Ach so.« Er lachte. »Na, wenigstens blitzt Ihr Humor schon wieder auf. Aber nein, Karlsson ist ein international hoch angesehener Psychiater und Neurologe, ursprünglich aus Stockholm, er arbeitet aber seit zwölf Jahren auch an der Charité in Berlin.«

»Aha«, sagte Carsten.

»Und das Beste, er praktiziert gerade für einige Monate in unserem Seehospital«, fuhr Freesemann fort, dessen Gesicht strahlte wie die Sonne im ovalen Fenster. Er überlegte. »Und, Moment, ja, in gewisser Weise haben Sie sogar recht mit dem Dach.« Er lachte erneut. »Ist mir gar nicht aufgefallen der Zusammenhang, witziger Zufall.«

»Was denn?«

»Karlsson hat sich in nicht genutzten Räumen, tatsächlich auf dem Dach des Hospitals, eingerichtet. Er arbeitet da an einer Studie über Angsterkrankungen, die sich durch den Einfluss von Nordseeluft bei gleichzeitiger Gabe eines neuen Muskelrelaxans verbessern könnten. Ich habe darüber einen äußerst spannenden Vortrag gehört, neben den Ärzten des Seehospitals und Fachleuten vom Festland waren auch wir Norderneyer Psychologen eingeladen. Na ja, wir sind ja nur zwei. Jedenfalls war das Referat hochinteressant, und es ist eine solch große wissenschaftliche Ehre, dass Karlsson das hier bei uns auf Norderney angeht.«

»Na dann«, meinte Carsten. »Jedenfalls klingt das für mich nach Bullshit mit der Nordseeluft-Therapie bei seelischen Störungen. Ich schlafe seit Wochen mit geöffnetem Fenster und habe dennoch psychische Probleme wie nie zuvor in meinem Leben, auch wenn ich gerade etwas Hoffnung verspüre.« Ein leichtes Lächeln ging über seine Lippen. »Das ist schon toll. Aber ich bin auch kein Angstpatient, mir geht es nur beschissen.«

»Na klar«, sagte Freesemann. »Sie sollen ja auch nicht an der Angst-Studie teilnehmen. Professor Karlsson ist aber darüber hinaus einer der besten Experten, was die medikamentöse Behandlung von akuten Depressionen betrifft.«

»Gut«, sagte Carsten. »Und was weiß er dann, was Sie nicht wissen?« Seine Aufmerksamkeitsspanne sprang zwischen dem, was Freesemann sagte, den Düsenventilatoren und der Musik hin und her. *Relax* lief nun schon zum dritten Mal an. Sein Psychologe startete das Lied von vorne. Wenn es durch war.

»Na, eben darum geht es ja. Karlsson hat andere Mittel. Ich erkläre Ihnen jetzt, was Sie machen. Sie müssen mir nur versprechen, dass Sie, sollten Sie das Experiment annehmen oder auch ablehnen, niemandem davon etwas erzählen. Auch für mich ist das eben nicht vollends legal.« Freesemann hüstelte verlegen.

»Ich werde Sie schon nicht verhaften.« Carsten grinste ein weiteres Mal, aber ohne, dass ihn ein tieferes Glücksgefühl überkam. »Es geht ja um mich. Ich werde niemandem überhaupt verraten, dass ich bei Ihnen in Behandlung bin, also auch das nicht.« Er breitete die Arme aus. »Nun, was ist es? Sie brauchen mich nicht auf die Folter zu spannen, ich bin bereits fest eingespannt.«

»Einen Augenblick bitte.« Freesemann stand auf und lief zu seinem Bücherschrank. Aus einer Schublade entnahm er einen kleinen weißen Karton, legte ihn auf den Tisch und setzte sich wieder.

»Das sind die Medikamente? Von Karlsson?«

»Richtig«, antwortete Freesemann. »Ich habe mich nach dem Kongress mit dem Professor unterhalten und ihm von Ihrem Fall erzählt, natürlich ohne einen Namen zu nennen. Ich habe aber insistiert, wie wichtig eine sofortige Heilung ist. Karlsson ist ja nur eine kurze Weile hier oben und kann Sie nicht behandeln, hat keine Zeit. Er gab mir aber das Mittel. Es ist universell einsetzbar für alle Depressiven. Es handelt sich um ein neues Medikament, das bisher nur in Südostasien angewandt wird, woanders ist es nicht zugelassen. Obwohl Studien an Vietnamesen und Mäusen gezeigt haben, dass es das bisher wirksamste Medikament gegen Depressionen sein könnte. Es ist eine Frage der

Zeit. Im Grunde ist es ein Wunder. Ich habe schon Sorge, dass es mich mal arbeitslos machen könnte, wenn es wirklich so ganz ohne Psychotherapie Depressionen heilt. Aber das glaube ich wiederum nicht. Sie werden auch weiterhin zu mir in Behandlung kommen. Wir kombinieren das.«

»Soso, an Vietnamesen und Mäusen. Na ja. Wie heißt es denn, das Wundermittel?«

Freesemann nahm die Packung in die Hände und las seinem Patienten den Namen vor.

»Schatten?«, rief Carsten irritiert, Freesemanns Wort wiederholend. »Die habe ich zwar in meiner Seele und vor meinen Augen. Aber das ist doch kein Name für ein Medikament?«

Freesemann lachte. »Nicht Schatten«, sagte er. »*Shut N*. Englisch für *schließen*. Hat mit Synapsen-Rezeptoren zu tun, die durch die Substanz geschlossen werden, so erklärte es mir Karlsson.«

»Aha«, sagte Carsten. »Na, mir auch wurscht, wie das heißt, Hauptsache, es wirkt. Und das *N*, wofür steht das? Norderney? Notfall? Nicht ohne meine Tochter?«

Freesemann zuckte mit den Schultern. »Das weiß ich nicht, normalerweise wird mit *N* und einer Zahl zwischen eins und drei dahinter die Packungsgröße angegeben.«

»Wie gesagt, egal!«, antwortete Carsten. »Ich kaufe dann, um es mit den Worten von Verkäufer Schlemihl aus der Sesamstraße zu sagen, ein *N*.« Er wunderte sich selbst darüber, dass er wieder ein paar Witze machen konnte. Keine guten, aber immerhin, Neugier und Humor wertete er als positive Zeichen.

»Der Beipackzettel ist auf Chinesisch und Vietnamesisch geschrieben«, ergänzte Freesemann.

»Verstehe ich nicht! Nicht auch noch auf Mäusisch?«

»Ja, Sie werden staunen, auch ich beherrsche keine asiatischen Sprachen«, meinte der Psychologe. »Karlsson hat mir alles Wichtige aufgeschrieben. Moment.« Freesemann nahm seinen Notizblock zur Hand und las darin. »Sie nehmen zwei Tabletten täglich. Eine morgens und eine abends. Auf gar keinen Fall mehr. Das ist nicht hinreichend erforscht, hören Sie?« Er drückte sich die Brille auf die Nase und schaute Carsten warnend an.

»Ja, verstanden.«

»Sie werden sich schon sehr schnell, vermutlich bereits nach der ersten oder zweiten Anwendung, besser fühlen.«

»So einfach ist das?«, fragte Carsten. »Da muss es doch irgendeinen Haken geben.«

Freesemann überlegte. »Eben nicht, sieht man von ein paar Nebenwirkungen ab, die es aber bei so gut wie jedem Antidepressivum geben kann.«

»Und welche sind das bei diesem?«

Freesemann las aus seinem Kalender ab: »Euphorie bis hin zu Manie, Halluzinationen sämtlicher Sinneseindrücke. Sexuelle Funktionsstörungen. Einige hören Stimmen, andere verlieren Gewicht.«

»Wie passend. Sex habe ich nicht, auch keine Lust drauf, Stimmen höre ich den ganzen Tag über, und gegen Euphorie habe ich rein gar nichts einzuwenden. Gewichtsverlust und Halluzinationen – unschön, aber kann ich mit leben. Vielleicht helfen Pizza und Tagesschau sehen.«

»Na, dann fangen wir an.« Freesemann reichte Carsten die Packung mit den Tabletten. »Ach, fast hätte ich es vergessen. Weil das Medikament nicht zugelassen ist, muss ich Sie noch bitten, dieses Formular zu unterschreiben.« Er nahm aus einer Mappe, die er aus einem Fach unter der Tischplatte hervorzog, einen bedruckten Zettel und übergab ihn Carsten. »Es ist nur eine Einverständniserklärung, in der Sie versichern, dass Sie sich bereitwillig dazu entschieden haben, die Tabletten einzunehmen, und Sie niemand dazu gezwungen hat. Reine Formsache.«

»Verstehe«, sagte Carsten. »Damit Karlsson und Sie raus sind, falls ich aufgrund einer üblen Manie einen Herzinfarkt im Kaufrausch erleide oder mir eine Stimme befiehlt, mich im Gartenhäuschen zu erhängen.«

»Das wird nicht passieren. Bisher ist noch jeder Vietnamese, der mit *Shut N* behandelt wurde ...«

»Habe es kapiert«, sagte Carsten. »Aber können wir dann jetzt hier aufhören? Ich habe noch etwas in meinem Rucksack, das jemand anderen entspannen soll. Ein Geschenk für meine Tochter.«

»Ausgezeichnet«, sagte Freesemann. »Ja, wir sind für heute fertig, ich muss Sie nur bitten, mir sofort Bescheid zu geben, wenn Ihnen die Tabletten nicht bekommen.

Er überlegte. »Sie haben ein Gartenhäuschen?«

»Nein, aber ich will mich ja auch nicht umbringen«, antwortete Carsten.

»Gut«, sagte Freesemann und stand von seinem Sessel auf. »Dann gehen wir rüber. Leefke wird sich freuen! Vergessen Sie Ihren Rucksack nicht.«

»Die CD.«

»Wie?«

»Ich brauche die CD.«

»Ach, richtig, ich bin manchmal aber auch schusselig.« Freesemann nahm die Disc aus dem Spieler, legte sie in die Hülle und gab sie Carsten, der sie wieder im Rucksack verschwinden ließ. Dann folgte er dem Therapeuten in den Wohntrakt.

5. Die kleine Hexe

Als Carsten ins Wohnzimmer kam, sah er Leefke in ihrem Laufställchen sitzen. Sie hatte einen rosa Strampler an und ein Lätzchen mit aufgestickten Herzchen umgebunden. Für Carsten ein unmögliches Klischee, aber hier mischte er sich *noch* nicht ein. Vor ihrem Gestell hockten mit gespitzten Ohren die zwei schwarzen Katzen der Freesemanns und beobachteten das Kind, das irgendwas Unverständliches brabbelte und dabei ein kleines Fingerchen durch die Gitterstäbe schob, damit die Nasen der Katzen anstupste, die sich daran rieben.

»Macht sie schon seit einer halben Stunde«, rief Stella, die in einem Sessel in der gegenüberliegenden Fernsehecke saß. Das TV-Gerät lief, und sie hielt die Bedienung in der Hand. »Die Katzen mögen sie.« Stella lachte. »Scheint fast so, als würden sie mit ihr kommunizieren.«

Leefke hatte die Stimme ihrer Pflegeschwester gehört, sah sie an und dann in die Richtung, in die Stella schaute. Als sie ihren Vater erkannte – und der staunte jedes Mal darüber–, zog sie sich mit den Händen am Gitter hoch. Die Katzen miauten, als würden sie sich von dem Baby verabschieden, und tapsten dann in Richtung Küche. Leefke lächelte und streckte die Arme nach oben.

»Na los«, sagte Freesemann, der hinter Carsten stand und ihm eine Hand auf die Schulter gelegt hatte. »Sie freut sich. Nehmen Sie sie raus. Sie will auf Ihren Arm.«

Vorsichtig ging Carsten zum Laufstall und zog Leefke behutsam heraus. Er legte eine Hand um ihren Po, der in Pampers steckte, mit der anderen hielt er das Köpfchen, auf dem sich schon viele kleine rote Haare gebildet hatten. Leefke schaute ihn mit ihren großen, grünen Augen an, nahm dann ihren Zeigefinger und drückte damit auf Carstens Nase, wie sie es mit den Katzen gemacht hatte.

»Hallo meine Kleine«, sagte Carsten und musste dabei lächeln. »Du weißt noch, wer ich bin? Das ist toll. Ich bin dein Vati.«

»Setzen Sie sich mit ihr auf das Sofa«, sagte Freesemann und wandte sich dann in schroffem Ton an seine Tochter. »Stella, kannst du bitte mal den Fernseher ausmachen? Hast du deine Hausaufgaben erledigt?«

»Papa, ich habe Ferien, schon seit zwei Wochen!«

»Ach ja«, sagte Freesemann. »Aber was musst du denn hier in diesem abgedunkelten Raum Fernsehen gucken?«

»Ich schaue *Netflix*!«

»Ist das nicht das Gleiche? Zahle ich das eigentlich? Wieso gehst du nicht raus wie alle anderen Kinder auch?«

Stella schaltete den Fernseher aus, stand auf und pfefferte die Fernbedienung in den Sessel. »Also, erstens ist es ja wohl viel zu heiß draußen, und zweitens – wie du eigentlich sehen solltest – passe ich gerade auf meine Schwester auf, solange Mama einkaufen ist. Und drittens und wichtigstens bin ich kein Kind und spiele auch mit keinem, außer mit Leefke.« Sie verknotete ihre langen dunklen Locken hinter dem Kopf und lief verärgert an Carsten vorbei, der sich mit Leefke auf die Couch setzte. »Ich gucke dann eben oben auf dem Laptop weiter, Papa!« Als sie aus der Tür ging, rief sie noch: »Ach, ruf mich doch einfach, wenn dein nächster Patient da ist, damit ich dann meinen Verpflichtungen als Schwester oder – wie ihr es nennt – Kindermädchen nachgehen kann. Ich mache das im Übrigen für lau. Bald verlange ich Kohle für meine Dienste.«

Freesemann ging in die Sofaecke, nahm die Fernbedienung vom Sessel und setzte sich. »Entschuldigen Sie, die Pubertät!«

Doch Carsten hörte nicht. Er streichelte Leefke über die Wangen. Sie schaute ihn fasziniert und verliebt an.

»Wollen Sie jetzt mal sehen?«

»Was?«, fragte Carsten.

»Warten Sie!« Freesemann stand wieder auf und holte aus Leefkes Stall ein großes, buntes Buch. »Nehmen Sie sie auf den Schoß«, sagte er.

Carsten setzte das Kind auf seine Beine. Leefke strampelte mit den Füßen in der Luft, als sie das Buch sah, und griff danach, auch wenn sie es verfehlte, weil sie es noch nicht festhalten konnte.

»Es ist ein Wimmelbilderbuch«, sagte Freesemann, öffnete eine Seite und gab Carsten dann das Buch in die Hand, sodass Leefke von seinem Schoß aus darauf schauen konnte. Die Doppelseite zeigte einen übervollen Spielplatz, mit wahrscheinlich Hunderten von Kindern, Dutzenden Eltern, Tieren, Spielgeräten, Eistüten, Fahrrädern, Bällen, Luftballons. Leefke schien sofort nach etwas darin zu suchen. Ihre Augen schauten angestrengt, und ihre Finger kreisten über der bunten Landschaft. Dann tippte sie auf ein Mädchen in einem Kinderwagen. Etwas älter als sie, aber mit roten Haaren. Carsten war erstaunt. Sie suchte weiter und fand den Polizisten, der einige Kinder dazu aufforderte, ihren Müll in eine Tonne zu werfen. Sie zeigte auf den Mann in der grünen Uniform, dann wieder auf das rothaarige Mädchen, drehte sich zu Carsten um und lächelte stolz.

»Das bist du, und der Polizist bin ich, dein Vati?«, fragte Carsten. »Ist das normal?« Er schaute Freesemann an, der sich wieder gesetzt hatte.

»Absolut nicht. Es ist wie ein Wunder! Sie erstellt Zusammenhänge, hat ein Bewusstsein, weiß, wer sie ist und wer Sie sind und dass Sie zusammengehören. Sogar was Sie beruflich machen, kann sie angeben.« Freesemann rieb sich die Hände. »Stella hat ihr das zwar alles erklärt, das ist noch nicht spektakulär, aber dass Leefke nun, wo Sie hier sind, erkennt, dass Sie beide eine Familie sind, das ist phänomenal. In der Medizin gibt es ja immer wieder bestätigte Wunder. Man muss das wohl auch für mein Fach einführen. Leefke ist jedenfalls eins.«

»Ein Wunderkind bist du also«, flüsterte Carsten seiner Tochter ins Ohr und schaute völlig fasziniert ihren kleinen Fingern dabei zu, wie sie erneut etwas im Buch suchten. Sie tippte auf eine Katze und wies dann in die Küche, in der die beiden Tiere verschwunden waren. Dann zeigte sie auf den Polizisten, dann auf eine sich drehende Scheibe, auf der Kinder saßen. Nach kurzem Suchen fuhr sie danach mit dem Finger auf einen

Mann mit Brille, der auf einer Bank saß und das Treiben auf dem Spielplatz beobachtete.

»Meint sie jetzt Sie?«, fragte Carsten.

»Zeigt sie Ihnen den Mann auf der Bank? Mit der Zeitschrift in der Hand?«

»Genau auf den!«

»Ja, er sieht mir wohl ähnlich«, antwortete Freesemann. »Zumindest zeigt sie mir den und dann oft etwas, das sie haben will. Demnach soll ich das wohl sein.«

»Irre«, rief Carsten und beobachtete das Phänomen weiter. Leefke tippte auf einen weinenden Jungen. Es sah aus, als schüttelte sie ihr kleines Köpfchen dabei, dann wies sie erneut auf den Polizisten und als Nächstes auf die Sonne, die gemalt und grell leuchtend zwischen zwei Baumkronen zu erkennen war. Leefke machte Geräusche, die entfernt an ein Kichern erinnerten.

»Was zeigt sie Ihnen jetzt?«, fragte der Psychologe.

»Ich weiß nicht, vielleicht bilden wir uns das alles ein. Das kann sie ja nicht wissen, dass ich traurig bin. Haben Sie ja selbst gesagt, dass das keiner merkt. Ich glaube, sie will, dass ich mehr lache, wenn ich sie besuche, oder die Sonnenseite des Lebens betrachte.«

»Eine kluge Tochter«, sagte Freesemann. »Wohl die jüngste Philosophin aller Zeiten. Ach, haben Sie nicht gemeint, Sie hätten was für Leefke? Sie hat sich doch eine Belohnung verdient jetzt oder finden Sie nicht?«

»Ach ja, die Schildkröte in meinem Rucksack«, antwortete Carsten. »Können Sie ihn holen, den habe ich vor dem Laufstall abgelegt?«

»Natürlich! Klasse, Schildkröte, Sie haben aber Ideen. Ich denke an meinen Namensvetter Michael Ende. Wollen wir das Tier Morla oder Kassiopeia nennen?«

6. Ist das Inselleben nicht schön?

»Was macht denn ein Clown in einem Eisfach?« Von Lachkrämpfen geschüttelt, wachte Carsten in seinem Bett auf und dachte über den kuriosen Traum nach. »Unglaublich, so realistische Bilder, bunte Farben, so absurd. Das erste Mal seit Langem kein Albtraum«, sagte er laut und las von seinem Wecker die Uhrzeit ab: neun Uhr dreißig. Wahnsinn, er hatte fast zwölf Stunden geschlafen. Was für ein prachtvolles Wetter draußen, dachte er, als er aufgestanden war, die Gardine zur Seite gezogen hatte und in den hellblauen Himmel schaute. Die Sonne blendete ihn nicht. Keine Stiche im Kopf. Er öffnete das Fenster, lehnte sich weit hinaus und sog sie ein, die frische, salzige Sommerluft. Unten auf dem Weg, der an seinem Häuschen entlangführte, ging ein älterer Herr mit einem Dackel spazieren. »Guten Morgen«, rief Carsten hinunter. »Was für ein herrlicher Tag heute!« Der Mann lächelte ihn an, und Carsten bemerkte, dass er lachte, ja tatsächlich. Es waren echte Gefühle. Konnte das wirklich an den Pillen liegen? Aber es musste ja. Eine andere Erklärung gab es nicht. Wahnsinn: *Shut N*. Seine Rettung. Hoffentlich war das keine Einbildung oder ein einmaliges Erlebnis.

Gestern nach seiner Therapiestunde, nach dem Abschied von Leefke, war es ihm sofort wieder schlecht gegangen, auf der Arbeit hatte er sich wie gehabt unwohl gefühlt. Als er abends zu Hause zur Ruhe hatte kommen wollen, war er schnell so übel gelaunt gewesen, dass er sich nicht mal auf seine Lieblingsserie hatte konzentrieren können. Bevor er schlafen gegangen war, hatte er dann die erste Pille eingenommen. Und nun? Nun war er glücklich.

»Man sollte diesem Karlsson einen Preis verleihen, den Karlspreis sollte er kriegen«, sagte Carsten laut, lachte, lief in sein Badezimmer und duschte ausgiebig und dabei munter die Melodie von *Relax* vor sich hin pfeifend. Später bereitete er sich in der Küche Spiegeleier zu, mit Speck, Tomaten und viel Pfeffer. Er aß die ganze Pfanne leer und schob noch ein Mandelhörnchen hinterher, das er sich gestern beim Bäcker geholt, aber dann einfach vergessen hatte. Hunger ist ein erfreuliches Zeichen, dachte er, schenkte sich eine Tasse Kaffee ein und schaute auf das Display seines Smartphones. Das Foto, das Freesemann gestern für ihn von Leefke und der Schildkröte – sein Psychologe hatte ihr den Namen Morlapeia gegeben – auf seinem Schoß gemacht hatte, hatte Carsten sofort als Hintergrundbild eingerichtet. Leefkes rote Haare kräuselten sich auf ihrem süßen, kleinen Kopf. Neben ihr auf der Couch war ein Teil des Wimmelbuches zu sehen, über das sie mit ihm kommuniziert hatte. Ob das wirklich Hochbegabung war? Aber was sonst? Seine Tochter, ein Phänomen. Was wohl, wenn sie erst richtig sprechen konnte? Über was würden sie sich unterhalten? Er stellte sich vor, wie Leefke mit drei Jahren Englisch lernte, mit vier zu einem Klavierkonzert ins Konversationshaus einlud, mit fünf ihr erstes Buch schrieb. Er wollte ihre Entwicklung genau beobachten. Aber Freesemann würde da sicherlich auch am Ball bleiben. Carsten sollte sich in erster Linie um sich selbst kümmern, damit Leefke bald bei ihm aufwachsen konnte. Heute hatte Carsten Spätschicht. Er konnte also irgendwas unternehmen. Bevor er aber zum Dienst gehen würde, wollte er seinen Psychologen kurz anrufen. Nicht, um von Nebenwirkungen zu berichten, sondern um ihm von der bombastischen Wirkung von *Shut N* zu erzählen.

Apropos, ich muss ja meine Morgentablette nehmen, dachte Carsten und holte die Packung aus der Küchenschublade. Zurück am Tisch, öffnete er sie und entnahm den Zehner-Blister, aus dem er schon eine der blauen Pillen herausgebrochen hatte. Er schaute in die Packung und zählte. Er hatte noch neunundneunzig Tabletten. Freudig löste er die nächste aus der Verpackung und balancierte sie auf seiner Handfläche. Ach, was soll's, sind ja genug da, dachte er und entnahm eine weitere Pille. Er warf sie sich in den Mund und spülte sie mit Kaffee herunter.

So, und nun? Er rieb sich die Hände. Was könnte ich denn mal wieder Schönes machen, überlegte er, als er von seiner kleinen Küche aus dem Fenster schaute. Mit Wonne beobachtete er die Spatzen, die vor seinem Haus aus einer Schüssel Frischwasser tranken, das er ihnen wegen der Hitze hingestellt hatte. Sie zwitscherten und tschilpten und jagten sich gestärkt vom Wasser gegenseitig hinterher. Ein kleines Exemplar war in die

Schüssel gesprungen und ruderte wie wild mit seinen Flügeln darin herum. Es sah putzig aus.

Natürlich, sinnierte Carsten, ich könnte schwimmen gehen, wie lange habe ich das nicht gemacht? Und das auf einer Insel. Das geht nicht! Jawohl! Zum Meer, unter Leute! Wie eine bunte Ameise den Damenpfad hochlaufen. Wie passend, danach könnte er dann zu Leefke. Ihn hielt hier nichts mehr alleine zu Hause.

Carsten zog sich die Badeshorts unter seine kurze Jeans, packte zwei Handtücher, Sonnencreme und ein Buch über Kleinkindererziehung ein und machte sich auf den Weg. Als er am Spielwarengeschäft am Kurpark vorbeilief und dort an einem Ständer Taucherbrillen entdeckte, kaufte er eine mit langem Schnorchel. Das hatte er immer schon mal ausprobieren wollen. Beim Zeitschriftenhändler schräg gegenüber besorgte er sich den *Weser Kurier* und zwei Flaschen eisgekühlte Limonade mit Ingwer.

Der Weststrand war jetzt um die Mittagszeit gerammelt voll. Kinder lärmten, Möwen lachten, Väter ließen Drachen steigen, Mütter lasen Romane in Strandkörben. Einige kleine Jungen hatten weit vorne am Meer Boote aus Sand gebaut und freuten sich über die gerade einsetzende Flut, die ihre Schiffchen umspülte. Carsten fühlte sich so voll Energie, dass er beschloss, einfach zu laufen, hier war es zu voll, ein Strandkorb war nicht mehr frei. Dann würde er eben am Herrenpfad ein Plätzchen für sich suchen. Er lief am Volleyballfeld vorbei, auf dem eine Gruppe junger Frauen mit kurzen Röckchen und Schirmmützen spielte. Carsten klatschte und jubelte ihnen zu. Die Mädels grinsten, winkten und lachten sich dann kaputt. Der Kommissar lief und lief, und mit jedem Schritt erfreute sich sein Herz mehr an der Umgebung. An einer Buhne setzte er sich kurz auf die schwarzen Steine, nur um seine Schuhe auszuziehen. Dann spazierte er am Rande des Wassers weiter. In Höhe des Januskopfes hörte Carsten wummernde Beats, die ihm bekannt vorkamen, Lyrics, die er aufsog:

»*There's another way to feel ... hap hap happiness, hap hap happiness.*«

»Blank & Jones?«, rief er ein paar Teenagern zu, die auf Handtüchern lagen, Bier tranken und das Lied über einen Lautsprecher abspielten. Einer streckte den Daumen nach oben, und Carsten tat es ihm nach.

Zwischen Weißer Düne und FKK-Strand fand der glückliche Kommissar ein lauschiges Plätzchen, an dem er sein grün-weißes Werder-Handtuch ausbreitete. Er setzte sich, trank eine der Flaschen mit einem Zug aus und ließ sich dann entspannt nach hinten fallen. Er schloss die Augen und ließ sich die Sonne ins Gesicht scheinen. Er wollte ein wenig die Wärme in Kombination mit der frischen Brise genießen, bevor er sich ins kühle Meer schwingen würde.

Er musste eingenickt sein, denn als er die Schreie hörte, fühlte er sich kurz orientierungslos. Jemand schien in Gefahr, Carsten sprang reflexartig auf, er musste helfen.

Eine Traube von Kindern hatte sich am Meer gebildet.

»Benno, Benno«, hörte er sie wild durcheinanderschreien. Weit hinten auf dem Meer erkannte Carsten eine Luftmatratze, die etwa hundert bis hundertfünfzig Meter entfernt in den hohen Wellen trieb. Er riss sich das Shirt von Leib und rannte den Strand herunter.

»Was ist passiert?«, rief er. »Wo ist Benno? Wer ist Benno?«

»Helfen Sie uns, mein Hund ist da hinten auf der Luftmatratze, er wird ertrinken«, schrie ein Mädchen im Kindergartenalter.

»Gib mal her«, rief Carsten einem etwa zehnjährigen Jungen, der mit einem Fernglas aufs Meer schaute, zu. Er gab es ihm, und Carsten sah den Hund, der zitternd, flach auf dem Bauch liegend, auf der Luftmatratze kauerte. »Da nimm«, sagte er und gab dem Jungen das Glas zurück. »Warum setzt ihr den armen Hund da drauf?«

»Das sollte nur ein Spaß sein«, rief das Mädchen, das nun weinte. »Er kann ja eigentlich schwimmen.«

»Der kann nicht im Meer schwimmen«, rief Carsten. »Ich hole ihn, bevor er von der Matratze fällt. Vertraut mir, ich bin Polizist!«

Er sprintete ins Wasser, und als er keinen Boden mehr unter den Füßen spürte, hechtete er mit dem Kopf voran in die Wellen und kraulte in Richtung Matratze. Obwohl er alle Kraft aufwendete, kam er nur langsam voran, schluckte salziges Wasser, das ihm in den Augen brannte. Wo war die Luftmatratze? Er stoppte, hatte die Orientierung verloren, versuchte sich nach allen Seiten umzudrehen. Dann sah er die Kinder am Strand mit den Armen fuchteln. Die Strömung einer Welle riss ihn mit dem Kopf unter Wasser. Als er auftauchte, schaute er direkt in die Sonne. Das Licht schmerzte, er drehte sich weg, konnte den Strand nicht mehr erkennen, bunte und dann dunkle Flecken zogen vor seinen Augen vorbei. Wie wild begann er mit den Händen im Wasser herumzuschlagen. Sein Herz raste, er wusste nicht mehr, wo rechts und links, wo oben und unten war. Er rang nach Luft, spürte, wie er kaltes Wasser durch die Nase einsog. »Hilfe!«, rief er. »Hilfe!«

Plötzlich tauchte die rote Luftmatratze vor ihm auf, der Hund saß noch drauf, bellte ihn an. *Retten Sie mich, Herrchen!* Hatte der Hund zu ihm gesprochen? Carsten versuchte mit letzter Kraft, nach der Matratze zu greifen, doch er verfehlte sie. Hinter der nächsten Welle ging er unter und wurde ohnmächtig.

7. Ein Psychologe auf Abwegen

»Wer ruft denn mitten während dem *Tatort* an?«, fragte Freesemann verärgert, als das Telefon klingelte, nachdem er es sich gerade mit seiner Frau Yasemin und seiner Tochter Stella im Wohnzimmer gemütlich gemacht hatte. Leefke schlief schon seit drei Stunden tief und fest. Frau Freesemann hatte das Babyphone eingeschaltet, und die Familie genoss die verdiente Ruhe.

»Sicher jemand, der nichts vom *Tatort* hält«, sagte Yasemin und griff in die Tüte mit den *Salt and Vinegar Chips*.

»Ihr seid doch beide einfach so verpeilt«, rief Stella, lachte und verschluckte sich fast an ihrem Schokoladeneis. »Es ist Montag Abend, schon vergessen? Ich habe Euch die Mediathek angestellt, weil ihr gestern Abend mit Euren Freunden aus dem Ruhrgebiet essen wart.«

»Ach stimmt«, sagte Freesemann.

Yasemin lachte. »Wir werden alt, Michael.«

»Ich würde ja rangehen, könnte wichtig sein«, rief Stella. »Freunde rufen doch nicht auf Festnetz an.«

»Och Mensch! Ich verpasse ja alles.«

Stella drückte eine Taste auf der Fernbedienung und schüttelte schmunzelnd den Kopf. Das Bild pausierte.

»Mediathek, schon verstanden«, sagte Freesemann, stand vom Sofa auf und lief ins Esszimmer, wo das angestaubte Telefon zwischen Blumenvasen und Zeitschriften auf der Fensterbank lag. Prompt fiel ihm Carsten Kummer wieder ein. Der könnte es sein, hatte nur die Festnetznummer. Er sollte ihm die mobile Nummer am besten auch geben. Ob er Probleme mit den Tabletten hatte? Hoffentlich keine Nebenwirkungen. Der Psychologe beeilte sich und riss das Telefon vom Ladegerät. »Michael Freesemann, hallo?«

»Rickmer, Kripo Norderney.«

Freesemann wunderte sich. »Guten Abend, damit habe ich ja gar nicht gerechnet. Haben Sie noch keinen Feierabend?«

Rickmer stöhnte. »Das ist nicht witzig. Es ist etwas passiert.«

»*Was* ist passiert?«

»Ich wusste nicht, wen ich noch informieren sollte, müsste. Ich habe seine Eltern benachrichtigt, und nun ja, gewissermaßen gehören Sie ja auch zur Familie.«

»Über was, über wen reden Sie, Herr Kommissar?«

»Carsten Kummer.«

»Könnten Sie bitte etwas konkreter werden?«

»Carsten Kummer, der leibliche Vater Ihrer Pflegetochter, wäre heute beinahe ertrunken. Er wollte anscheinend einen abgetriebenen Hund retten und muss dabei einen Krampf oder so was erlitten haben. Klar ist das noch nicht.«

»Oh nein!« Freesemann schrie so laut, dass wenige Sekunden später Yasemin und Stella in der Tür standen. »Aber ihm geht es jetzt gut, oder?«

»Nein, das kann man nicht sagen, bestimmt nicht. Er hat viel Wasser geschluckt, möglicherweise hat sein Hirn einen Schaden erlitten. Auf jeden Fall ist er nicht ansprechbar und liegt im Seehospital. Im Koma.«

»Koma?«, rief Freesemann, sein Herz raste. Er dachte sofort daran, dass die Tabletten damit etwas zu tun haben könnten. Wenn das so wäre, dann träfe ihn eine direkte Schuld.

»Ja.«

»Okay, okay. Aber er ist nicht in Lebensgefahr?«

»Soweit ich das verstanden habe, nicht. Nein. Aber er ist ja nicht in einem künstlichen Koma. Was, wenn er nicht mehr aufwacht?«

Ja, und was, wenn er aufwacht, dachte Freesemann. An was wird er sich erinnern?

»Viel mehr weiß ich auch nicht«, rief Rickmer in den Hörer. »Wenn Sie Genaueres erfahren wollen, müssen Sie sich an Professor von Langenau wenden. Den Chefarzt der Inneren. Carsten ist aber auf der Intensivstation.«

»Ich kenne ihn, ja«, sagte Freesemann. »Ich werde gleich morgen früh rausfahren.«

»Es wäre eine Katastrophe«, raunte Rickmer. »Nach alldem, und gerade jetzt, wo er die Kripo übernehmen soll.«

»Ich weiß«, sagte Freesemann. »Es *ist* eine Katastrophe.«

»Bewahren Sie Stillschweigen. Die Presse sollte, solange es irgendwie geht, nichts erfahren. Zu ihm rein darf sie sowieso nicht. Sollten da Journalisten auftauchen, lasse ich sofort Lohmann abstellen und auf ihn aufpassen.«

»Was ist denn, Papa?«, fragte Stella, als Freesemann aufgelegt hatte. »Ist was mit Carsten?«

»Er ist im Krankenhaus, ein Badeunfall«, sagte Freesemann hastig. »Ich muss da sofort hin.«

»Was? Jetzt?«, rief Yasemin. »Du hast am Telefon aber gesagt, morgen früh.«

»Bitte«, schrie Freesemann. »Keine Fragen jetzt! Lass mich nur *einmal* machen, was *ich* für richtig halte. Guckt euren *Tatort* und lasst mich in Ruhe.« Er stieß seine Frau zur Seite und rannte in die Diele.

»Michael!«

»Papa!«

Freesemann nahm seine Umhängetasche vom Garderobenständer, den Schlüssel von der Wand und stürmte hinaus. Er lief eilig den Damenpfad hinunter. Er hatte nicht vor, ins Seehospital zu fahren. Zunächst musste er wissen, ob Kummer das Einverständnisformular ausgefüllt hatte. Das ließ ihm keine Ruhe. Das könnte ihm mächtig Ärger einbringen, wenn der Unfall oder der Krampf, den Carsten erlitten hatte, etwas mit seiner Behandlung zu tun hatte.

Er lief durch das Argonner Wäldchen bis zu dem alten Fischerhaus. Gut, dass Kummer ihm während einer der Sitzungen verraten hatte, dass er einen Zweitschlüssel unter der Regentonne im Garten aufbewahrte. Das hatte er sich gemerkt. Sicher hatte Kummer nicht daran gedacht, dass sein Psychologe jemals auf die Idee kommen würde, in sein Haus einzudringen. Das hatte Freesemann ja selbst nie für möglich gehalten.

Er sprang über den kleinen Zaun und rannte um das Haus herum. Die blaue Regentonne stand unübersehbar unter dem Giebel. Gerade wollte er sie anheben, da bemerkte er, dass die Hintertür zum Garten offen stand. War da etwa jemand im Haus? Er klopfte gegen die Scheibe.

»Hallo? Jemand zu Hause?« Keine Antwort. Konnte denn ein Polizist so fahrlässig sein und sein Haus nicht verschließen, wenn er an den Strand ging? Was hatte Kummer da eigentlich gewollt? Er ging doch nie zum Baden. Freesemann ahnte, dass sowohl der Ausflug seines Patienten als auch die offene Tür etwas mit den Medikamenten und seiner Therapie zu tun haben könnten. Ihm fiel ein, dass er Manie als Nebenwirkung genannt hatte. Aber so schnell? Nach einer Tablette? Hatte er mehr genommen und sich als Superbademeister gefühlt, der Tiere in Seenot rettet? Er musste es jetzt wissen.

Freesemann trat ein und lief durchs Wohnzimmer. Es war hell genug, Licht brauchte er nicht anzumachen. Wo hat Carsten das Formular bloß? Der Psychologe setzte sich an Kummers Schreibtisch und durchsuchte die Schubladen, fand das Gesuchte nicht. Auch im Esszimmerbereich und in der Fernsehecke konnte er nichts finden. Als er in die Küche lief, sah er die Packung *Shut N* neben einer Pfanne, um die rund ein Dutzend Fliegen schwirrten, auf dem Tisch liegen. Er nahm sie und schaute hinein.

»Ach du Scheiße«, rief er, als er den Blister herausnahm. »Dieser Idiot!« Er sah, dass drei Tabletten fehlten. Schnell ließ er die Packung in seiner Tasche verschwinden. Er schaute sich um. Die Schublade neben dem Herd stand offen. Freesemann ging hin und lugte hinein. Na endlich. Da lag das Formular. Unterschrieben mit Datum von gestern. Das war seine

Absicherung für den Fall der Fälle. Er faltete das Dokument vorsichtig und steckte es ebenfalls in die Tasche. Nichts wie raus hier.

Freesemann lief aus dem Raum. Im Wohnzimmer blieb er stehen und machte kehrt. Zurück in der Küche nahm er die Pfanne, legte sie ins Waschbecken, öffnete den Hahn und ließ das Wasser laufen, bis es überlief. Dann spritzte er etwas Spülmittel hinein. Er hasste Fliegen.

Der Psychologe ging zur Haustür und öffnete sie. Nicht verschlossen! Gut dass er noch mal zurückgelaufen war. Jetzt nämlich fiel ihm erst ein, dass er die Tür zum Garten von innen würde schließen und vorne das Haus verlassen müssen. Wer wusste schon, ob und wann Kummer aus dem Koma erwachen würde? Jedenfalls würde er sich kaum daran erinnern, ob er seine Hintertür geschlossen hatte oder nicht. Aber Freesemann mochte nicht noch verantworten, dass hier ein Dieb einstieg. Also schloss er die Hintertür und verließ das Haus durch den Haupteingang.

Draußen atmete er tief ein und aus. Das war gerade noch mal gut gegangen. Zwar gab es weiterhin Grund zur Sorge, aber zumindest hatte er Formular und Medikamente. Ob er Kummer erklären würde, dass er in seinem Haus gewesen war und beides entwendet hatte? Er wusste es nicht. Das war aber erst mal nicht so wichtig. Entscheidend sollte sein, dass sein Patient wieder gesund würde.

Freesemann stapfte langsam durch den Wald und beruhigte sich dabei allmählich. Zu Hause müsste er sich bei Yasemin und Stella entschuldigen. Er würde sagen, dass man ihn nicht zu Kummer gelassen habe, weil

Hauptkommissar Rickmer angeordnet habe, dass keiner zu ihm rein dürfe, auch er nicht. Das konnte er sich sogar vorstellen. Morgen früh allerdings würde er mit dem Fahrrad zum Seehospital rausfahren und sich über alles genauestens informieren.

8. Karlsson vom Dach

»Was macht denn ein Clown in einem Eisfach?« Carsten wurde von seinem eigenen Lachkrampf geweckt. Die Freude hielt nicht lange an. Beim Versuch, Luft zu holen, bemerkte er ein heftiges Stechen in seiner Brust und schaute an sich herunter. Er war verkabelt und vernahm ein merkwürdiges Pumpgeräusch, außerdem piepte es neben ihm. Lag er im Krankenhaus? Warum? Die Töne mussten von einem EKG-Gerät stammen, ebenso die Kabel auf seiner Brust. Was war passiert?

»Er ist wach«, sagte eine fremde Stimme. Carsten sah, wie ihm jemand mit der Hand ins Gesicht fuhr und einen Schlauch aus seinem Mund zog, woraufhin er heftig husten musste.

»Ganz ruhig, Sie können wieder normal atmen. Versuchen Sie, Ruhe zu bewahren. Es ist alles in Ordnung.«

»Wo bin ich?«, fragte Carsten, als er den Rhythmus gefunden hatte und wieder genug Luft bekam. Er schaute nach oben und erkannte schemenhaft das Gesicht eines Mannes mit blondem Vollbart, langen, blonden Haaren und eckiger Brille. Er trug einen weißen Kittel. Ein Arzt.

»Ist das ein Traum?«, fragte Carsten. Sein Blick klarte sich langsam auf, aber den Typen mit den großen hellblauen Augen, der auf seiner Bettkante saß, kannte er nicht. Carsten wollte gerade den Kopf nach rechts drehen, als er eine ihm vertraute Stimme von links wahrnahm.

»Herr Kummer, ich bin so froh, dass Sie aufgewacht sind«, sagte sein Psychologe.

Carsten wandte sich ihm zu. »Was ist mit mir? Bin ich im Hospital? Wieso?«

»Ein Unfall, erinnern Sie sich nicht?«

»Nein. Was für ein Unfall?« Carsten erschrak. Was war geschehen? Panisch bewegte er Arme und Beine. Alles schien an seinem Platz und bewegbar zu sein. Ein Glück.

»Sie wären beinahe ertrunken beim Schwimmen«, antwortete Freesemann.

»Schwimmen?«

»Sie wissen doch, wer ich bin?«

»Freesemann, warum sollte ich das nicht wissen? Aber wer ist das da?« Er zeigte auf den Mann neben seinem Psychologen, der Carsten durch die Brille begutachtete, als wäre er ein Versuchskaninchen. War er eines? Wieso konnte er sich an nichts erinnern, was ihn in diese kuriose Situation gebracht hatte? Hatte er wieder getrunken? Das durfte er sich nicht mehr erlauben. Nicht nach dem, was letzten Sommer passiert war.

»Das ist Professor Karlsson«, sagte Freesemann.

Kurz überlegte Carsten, rief dann: »Ach, der mit dem Dachschatten?« Er lachte, hörte aber sofort damit auf, als er die fiesen Stiche in der Lunge spürte. Er hustete erneut und sagte dann: »Schon gut. Ich weiß, der Psychiater, dem ich mein Leben zu verdanken habe und der auf dem Dach an Angstkrankheiten forscht.« Er reichte dem Fremden die Hand. »Herr Professor. Diese *Shut N.* Wundermittel sind das!«

»Das ist mir bewusst«, sagte Karlsson und fuhr sich mit der Hand über den schwedenblonden Bart. Carsten schätzte, dass der Arzt etwa in seinem und Freesemanns Alter sein müsste. Aber kein graues Haar war auf seinem Kopf zu sehen. Was bei dem DJ von der Fähre – Herr Blank oder Herr Jones –, der auch ungefähr in ihrem Alter war, zu schwarz erschienen war, zeigte sich hier zu blond. Aber vielleicht setzt der Alterungsprozess der Pigmente bei den Skandinaviern später ein, dachte er. Obwohl – wahrscheinlich hatte der Professor auch gegen so etwas seine Wundermittelchen.

»Mir fällt ein: Wie lange war ich denn weg?« Carsten stützte sich mit den Ellenbogen auf der Matratze ab. »Ich muss meine Tabletten nehmen.« Carsten hörte das Piepen des EKGs schneller werden.

»Ganz ruhig«, sagten Freesemann und Karlsson mit einer Stimme. »Das wird schon wieder.«

Der Arzt sprach weiter: »Es macht nichts, wenn Sie eine Zeit lang aussetzen. Sie haben zwei Tage geschlafen. Heute ist Mittwochnachmittag. Montagmittag sind Sie verunglückt.« Karlsson redete ruhig auf Carsten ein. »Sie waren heute Morgen schon einmal ansprechbar, und mein Kollege, Professor von Langenau, hat Sie untersucht. Es ist alles in Ordnung so weit. Sie waren nur zu schlapp und sind wieder eingeschlafen.«

»Mittwoch?«, fragte Carsten. »Ich muss zur Arbeit. Weiß Rickmer ...?« Wieder erhöhte sich die EKG-Frequenz.

»Er ist über alles informiert«, sagte Freesemann. »Keine Sorge. Sobald Sie wieder fit sind, können Sie zurück auf die Wache. Sie werden zur Untersuchung und Beobachtung noch zwei bis drei Tage hierbleiben. Das geht schon in Ordnung. Sie wissen doch, bei der Kripo ist nicht viel zu tun.«

»Puh«, sagte Carsten. »Ich bin echt total schlapp, fühle mich gar nicht gut. Wann bekomme ich *Shut N*?«

Die beiden Männer über seinem Bett schauten einander an. Es sah surreal aus, beide drückten sich ihre Brillen fest auf die Nase und beugten sich zu ihm herunter. Carsten kam sich vor wie ein Kleinkind in seinem Kinderwagen. Nur dass da zwei auf ihn achtgaben.

»Hören Sie, Herr Kummer«, sagte Freesemann nach einer Weile des Begutachtens. »Wir wissen nicht, ob die Tabletten vielleicht mit Ihrem Unfall in Verbindung stehen.« Er wunderte sich, dass sein Patient sich als Erstes nach den Medikamenten erkundigte und scheinbar gar nicht wissen wollte, wie genau es zu seinem Badeunfall gekommen war. Das hielt er für bedenklich.

»Schon okay«, sagte nun Karlsson. »Die Medikamente helfen Ihnen. Wir können die Therapie fortführen.« Er nickte Freesemann zu. Wieder zu Carsten gewandt, sagte er: »Das geht allerdings nur unter einer Bedingung!«

»Ja, ich weiß. Nur wenn ich keinem davon erzähle. Ich habe Sie doch alle langsam durchschaut.«

»Genau«, sagte Karlsson. »Ihr Gedächtnis kommt zackig wieder in Fahrt.« Er überlegte. »Sie dürfen auch dem Kollegen von Langenau nichts davon berichten.«

»Ich verspreche natürlich auch das wieder«, sagte Carsten. »Nur können Sie mir nicht eine Pille geben? Ich habe Kopfschmerzen.«

Wieder schauten sich die Männer fragend an. Karlsson nickte erneut. »Uns ist aufgefallen, dass Sie mehr Tabletten eingenommen haben, als wir Ihnen verschrieben haben. Im Blister fehlten drei Stück.«

»Ich ... Ich ...« Carsten schaute an die Decke. »Scheiße, ja, nützt ja nichts, es zu leugnen.«

»Nützt nichts«, bestätigte der Schwede, bei dem Carsten immer noch keinerlei Akzent aufgefallen war.

»Es tut mir leid.«

»Das darf nicht wieder vorkommen, Herr Kummer!«, sagte Freesemann streng.

»Sie sind mit zwei Tabletten am Tag bestens versorgt«, sprach Karlsson weiter. »Sie können sich jeden Samstag Ihre verschriebene Wochendosis abholen. Bei mir oder bei Herrn Freesemann. Das ist uns egal. Aber wir werden Bescheid wissen, wenn Sie schon beim jeweils anderen waren. Es hat also keinen Sinn zu versuchen, mehr zu nehmen. Und Sie brauchen auch genügend, um durch die Woche zu kommen. Sie erhalten samstags jeweils vierzehn Tabletten. Haben Sie das verstanden?«

»Ja doch. Aber dann geben Sie mir doch jetzt wenigstens eine Hälfte meiner verschriebenen Tagesration.«

Der Professor nickte dem Psychologen zu, und Carsten ärgerte sich über die Zeichensprache von Kopf zu Kopf. Dieses gemeinsame Nicken, Warnen und Blöd-durch-die-Brille-schauen nervte ihn. Er wollte nur das Zeug und dann seine Ruhe. Er sah, wie sein Psychologe in einer Umhängetasche kramte, die er mitgebracht hatte. Die kannte er aus dem Flur der Praxis. Darauf geschrieben stand: *Ich bin schizophren*. Und wenn man sie umdrehte, auf der anderen Seite: *Ich auch*. Die Tasche sollte wohl seine Patienten beruhigen. Carsten glaubte aber, dass ein Schizophrener das nicht unbedingt lustig finden würde. Als Freesemann ihm den angebrochenen Blister reichte, lief Carsten förmlich das Wasser im Munde zusammen. Dabei konnte er sich an gar keinen Geschmack erinnern. Wäre ja auch untypisch. Egal, er nahm die silberne Verpackung entgegen und brach sich gleich eine blaue Kapsel heraus.

»Auf dem Nachttisch steht ein Glas Wasser«, sagte Karlsson.

»Keinen Durst!«

»Sie müssen etwas trinken, Herr Kummer! Sie werden nun nicht mehr intravenös versorgt.«

»Ist ja gut«, sagte Carsten, und um die beiden Männer zufriedenzustellen, trank er das gesamte Glas in einem Zug aus. Dann rieb er sich die Hände und sagte: »Sie können sich auf mich verlassen. Ich halte dicht!« Und um seiner Glaubhaftigkeit noch mehr Ausdruck zu verleihen, ergänzte er: »Und werde auch genug trinken. Aber sicher niemals ertrinken.«

»Dann werden wir Sie jetzt in Ruhe lassen«, meinte der Professor und legte ihm eine Hand auf die Schulter. »Ich gebe dem Kollegen von Langenau Bescheid, dass Sie wach sind. Er wird Sie kurz sehen wollen, und dann schlafen Sie noch ein paar Stunden.«

»Alles klar«, erwiderte Carsten und legte sich im Bett zurück.

»Machen Sie es gut und kommen Sie schnell wieder auf die Beine«, rief Freesemann. »Ich werde morgen nach meinen Therapiestunden nach Ihnen sehen.«

»Tun Sie das!«

Professor Karlsson stand auf. »Ich bin hier im Haus, wie Sie wissen, auf dem Dach, und kann öfter nach Ihnen schauen, wenn Ihnen das recht ist. Ich würde Sie dann gerne beobachten, vielleicht kann ich Ihren Fall in meine Studie einbringen. Natürlich anonym.«

»Von mir aus«, antwortete Carsten. »Ich bin froh, wenn es mir gut geht.«

»Es wird Ihnen sogar ganz ausgezeichnet ergehen, solange Sie sich daran halten, was ich Ihnen anrate«, sagte Karlsson. »Dann auf Wiedersehen!«

Die beiden Männer gingen in Richtung Tür, als Freesemann noch einmal stehen blieb und sich umdrehte. »Übrigens, ich wollte Ihnen nur noch mitteilen, dass auch Benno wohlauf ist. Die zwei Bademeister konnten sowohl Sie als auch ihn retten.«

»Benno, wer ist das?«, fragte Carsten. »Sollte ich den kennen?«

»Sie haben versucht, einen Hund zu retten, der diesen Namen trägt«, antwortete Freesemann. »So ist das alles passiert.«

»Meine Güte. Ich erinnere mich nicht.« Carsten fasste sich mit beiden Händen an den Kopf und rieb daran, so als könne eine Schädeldeckenmassage verlorene Erinnerungen zurückholen.

»Das ist normal«, sagte der Schwede. »Das kommt auch mit hoher Wahrscheinlichkeit nicht wieder. Alles, was kurz vor dem Unfall passiert ist, wird im Verborgenen bleiben. Man könnte es mit Hypnose probieren. Aber die erreicht Sie ja nicht, habe ich gehört.«

»Aber es bleibt in Ihrer Seele«, ergänzte Freesemann. »Das Gute. Der Hund, den Sie retten wollten, hat es geschafft, und die beiden Kinder, denen er gehört, sind glücklich.«

»Freut mich für Benno«, entgegnete Carsten. »Aber, Moment, bevor Sie gehen ...«

»Ja?« Wieder sprachen die beiden Männer der Wissenschaft mit einer Stimme.

»Könnten Sie bitte das Licht ausmachen? Es blendet.«

»Natürlich«, antwortete der Psychiater und schaute seinen Kollegen ein weiteres Mal mit ernster Miene an.

Carsten lehnte sich zurück und dachte nach. Er hätte sterben können. Er musste sich bei den Bademeistern bedanken, wollte sich direkt nach einem kleinen Mittagsschläfchen nach den Namen erkundigen.

Sie können sich nun entspannen, und nachdem Sie geschlafen haben und aufgewacht sind, ein neues Leben beginnen!

Komisch. Er drehte sich zur Tür. Die Männer waren gegangen, die Tür geschlossen. Wer hatte dann zu ihm gesprochen? Eine Stimme in seinem Kopf? Eine Nebenwirkung? Es störte und beunruhigte ihn nicht weiter.

9. Der Doppelmord in der Richthofenstraße

Carsten erholte sich schnell und schöpfte neuen Lebensmut. Ob dies alles dem Umstand geschuldet war, dass er beinahe gestorben wäre und dadurch wieder einen Sinn im Leben fand? Er glaubte es nicht so recht. Es mussten die Tabletten sein, die er auch weiterhin zu nehmen gedachte. Das stand außer Frage. Nach insgesamt vier Tagen in der Klinik durfte er unter der Bedingung das Krankenhaus verlassen, dass er sich einen weiteren Ruhetag zu Hause genehmigte. Danach dürfe er wieder zur Arbeit gehen. Das hatte er mit Karlsson und auch Rickmer so besprochen.

Doch zu einem freien Tag sollte es nicht kommen, denn an dem Morgen des geplanten Ruhetages wurde er bereits um sieben Uhr morgens geweckt. Er nahm verschlafen sein Telefon vom Nachttisch. Ein völlig aufgelöster Rickmer schnaufte in den Hörer: »Ich hoffe, du bist fit genug. Wir brauchen dich heute. Wir haben einen Mord! Ach was, zwei Morde! Es ist unbeschreiblich.«

»Wie?«, rief Carsten, der sofort hellwach war und natürlich bereit zu helfen, wenn er gebraucht wurde.

»Kein Zweifel, und ich untertreibe dabei noch. Julia meint, es sei eine bestialische Hinrichtung. Ich habe noch keinen Überblick. Vor einer halben Stunde ging der Notruf ein.« Rickmer sprach hektisch. Carsten hörte an seinem schweren Atem, dass er rannte. »Ein Spaziergänger hat die beiden Leichen gefunden. Wir müssen hin. Alle und sofort!«

»Ja, sicher«, sagte Carsten, der eilig in seine kurze Jeans schlüpfte und sich ein Shirt überzog. »Wo denn überhaupt?«

»Richthofenstraße 7. Bis gleich.«

Carsten blieb keine Zeit für einen Kaffee, den brauchte er aufgrund des eingetretenen Adrenalinstoßes aber auch nicht mehr. Er warf sich stattdessen eilig eine *Shut N* ein und hastete dann durch das Wäldchen zu seinem Wagen, startete den Motor und raste los. Wie in den vergangenen Tagen fühlte er sich richtig wohl und gesund. Was auch immer ihn erwarten würde, er fühlte sich stark genug, den Kollegen zu helfen.

Als Carsten die Richthofenstraße hinunterfuhr und die Villa erkannte, fiel ihm der Name des Fußballspielers, dem sie gehörte, sofort wieder ein. Er selbst hatte ihn auf der Insel nie gesehen. Aber als er zum ersten Mal davon gehört hatte, dass Elias Denga auf Norderney aufgewachsen war, hatte er es kaum glauben können. In seiner Jugend hatte Carsten den Stürmer von Werder Bremen im Stadion bewundert. Damals hatte er Norderney nicht gekannt oder zumindest der Insel keine Bedeutung zugemessen. Zweifelsohne ist der Deutsch-Kongolese die größte Norderneyer Berühmtheit, dachte Carsten. *Ist er oder war er?*

Er erkannte Lohmann hinter der Straßensperre. Der Kollege von der Streife hielt mit der linken Hand sein Telefon dicht am Ohr, winkte Carsten mit der anderen heran und vollzog dann eine seitwärts gerichtete Handbewegung. Carsten kapierte sofort, dass dies bedeutete, dass er seinen Wagen auf dem der Villa gegenüberliegenden Bürgersteig parken sollte, um so die Lücke für Passanten zu schließen, die allerdings um diese Zeit sowieso noch nicht unterwegs waren und auch sonst kaum hier herauskamen. Außer den eingefleischten Fans des Spielers, die es sich während ihres Urlaubes nicht nehmen lassen wollten, zu sehen, wo Denga gelebt hatte, denn soweit Carsten wusste, wohnte in seinem Haus mittlerweile nur noch Dengas Ex-Frau. Der Fußballer selbst engagierte sich beruflich wieder bei seinem alten Bundesliga-Club. Als Spielerbeobachter, meinte Carsten mal gelesen zu haben.

Der lange Lohmann war ein Organisator, der nie etwas Besonderes zu erzählen hatte, aber immer dann aufblühte, wenn es galt, schnell Dinge zu regeln, Leute zu benachrichtigen, Erlaubnisse einzuholen, Behörden zu informieren. Er gab einen ausgezeichneten Verkehrspolizisten ab, und das war auf einer vom Tourismus lebenden Insel in der Größe von Norderney von nicht geringer Bedeutung.

Carsten wollte gerade aus seinem Porsche steigen, da hörte er eine Stimme: »Mögen Sie berühmte Mordfälle?« Er konnte sich nicht erklären, wer da gesprochen hatte, kontrollierte erst, ob das Radio an war, danach, ob sein Handy versehentlich etwas abgespielt hatte. Beide Geräte waren ausgeschaltet. Da auch draußen niemand zu sehen war, musste er sich das eingebildet haben. Er dachte an *Shut N.* Ob das eine Halluzination gewesen war? So schnell? Egal, er hatte keine Zeit, weiter darüber nachzudenken, und stieg aus seinem Porsche. Auf der anderen Seite der Straße parkten die beiden Streifenwagen der Schupo im Dreieck vor dem schwarzen Kombi der Kripo, dessen Kofferraumtür offen stand. Die Kollegen waren schon an der Arbeit.

»Moin«, sagte Carsten und lief an Lohmann vorbei, der ihn nicht mehr beachtete, weil er aufgeregt telefonierte. Carsten hörte ihn fluchen: »Nein, es fahren keine Busse und Taxis aus der Stadt raus ... Nein, auch da nicht hin, überhaupt nicht. Wie lange weiß ich nicht ...«

Was die gewaltige Eiche, die hinter einem weißen Zaun auf der rechten Seite des Anwesens emporragte, vor der Straße verbarg, konnte Carsten jetzt erschrocken und in allen grausigen Details einsehen. Der hell gekachelte Weg, der zu der schmalen Treppe führte, über die man in das mit Türmchen und Giebeln gestaltete prunkvolle Gebäude mit dem schwarzen Dach gelangte, war mit Blutspritzern übersät. Im Schatten des grünen Baumdaches lag auf der Wiese der leblose und entstellte Körper eines Mannes in blauem Trainingsanzug, am Fuße der Treppe eine blutüberströmte Frauenleiche mit bizarr verdrehten Gliedmaßen. Hier hatte sich ein wahres Gemetzel abgespielt. Carsten stieg der stechende Geruch von Eisen in die Nase, und er hielt sich den Handrücken davor. Beiden Opfern war die Kehle durchgeschnitten worden. Wahrscheinlich mit einem langen Messer, mit dem der Täter ihnen zusätzlich Dutzende Stiche am ganzen Körper beigebracht hatte. Auch Bärleins weißer Ganzkörperanzug wies rote Flecken auf. Der Spurensicherer kniete in einer Blutlache, in der sich das Sonnenlicht spiegelte, und fotografierte abwechselnd und stürmisch wie ein Reporter beide Leichen, zwischen denen er gelbe Hütchen mit Nummern drapiert hatte.

Carsten blieb vor dem hüfthohen, geöffneten Eingangstor stehen, vor dem Bärlein seinen massiven Polypropylen-Koffer abgestellt hatte, und sah sich um. Er erkannte auf dem von der Sonne der letzten Wochen verbrannten Rasen einen blutbeschmierten Handschuh, einen Schlüsselbund und ein Telefon. Auch hier hatte sein Kollege Schilder aufgestellt.

»Halt, keinen Schritt weiter«, rief Bärlein und hob, ohne sich umzudrehen, die linke Hand, die in einem blauen Einmalhandschuh steckte.

»Natürlich nicht«, sagte Carsten. »Rickmer ist im Haus?«

»Ist er. Mit Julia und Siebert. Die Tür war offen. Aber bei dem Scheiß hier kann ich mir beim besten Willen nicht vorstellen, dass der Täter den Nerv hat, sich da drin zu verschanzen.«

»Das ist doch das Anwesen von Elias Denga?«, fragte Carsten.

Bärlein löste eine Salve weiterer Bilder aus, drehte sich dann endlich um und zog mit der freien Hand seinen Mundschutz vom Kinn. Schweiß tropfte ihm von der blassen Stirn. »Habe ich nun auch schon ein paarmal gehört«, sagte er, während er aufstand und im Monitor der Kamera Bilder checkte. »Halte nichts von Sport, wie du weißt. Aber dass der Mann kein Opfer ist, kannst du ja sehen.«

»Weil der Tote weiß ist.«

»Blitzmerker.«

Carsten wollte etwas Deftiges entgegnen, als er Julias Stimme hörte. Die Kollegin stand oben vor der Haustür. »Komm hinten rum, Kummer.«

Die beiden Polizeiteams benötigten den ganzen Tag, um auf dem Gelände und im Haus Spuren zu sichern und Indizien zu sammeln. Noch am späten Abend leitete Rickmer eine Sonderkommission im kleinen Besprechungsraum der Kriminalpolizei ein. In dem komplett umgebauten und modernisierten Gebäude an der Knyphausenstraße befand sich jetzt alles unter einem Dach: Kripo und Schupo, beide zu finden in dem Ziegelsteinbau unter dem dort in goldenen Lettern aufgesetzten Schriftzug *Polizei Norderney*, über dem jeweils die Norderneyer Flagge und die des Landes Niedersachsen wehten. Diese, wie Carsten fand, etwas aufgesetzte Neugestaltung ging auf Rickmer zurück. Aber die Touristen fanden es edel, wenn man von der in den letzten Wochen am häufigsten geäußerten Beschreibung für das neu gestaltete Gebäude ausging. Mit der Innenausstattung aber waren alle hier arbeitenden Beamten hochzufrieden. Neben Rickmers und Carstens Büros verfügte das Dienstgebäude der Kripo über ein Sekretariat mit angrenzendem Wartebereich und einen Funktionsraum mit Umkleiden, Waffenschrank und Asservatenkammer. Damit war die Kripo größer als die ebenfalls mit drei Beamten besetzte Abteilung der Schutzpolizei, die man über eine neue Verbindungstür erreichen konnte. Im zweiten Stockwerk hatte die Baufirma die ehemalige Wohnung des einst hier tätigen und heute schwer kranken und verurteilten Leiters der Norderneyer Polizei Ingo Ahlers umgebaut. Jetzt lagen hier Bärleins privates, forensisches Labor, zwei Zellen für den Gewahrsam, ein Verhörzimmer und ein kleiner Besucherraum. Außerdem gab es ein Zimmer mit Bett für den diensthabenden Polizisten. Ahlers' Küche war weitestgehend erhalten geblieben und diente Kripo wie Schupo als Aufenthaltsraum. Bisher hatten Besprechungen zwischen den beiden Dienststellen auch hier stattgefunden. Alleine dass Rickmer erstmals den Besprechungsraum der Kripo besetzen ließ, zeigte allen, wie brisant der Fall war.

So saßen beide Teams vollzählig im Raum: Carsten, Rickmer, Bärlein von der Kripo. Julia, Lohmann, Siebert von der Schupo. Auch Frau Tengelmann, die selbst keine Beamtin war, aber das Sekretariat professionell und gewissenhaft leitete, war mit eingeladen worden. Die ehemalige Postangestellte hatte jedem eilig einen Kaffee gemacht und ein paar Schnittchen auf den Tisch gestellt.

»Das Böse ist zurück auf der Insel, und das schneller als erwartet«, sagte Rickmer zur Begrüßung. »Das einzige Positive ist, dass die Presse noch nichts gerochen hat. Bislang kamen auch keine Nachfragen von der Stadt. Das haben wir Lohmanns Diskretion und Organisationstalent zu verdanken.« Er nickte Lohmann zu, der sich etwas beschämt auf die Lippen biss.

»Wir sollten, bevor wir die ersten Ergebnisse zusammentragen, uns darüber einig sein, dass wir diesen Fall möglichst alleine lösen müssen«, sagte Rickmer weiter. »Zumindest sollte die neue Kripo nun zeigen, wozu sie hier ist. Und ich vertraue auf euch.«

»Das heißt, die Kripo Norden oder andere Dienststellen werden zunächst nicht direkt eingebunden«, ergänzte Carsten. »Rickmer hat das beim Land damit begründet, dass der Täter noch auf der Insel sein und ihn verstärkte Polizeipräsenz zu besonderer Vorsicht verleiten könnte.« Carsten und Rickmer wechselten Blicke. »Was uns aber nicht gerade entgegenkommen würde, wenn wir ihn schnell schnappen wollen.«

»Genau, Kummer«, sagte Rickmer und trank einen Schluck Kaffee. »Das aber nur nebenbei, denn selbstverständlich ist das *unser* Fall. Und auch wenn das ein Fall von erheblicher Brisanz ist, schaffen wir das alleine. Wir haben schließlich mit mir und Kummer gleich zwei erfahrene Ermittler der Mordkommission und mit Bärlein einen Forensiker und Techniker an Bord.« Er schaute den Spurensicherer an: »Dann fang mal an! Was haben wir?«

Bärlein würgte eilig ein Stück Brot hinunter und schlug eine Mappe auf, in die er sich Notizen geschrieben und ausgedruckte Fotos vom Tatort eingeheftet hatte. »Die erste und entscheidende Spurensicherung ist abgeschlossen. Das war gute Arbeit von mir!« Er schmatzte. »Die Leichen konnten zum Glück unbemerkt zum Flugplatz transportiert werden und befinden sich in diesem Moment zur Obduktion in der Rechtsmedizin bei Professor Hahn in Oldenburg. Die Todesursache dürfte aber wohl keinem entgangen sein.« Bärlein schielte auf den Teller mit den Schnittchen.

Wenn er versucht, sich die dritte Scheibe mit Käse zu schnappen, wird es wieder Ärger geben, dachte Carsten, der Julias angespannten Blick beobachtete. Sie nämlich bevorzugte ebenfalls Käse, und eigentlich stünden ihr als Vegetarierin diese Häppchen zu. Bärlein machte den Fehler auch bei den Besprechungen in der Küche, und Carsten glaubte nicht mehr daran, dass er dies, wie er mehrfach behauptete, unabsichtlich tat, weil er, wie er es auszudrücken pflegte, in wichtige kriminalistische Gedanken versunken war. Gut, Julia ließ sich heute nicht provozieren.

Bärlein fuhr fort: »Erste Details zum Mord an O. J. Simpson kann ich also darlegen.«

»O. J. Simpson?«, fragte Julia laut.

»Verurteilter Footballstar«, rief Bärlein von oben herab zu ihr hinüber: »2008 zu dreiunddreißigjähriger Haft verurteilt, allerdings wegen schweren Raubes und nicht wegen der Morde an seiner Ex-Frau Nicole Brown und ihrem Geliebten, dem Kellner Ronald Goldman, von denen er 1995, ein Jahr nach der bestialischen Tat, freigesprochen worden war.« Bärlein zog alle Blicke auf sich. Er genoss die volle Aufmerksamkeit, die er mit seinen Informationen heraufbeschworen hatte. Das mochte er, vor allem, wenn er mit seinem Fachwissen beeindrucken konnte, dessen gründliche Zurschaustellung Carsten nun erwartete, wobei er den Zusammenhang selbst noch nicht begriff. Er wollte Bärlein gerade ermahnen, in diesem Moment und angesichts der Dimension des Falles keine Witze zu machen, da fiel es ihm wie Schuppen von den Augen. Deswegen hatte er den ganzen Tag über das Gefühl gehabt, ein Déjà-vu zu erleben.

»Seit 2017 ist Simpson ein freier Mann«, fuhr Bärlein gelassen fort. »Für uns Spurensicherer weltweit einer der größten Skandale der Kriminalgeschichte. Mit Abscheu beobachte ich diese widerlichen Verschwörungstheorien um den angeblichen Sohn, Gärtner, Dieb oder sonst einen Hampelmann, der es stattdessen gewesen sein soll.«

»Bärlein«, rief Rickmer. »Auch ich habe Parallelen zu dem berühmten Mordfall gesehen. Aber bitte komm zum aktuellen Fall, du bist doch ein Mann der Fakten, nicht der Spekulationen.«

»Ich habe sie nicht gesehen, die Parallelen«, sagte Julia und sah nacheinander ihre beiden Kollegen an, die daraufhin mit den Achseln zuckten.

»Das wundert mich nicht«, brummte Bärlein, ohne die Kollegin anzuschauen. »Für den Schutzpolizisten ist das Offensichtliche manchmal unsichtbar.«

»Was soll das jetzt?«, fuhr Julia auf.

»Das geht wirklich ein bisschen zu weit«, sagte Siebert.

»Ruhe«, unterbrach Rickmer lauthals. »Bitte, Bärlein. Wir haben keine Zeit für Zynismus. Ich will Ergebnisse hören. Jetzt!«

»Also«, sagte Bärlein, »die beiden Toten sind nach all den Vergleichsbildern, die ich hinzugezogen habe, mit an Sicherheit grenzender Wahrscheinlichkeit Dengas Ex-Frau Frauke Schlattmann-Denga und ihr Freund Tamme Gerdes.«

»Das ist ziemlich verrückt«, sagte Rickmer.

»Ja, die Ähnlichkeiten zum Simpson-Fall sind kaum zu leugnen.« Bärlein lächelte. »Ich wollte warten, ob es noch wem auffällt.«

»Dazu passt dann ja, dass Denga nicht erreichbar ist und dass laut Nachbarn seine Garage in Bremen seit gestern offen steht«, ergänzte Carsten. »Das sei nie der Fall, haben Nachbarn bei unseren Kollegen ausgesagt. Und das Auto ist weg. Oh, Moment ...«

Bärlein lachte jetzt laut: »Ist es etwa weiß und groß? Fällt dir das gerade auf, Kummer?«

»Richtig, ein weißer BMW X3«, sagte Carsten.

»Der deutsche Ford Bronco des neuen Jahrtausends«, fügte Bärlein hinzu und spielte damit auf den Wagen an, mit dem sich damals der Footballspieler eine dramatische Verfolgungsjagd mit der Polizei geliefert hatte.

»Das klingt völlig durchgeknallt«, sagte Julia.

»Das ist völlig durchgeknallt«, pflichtete Rickmer bei. »Wir bekommen also quasi den Täter auf dem Silbertablett präsentiert. Wir müssen nur Denga finden. Oder ist der etwa in Richtung seiner Villa unterwegs wie damals Simpson auch?«

»Wir *sollen* den Täter präsentiert bekommen«, sagte Carsten, den das Offensichtliche an der Sache störte. »Jemand will, dass wir an diese Zusammenhänge glauben, um uns abzulenken. Ich denke nicht, dass Denga, auch wenn er verschwunden ist, die Tat begangen hat. Es sei denn, er ist so verrückt wie die ganze Story.«

»Möglich«, sagte Rickmer. »Dennoch ist er nicht nur der Hauptverdächtige, sondern auch der einzige Verdächtige. Das Landeskriminalamt habe ich genauso in Kenntnis gesetzt wie das Bundeskriminalamt. Im ganzen Land lassen wir nach ihm und dem Wagen fahnden. Das war das Erste, was ich heute Morgen in Bewegung gesetzt habe. Bislang allerdings keine Spur, keine Rückmeldung, nichts.«

»Was gibt es noch für Gemeinsamkeiten?«, fragte Carsten und überlegte selbst.

»Die Todesursachen sind mit Sicherheit identisch«, antwortete Bärlein. »Durchschneiden der Kehle nach vorherigem kurzem Nahkampf. Danach weitere Stiche in den ganzen Körper. Bestialisch. Bei Frau Schlattmann-Denga kann man bis auf die Wirbelsäule schauen. Ich kann kaum erwarten, dass mir Professor Hahn die deckungsgleiche Anzahl der Messerstiche mitteilt. Also, es würde mich nicht mehr wundern. Gezählt habe ich nicht. Und wie bei Simpson fehlt jede Spur von der Mordwaffe.«

»Bei Simpson galt damals ein verlorener Handschuh als Hauptindiz«, sagte Carsten.

»Ist vorhanden, wie du selbst gesehen hast. Auch die Schlüssel zum Haus und eine Skimaske – wie damals in den USA. Statt eines Pagers, dieses Funkmeldeempfängers, wie bei Simpson lag zeitgemäß ein Smartphone auf der Wiese. Es ist das Telefon von Gerdes.«

»Eine Skimaske ist mir nicht aufgefallen«, sagte Carsten.

Bärlein schaute ihn verärgert an. »Vielleicht, weil du verpennt hast? Ich habe die dann eben schon eingetütet gehabt. Kannst ja später mal in mein Labor kommen und sie anprobieren.«

»Alles gut, Bärlein, nur nicht aufregen!«, sagte Carsten und ärgerte sich über die nervigen Kommentare, die niemanden weiterbrachten.

»Daher und aufgrund ihres Smartphones, das wir in der Villa untersucht haben, wissen wir überhaupt, dass

Frau Schlattmann-Denga und Herr Gerdes ein Verhältnis haben«, sagte Rickmer und goss sich Kaffee nach.

»Wo kellnert er denn?«, fragte Carsten darauf anspielend, was auch Goldman beruflich gemacht hatte.

»Es ist wirklich irre«, antwortete Rickmer, trank einen Schluck und sagte dann: »Im *Seemannsgarn* am Januskopf.«

»Wie passend.«

»Alles schön und gut.« Julia, die noch völlig ratlos aussah, schaltete sich ein. »Aber wie geht es weiter? Muss ich mir jetzt etwa eine O. J. Simpson-Doku anschauen, um den Fall zu lösen?«

»Ich könnte dir eine hervorragende empfehlen«, entgegnete Bärlein. »Aber du musst gar keinen Fall lösen, dass macht die Kripo. Du wirst …«

»Bärlein, bitte trag deinen Zwist mit Frau Meyer-Hülsmann nicht öffentlich aus. Das ist meine letzte Warnung«, fuhr Rickmer ihn an. Vor Erregung über den erneuten Zoff zwischen den beiden Kollegen hatte der Hauptkommissar Kaffee auf dem Tisch verschüttet. Frau Tengelmann griff nach ihrer Serviette und wischte die Flüssigkeit auf. Rickmer seufzte und schüttelte verärgert den Kopf.

»Warum auch immer du meinst, Julia angiften zu müssen«, übernahm Carsten. »Wirklich, du hast wieder ausgezeichnet recherchiert und alles super zusammengestellt. Wir alle könnten aber effektiver arbeiten, wenn du diese Seitenhiebe sein lassen würdest.«

»Danke, Carsten«, sagte Julia.

Carsten schloss: »Lasst uns bitte professionell arbeiten. Nur einmal ohne diese Kindereien.«

»Kummer hat recht«, sagte Rickmer. »Wir beenden das hier. Wir sollten nun alle Kräfte bündeln und sammeln und uns als Einheit erweisen.« Er schaute Siebert an. »Hast du für morgen alle auf die Wache bestellt?«

»Selbstverständlich«, entgegnete der Polizist. »Gerdes' Eltern, Dengas ehemaligen Trainer des VfL Norderney, der die Mannschaft auch heute noch trainiert. Zwei einstige, noch hier lebende Mitspieler. Die Nachbarn, die wir schon heute befragt haben, fürs Protokoll. Außerdem den Wirt vom *Seemannsgarn*, zwei Kolleginnen und letztendlich Schlattmann-Dengas beste Freundin Irene Visser, die sie laut Chatverlauf ihres Handys noch am Tag des Mordes, vermutlich wenige Stunden zuvor, getroffen hatte.«

»Gut«, sagte Carsten. »Ich habe mit den Kollegen aus Bremen gesprochen. Sie übernehmen die Befragungen der Zuständigen von Werder und dem Umfeld Dengas in der Stadt. Sie sind mit den nötigsten Informationen versorgt, und ich bleibe da in ständigem Austausch.«

»Lohmann«, sagte Rickmer, »heute Nacht bewachen die Security-Leute von *Protect Ney* die Villa. Ich würde dich aber bitten, auch morgen noch mit dem Wagen den Tatort abzusperren. Eine undankbare Aufgabe, ich weiß, aber wir können keine Neugierigen gebrauchen, außerdem werden wir noch mal reingehen müssen, bevor wir versiegeln. Das geht in Ordnung? Ich brauche zumindest tagsüber einen Beamten vor Ort.«

»Kein Problem!«, stimmte Lohmann zu. »Ich genieße die Einsamkeit an einem Tatort.«

»Ich habe heute Wachdienst im Revier«, meinte Julia.

»Und ich bleibe ebenfalls hier«, sagte Frau Tengelmann. »Schon per SMS mit meinem Gatten geklärt.«

»Ausgezeichnet, Frau Tengelmann«, sagte Rickmer und lächelte der Sekretärin zu. »Wir können jede zusätzliche Hilfe gebrauchen.«

»Und ich habe, wie ihr euch denken könnt, noch einiges im Labor zu tun«, murmelte Bärlein, nahm sich die letzte Scheibe Brot mit Käse vom Teller und stand auf.

»Idiot«, zischte Julia.

»Morgen um Punkt neun Uhr sind alle wieder hier«, sagte Rickmer. »Ich fahre nach Hause, aber mein Telefon bleibt die ganze Nacht an, falls etwas ist.«

»Meins selbstverständlich auch«, sagte Carsten. »Mann, Mann, was für ein Tag.«

»Carsten, bleib du mal noch einen Moment«, sagte Rickmer und hielt seinen Kollegen zurück. Als die anderen den Raum verlassen hatten, fuhr er fort. »Ich weiß, dass du dich eigentlich noch schonen musst, und es tut mir leid, dass ausgerechnet jetzt hier so eine Scheiße passiert.«

»Schon in Ordnung«, entgegnete Carsten. »Ist ja selbstverständlich.«

»Du musst aber auch an deine Gesundheit denken. Wir können uns nicht erlauben, dass du dir so viel Stress aufbürdest und womöglich mal länger ausfällst.« Er überlegte. »Was wolltest du denn eigentlich heute machen an deinem freien Tag?«

»Ich wollte mit meiner Tochter spazieren gehen, habe bei Freesemanns aber noch schnell abgesagt, bevor ich zum Tatort kam.«

»Das wäre allerdings auch wichtig, dass du Zeit mit deiner Tochter verbringst«, antwortete Rickmer. »Mann, das ärgert mich. Kannst du das nicht morgen Nachmittag nachholen?«

»Ich könnte schon, aber bei dem jetzt hier? Ist das realistisch?«

»Mach einfach morgen Nachmittag deinen Ausflug mit Leefke. Du bist ja erreichbar. So hast du dann wenigstens einen halben Tag, um etwas für dich zu machen, bevor du dich in den Fall stürzt.«

»Ja gut«, sagte Carsten. »Wenn das okay ist. Ich denke, ich kann sie morgen Nachmittag holen.«

»Tu das«, sagte Rickmer. »Dann schlaf gut!«

Als sein Handy klingelte, stellte Professor Hahn die beiden dampfenden Pizzakartons auf der Vitrine ab, in der er seine Insekten- und Larvensammlung aufbewahrte. Er schaute auf das Display: seine Tochter. Da sie sich im Normalfall kaum mehr als einmal im Monat bei ihm meldete, ging er sofort ran. Denn dann konnte es wichtig sein.

»Hallo Fabienne«, sagte er. »Das ist ja schön, dass du dich mal meldest, ich bin gerade auf dem Weg zur Arbeit ... Wie? Worüber machst du dir Sorgen? ... Welche Freundin? ... Ach, die Bloggerin, die um die Welt reist und diese komischen Orte ... Ja, weiß ich. ... Aha ... Und wie lange geht sie nicht ans Telefon? ... Aha ... Mhm ... Und ihre Eltern auch nicht? ... Ach, auf Norderney das letzte Mal? ... Ja klar, kann ich mal machen. Ich kenne ja die Kollegen ... Ja, reg dich nicht auf ... Ja genau, wahrscheinlich ist sie schon wieder in einem anderen Abenteuer ... Na klar, ich melde mich ... Komm doch mal wieder bei uns vorbei ... Okay, verstehe ... Gut ... Ja, dir auch, Fabienne, bis bald dann ... ich dich auch ... Tschüss.«

Hahn steckte sein Telefon zurück in die Hosentasche, nahm seine Pizzen in die Hände und drückte mit dem

Ellenbogen gegen den automatischen Türknopf, der ihm Zugang zu seinem rechtsmedizinischen Sezierraum gewährte. Er hatte Appetit. Für zwei Leichen zwei Pizzen, dachte Hahn und schaltete die Deckenleuchte an, die gleißend hell den ganzen Saal ausleuchtete. Er wusste, es würde eine lange Nacht werden. Der Anordnung des Staatsanwaltes war eine Dringlichkeitsaufforderung beigelegt worden. Das hatte der Rechtsmediziner selten erlebt. In seiner nun fast dreißigjährigen Tätigkeit im Institut für Rechtsmedizin in Oldenburg hatte er sicherlich über achttausend Leichen aufgeschnitten. Offiziell, wie es hieß, um einen unnatürlichen Tod auszuschließen. Natürlich aber fand er es forensisch spannender, einen Mord aufzuklären. Einen, der auf den ersten Blick nicht offensichtlich war, einen, der wie ein Selbstmord aussah, aber sich als heimtückisch inszeniert herausstellte. Mal sehen, was es heute gibt, dachte er.

10. Der verängstigte Medicus

Professor Hahn hatte keinen Zweifel, dass die beiden Leichen, die ihm heute übersandt worden waren, zu Personen gehörten, die nicht eines natürlichen Todes gestorben waren. Fotos vom Tatort hatte Kommissar Bärlein, den er als ausgezeichneten Kriminaltechniker schon aus dessen Osnabrücker Zeit kannte, in der Anlage im Intranet beigelegt. Ein Bericht des Beamten befand sich ebenfalls in den Unterlagen. Manchmal ist Bärlein etwas zu fantasievoll, dachte Hahn, als er die Pizzen auf den Arbeitstisch neben die Waage für entnommene Organe legte. Bärlein hatte etwas von Parallelen zum Mordfall O. J. Simpson geschrieben. Dem musste Hahn auf den Grund gehen. Er wusste nur, dass die beiden Toten mit Messerstichen übersät waren und dass die weibliche Leiche die Frau eines bekannten ehemaligen Fußballspielers namens Elias Denga sein sollte. Da sich der Rechtsmediziner für kaum etwas weniger interessierte als für Fußball, hatte er mit dem Namen nichts anfangen können und hatte sich vorhin einen Wikipedia-Artikel über ihn durchgelesen. Die andere männliche Leiche sollte der Liebhaber der ersten gewesen sein – als diese noch lebte, natürlich.

Hahn klappte den Deckel des oberen Pizzakartons nach oben und hoffte, dass es die Pizza Hawaii war. Er hatte Glück, alles wie bestellt. Fabiano hatte ihm auch

107

den extra Gorgonzola mitgebacken. Dem Arzt lief das Wasser im Mund zusammen, als ihm der Dampf in die Nase stieg. Frische, faulige Süße, nicht so abgestanden wie die Leichen, die er hier sonst bearbeitete. Aus der Schublade nahm er einen Rückenmarkstanzer und zerteilte die Pizza mit zwei schnellen Bewegungen in vier gleich große Dreiecke. Er nahm sich ein Viertel, klappte es zusammen, biss die Hälfte davon ab und legte die andere wieder in den Karton. In der Regel schaffte er es nie, das Abendessen, das er mitbrachte, heiß oder auch nur warm zu essen. Er war daran gewöhnt. Schließlich waren seine Kunden ja auch nie warm. Was soll's, die Pizza schmeckte.

Der Professor lief kauend an der Gewebezuschneidestation vorbei zu seinem sauber blitzenden Spind aus Chromnickelstahl. Er gähnte, während er sich Hose und Schuhe auszog und sie gegen seine Arbeitskleidung tauschte. Dann leckte er sich die Finger ab, wusch sich die Hände, zog sich Einmalhandschuhe über und schlurfte in seinen Sandalen über die grünen Kacheln zur Leichenkühlanlage. Er drückte beide Hebel nach unten und zog die Seitentüren auf. Sauber aufgebahrt lagen die frischen Toten in ihren roten Leichensäcken unter ihm. Mit dem Kopfteil nach vorne im zweituntersten von sechs Fächern. Gesellschaft hatten seine heutigen Kunden nicht.

Hahn lief zum Seziertisch und stellte die Absauganlage an. Dann öffnete er eine Schublade und suchte sich die Instrumente zusammen, die er brauchen würde: Skalpell, Meißel, Hammer, Säge, Scheren. Plötzlich zuckte er vor Schreck zusammen. Das kann doch nicht

sein, das darf nicht sein, dachte er, drehte sich zur Kühlanlage und stellte fest, dass er sich nicht getäuscht
hatte. Einer der Leichensäcke bewegte sich, es sah aus,
als schlüge jemand von innen an den Stoff. Hastig überlegte der Arzt, wer ihm diesen Streich spielen konnte.
Dann aber, als das Ruckeln im Sack nicht nachließ,
packte ihn sein Gewissen. Ob es tatsächlich möglich
sein konnte, dass einer der Toten gar nicht tot war? So
etwas gab es doch nur im Film. Und nach den Bildern
zu urteilen, die er gesehen hatte, sollte das unmöglich
sein.

Hahn ging langsam zur Kühlanlage und rief: »Hallo?
Ist da jemand?« Er bekam keine Antwort, aber noch immer zitterte der Leichensack. Der Rechtsmediziner trat
auf ein Pedal, das sich an der Seite der Anlage befand,
welches dann die Hydraulik in Gang setzte. Als der Körper bis zur Hälfte herausgefahren war, zog Hahn
vorsichtig den Reißverschluss auf. Augenblicklich riss
der ganze Sack auf, und Hahn wich vor Schreck zurück. Die mit Messerstichen übersäte, männliche
Leiche erhob sich, den Kopf so gebeugt, dass Hahn nur
den zerschundenen Rücken sehen konnte. Er tippelte
rückwärts zurück zum Seziertisch und griff nach dem
Hammer. Ihm wurde schwindelig vor Angst. Dann, mit
einem weiteren Ruck, sprang der Tote herum, und
Hahn starrte in das Gesicht eines Clowns. »Bitte, nein«,
stammelte er und hielt schützend den Hammer vor
sich, mit der anderen Hand griff er nach dem Meißel.
Der Kopf des Mannes war weiß geschminkt, rote Nase,
rote Wangen, rote Locken. Seine Mundwinkel zogen
sich nach oben zu einem höhnischen Grinsen zusammen.

»Was macht denn ein Clown in einem Eisfach?«, stotterte Hahn und hoffte, dass sich in den nächsten Sekunden alles als ein schlechter Scherz herausstellen, oder aber, dass er schnell und ohne Schmerzen sterben würde. Der Clown lachte laut und dreckig, sprang von der Bahre und rannte auf Hahn zu.

Leefke schlief immer bei Licht. Als sie in der Nacht wach wurde und nicht mehr einschlafen konnte, streichelte sie ihre Schildkröte Morlapeia. Als sie das nicht wieder müde werden ließ, überlegte sie, ob sie schreien sollte, um auf sich aufmerksam zu machen, oder ob sie die Zeit anders nutzen konnte. Sie schaute mit müden Augen durch die Gitterstäbe ihres Kinderbettchens und entdeckte das, womit sie am Abend gespielt hatte. Erst angelte sie mit ihren Händen nach dem Malblock. Als sie ihn mit Mühe durch die Lücken zwischen den Stäben hindurchgezogen hatte, schnaufte sie vor Anstrengung. Als Nächstes griff sie nach der Schatulle mit den dicken Buntstiften, die ihr ihr Ersatzpapa geschenkt hatte. Auch die schaffte sie ins Bett. Leefke brauchte eine Weile, bis sie den Kasten geöffnet hatte, da ihre Finger manchmal nicht so wollten wie sie. Sie würden ihr bald besser gehorchen, das ahnte Leefke. Denn bei den anderen Menschen um sie herum, die allesamt älter waren, klappte das auch viel schneller.

Leefke nahm einen roten Stift aus dem Kasten und malte das Bild weiter, das sie heute angefangen hatte. Dem Kreis mit den zwei Punkten darin, die wie Augen aussahen, den sie am Nachmittag mit viel Mühe erschaffen hatte und für den sie Applaus von Stella bekommen hatte, was sie unglaublich stolz machte, verpasste sie in der Mitte einen roten Punkt. Das war ganz einfach. Jetzt hatte das Gesicht eine Nase wie sie. Dann malte Leefke Haare für den Clown. Er sah jetzt aus wie der auf dem Bild aus ihrem Wimmelbuch, das einen Zirkus zeigte. Leefke warf den roten Stift weg und nahm einen blauen aus der Schatulle. Mit dem malte sie um das Gesicht des Clowns einen Kasten, der so aussah wie das Eisfach, aus dem ihre Ersatzschwester immer die kalte, schmerzlindernde Plastikente holte, wenn Leefke sich gestoßen hatte. Sie freute sich über ihr Bild und kicherte.

Der Clown baute sich vor Professor Hahn auf, der sich in äußerster Bedrängnis rücklings auf den Seziertisch gelegt hatte. Ihm wurde eiskalt, er hatte keine Kraft, Hammer und Meißel festzuhalten. Der Clown nahm ihm beides ab und kreiste mit dem Stichwerkzeug über seinem linken Auge.

»Bitte, ich tue alles«, stammelte Hahn. »Lassen Sie mich gehen.«

»Was macht ein Rechtsmediziner, wenn er einen hübschen Clown sieht?«, fragte der Clown mit einer Piepsstimme, die klang, als hätte er zuvor an einem Heliumballon gesaugt.

»Ich ... ich ... wie ... weiß es nicht.«

»Er wirft ein Auge auf ihn, sein Auge«, sagte der Clown, lachte und schlug dann den Hammer auf den Meißel.

»Was macht denn ein Clown in einem Eisfach?«, rief Carsten laut und schreckte mitten in der Nacht in seinem Bett hoch. Sein Herz raste, er schwitzte am ganzen Körper. Er brauchte eine Weile, um sich zu orientieren, knipste das Licht auf seinem Nachtschrank an und trank einen großen Schluck aus dem Wasserglas.

Meine Güte, was für ein Traum. Wie realistisch und schockierend. Was für einen Mist spann er sich da zusammen? Plötzlich musste er über seine eigene Fantasie lachen und schlief darüber bald wieder ein.

11. Der Sandmann

Wie von Rickmer vorgeschlagen, holte Carsten am späten Nachmittag des nächsten Tages seine Tochter bei den Freesemanns ab, seinen kuriosen Traum hatte er da schon vergessen, zu sehr freute er sich auf die Stunden mit Leefke. Sein Psychologe war in einer Therapiestunde, aber Yasemin hielt es für eine gute Idee, dass Carsten mit seiner Tochter Zeit verbringen wollte. Und auch Carsten merkte gleich, als er sie in Empfang genommen hatte, dass es ihm guttat, sie ihm guttat. Obwohl die Kripo jetzt einen solch dramatischen und mysteriösen Fall zu bearbeiten hatte, bekam er den Kopf frei. Auch das war neu – und wichtig.

Und nun war er zum ersten Mal ganz alleine mit seiner Tochter, das wollte er auskosten. Und noch besser: Erstmals spürte er eine richtig tiefe Liebe zu ihr. Etwas ganz Neues. Ein Papa sein, ohne dabei negative Gefühle zu haben, das hatte was. Immer wieder hielt er den Kinderwagen an und sah nach der Kleinen, die zwar heute ununterbrochen schlief, aber jedes Mal, wenn er ihr winziges Händchen anfasste, nach seinem Daumen griff, für einen kurzen Moment die Augen öffnete und ihn unter ihrem hellblauen Schnuller her anlächelte. Das sah er an den kleinen Falten, die sich an ihren Pausbacken bildeten. Zwar wusste er von Stella, Michael und Yasemin Freesemann, dass Leefke auch mal ungehalten sein konnte oder schrie, aber in seiner Gegenwart hatte sie das bisher nicht ein einziges Mal getan. Sie schien sich bei ihm vollends zu entspannen. Wenn Carsten Leefke ansah, erkannte er nichts als reine Schönheit und Vollkommenheit. Wie glücklich er sich schätzen konnte. Er dachte nach. Ja, er war glücklich.

Auf dem öffentlichen Spielplatz Up Süderdün stellte er den Wagen vor einer Bank ab, setzte sich darauf und entnahm dem Beutel, der an der Seite des Kinderwagens hing, das Fläschchen mit der Babymilch. Im Fach daneben wachte die Stoffschildkröte darüber. Schon jetzt verlangte Leefke, dass Morlapeia immer bei ihr war.

Carsten berührte ihr Ärmchen, sie lächelte, und er wollte ihr den Schnuller rausnehmen, um in Erfahrung zu bringen, ob sie Hunger hatte, da hob sie plötzlich ihren anderen Arm und wies aus ihrem Wagen. Etwas hatte sie erspäht. Carsten schaute in die Richtung, in die sie deutete, und sah eine Frau, die mit einem Kind an der Hand, einem kleinen blonden Jungen von etwa drei Jahren, in diesem Moment auf den Spielplatz kam. Die hatte Leefke doch gar nicht erkennen können oder konnte sie hellsehen? Carsten war außerstande, weiter darüber nachdenken, denn die Blondine mit der drahtigen Figur und dem üppigen Busen unter dem engen gelben Shirt zog ihn wie magisch an. Meine Güte, was war das für eine attraktive Frau! Eine Wucht! Doch etwas war anders, das merkte Carsten sofort. Zwar bemerkte er, dass sie physisch derart ausgestattet war, dass sie genau seinem Typ entsprach, aber ihre Erscheinung erregte ihn nicht. Nicht so wie sonst. So wie es eigentlich hätte sein müssen. Er war nicht sexuell angezogen und spürte keine eigene körperliche Erregung. Vielleicht fühlt sich so die echte, wahre und ideale Liebe an, dachte er, wenn man nur die Schönheit, die Aura, das Wesen eines Menschen erkennt?

Er ließ die Milchflasche zurück in das Netz gleiten und rutschte nervös auf der Bank hin und her. Er hoffte, dass sich ein Gespräch entwickeln würde, und triumphierte innerlich, als er sah, dass der Junge eilig und aufgeregt zu ihm herübergelaufen kam. Carsten überschlug sein Bein und beobachtete, wie die Frau mit diesem unsagbar bezaubernden Lächeln ihrem Kind folgte.

»Wie geht es Ihnen denn heute?«, fragte sie, als sie an der Bank ankam und sich zu ihm herunterbeugte.

Carsten wunderte sich. Warum hatte sie *heute* gesagt? Er war sich sicher, dass sie sich noch nie gesehen hatten.

»Mein Name ist Anna-Kelly«, fuhr sie fort und klemmte sich eine Haarsträhne hinter das Ohr.

»Schön. Ich mag Doppelnamen sehr gerne, und dann noch so eine moderne Kombination.«

»Wieso Doppelname? Habe ich Ihnen meinen Sohn schon vorgestellt oder woher wissen Sie ...?« Sie lachte. »Können Sie ja nicht wissen. Mein Sohn heißt Emil-Friedrich.«

Sie beugte sich zu dem Jungen hinunter, der ihre Hand nahm und Carsten mit großen Augen anschaute. »Emil möchte mal in den Kinderwagen schauen. Er liebt Babys, darf er?«

»Aber natürlich, klar doch darf Emil gucken!«

»Danke«, sagte Anna-Kelly kokett, nahm ihren Sohn schwungvoll hoch und hielt ihn über den Rand des Wagens. »Oh, ist die süß!«, sagte Anna-Kelly.

»Meedchen«, brabbelte Emil und lachte dreimal laut auf, als hätte er vorher mit seiner Mutter eine Wette darüber abgeschlossen, ob sie ein Mädchen oder einen Jungen vorfinden würden, hätte diese nun gewonnen und jetzt erwartete ihn ein Eis seiner Wahl mit so vielen Kugeln, wie es ihm beliebte.

»Einen hübschen rosa Strampler hat sie an«, sagte Anna-Kelly. »Wie heißt die Kleine denn?«

Carsten stand auf und beugte sich von der anderen Seite über seine Tochter. »Leefke.«

»Huch, noch nie gehört. Klingt irgendwie friesisch.«

»Ist es«, sagte Carsten.

»Dann sind Sie von hier?«

»Ja«, antwortete Carsten zögerlich. »Also nein, nicht gebürtig. Hergezogen, eben wegen der Kleinen. Aber sie hat keine Mutter. Also schon, aber die lebt nicht hier. Eigentlich meine ich, ich bin wegen Leefke hier ansässig geworden, nicht wegen der Mutter.«

»Aha.« Anna schaute ihn leicht irritiert an. »Schon verstanden, auch wenn es kompliziert klingt. Das alles geht mich aber auch nichts an. Emil und ich sind jedenfalls erst seit gestern hier und das erste Mal auf Norderney. Wir müssen uns noch ein Bild von dieser hübschen Insel machen.« Sie streichelte ihrem Jungen sanft über den Kopf. »Wir haben jetzt schon, glaube ich, alle Spielplätze durch. Er liebt sie mehr als das Meer, so scheint es.«

»Ich glaube, das ging mir als Kind auch so«, sagte Carsten. »Aber da, wo ich lebte, gab es ja auch kein

Meer. Woher kommen Sie denn, Anna-Kelly?« Er war neugierig und hoffte zugleich, dass es nicht zu weit weg sein würde.

»Oh, bitte«, antwortete sie. »Anna reicht. Wir kommen aus Osnabrück.«

»Da haben Sie aber Glück, Anna«, sagte Carsten, dachte dabei aber zuerst an sich, denn er hielt die drittgrößte niedersächsische Stadt für optimal erreichbar, sollte sich etwas mit Anna ergeben. Er wusste, dass die Osnabrücker neben den Oldenburgern zu den größten Touristengruppen auf der Insel gehörten. Die Verbindungen sowohl über die Autobahn als auch mit dem Zug waren günstig.

»Na, dann heiße ich Sie herzlich willkommen«, fuhr er fort. »Tolles Urlaubswetter haben Sie sich ausgesucht.«

»Mmh, etwas zu heiß, aber doch viel erträglicher als auf dem Festland«, antwortete Anna.

»Das stimmt wohl. Es kann so heiß sein, wie es will, Wind gibt es hier oben immer, der einem zumindest etwas Abkühlung verschafft.«

»Heiß Emil und bin schon so alt!«, sagte das Kind und unterbrach Carstens und Annas Gespräch. Emil hob zwei Finger in die Luft und schaute Leefke an, die ihn interessiert musterte. »Du auch Sand?«

»Emil, die Leefke versteht dich nicht«, sagte Anna und schaute ihren Jungen verwundert an. »Die ist noch ein Baby und kann nicht mal erraten, was du ihr sagen willst. In ein paar Jahren kannst du bestimmt mal mit ihr spielen.« Sie nahm den Jungen herunter und setzte ihn ab. »Schüss, Meedchen«, rief Emil und streckte seine Hand winkend über den Wagen.

Carsten hörte Leefke wieder die Geräusche von sich geben, die wie ein Kichern klangen.

»Und wie lange bleiben Sie?«, fragte er. Carsten hasste Small Talk und schaffte es deswegen normalerweise nicht, ein interessantes Gespräch zu gestalten. Aber in manchen Situationen musste das sein.

»Drei Wochen«, antwortete Anna.

»Oh, das ist ausreichend, dann können Sie alles kennenlernen. Haben Sie ein nettes Hotel gefunden?«

»Nicht direkt Hotel«, sagte Anna. »Wir machen eine Mutter-Kind-Kur. Wir sind im Kurhaus *Intensiv*.«

»Wie schön.« Irgendwie fand Carsten einfach nicht die richtigen Worte. Aber was sollte er auch schon zu Mutter-Kind-Kuren beitragen können? Er musste es schaffen, Anna davon zu überzeugen, sich mit ihm in einer anderen Umgebung länger und intensiver zu unterhalten. Einfach, dass sie da war, verschaffte ihm ... Ja, was eigentlich? Er überlegte. Er fühlte sich behütet. Ja, so etwas in der Art. Er musste das weiter beobachten. Dazu gehörte, dass er sie nicht loslassen durfte.

»Hören Sie mich?«, fragte Anna.

»Wie bitte?«

»Können Sie mich hören?«

»Ich bin ja nicht taub.« Carsten wunderte sich.

»Schade, dass Sie so abwesend sind, Sie wären sicher ein toller Gesprächspartner.«

»Nein, nein, ich bin ganz da«, protestierte Carsten.

Anna wandte sich zu ihrem Jungen. »Komm, Emil. Wollen wir jetzt was bauen? Lass den Mann mal schlafen.«

»Ich schlafe nicht«, rief Carsten.

»Das sehe ich«, entgegnete Anna, lachte und schüttelte den Kopf.

Carsten war irritiert. Hatte sie ihn eben gar nicht gefragt, ob er schlief? Das würde ja auch keinen Sinn machen. Waren das die prognostizierten Halluzinationen? Es kam ihm vor, als fehlten ihm Antworten, die er eigentlich hätte geben müssen. Ein merkwürdiges Gefühl. Hoffentlich erlebte er das nicht häufiger.

»Das Mädchen, meinte ich«, sagte Anna. »Er soll Ihre Tochter schlafen lassen, nicht Sie! Sehen Sie, Leefke ist doch eingeschlafen.«

Gut, er hatte sich nur verhört. War das ein Wunder bei dieser tollen Frau? Er warf einen Blick auf Leefke, der die Augen zugefallen waren.

»Sandmann«, brabbelte Emil und sabberte sich dabei auf sein blaues Hemdchen.

»Er baut statt Sandburgen Sandmänner«, sagte Anna zu Carsten. »Ich weiß auch nicht, wie er darauf kommt.«

»Ich bin auch immer wieder erstaunt, wie ausgeprägt bei den Kleinen oft ihr eigener Willen ist. Das merke ich in letzter Zeit sehr deutlich bei meiner Tochter.«

»Sie haben auch wirklich eine tolle Tochter, seien Sie stolz«, sagte Anna und reichte ihm die Hand. »Dann machen Sie es gut, hat mich gefreut.«

»Wollen wir mal was trinken gehen?«, platzte es aus Carsten heraus. Er erschrak selbst über seine Forschheit.

»Oh.« Anna stand der Mund weit offen.

»Entschuldigen Sie«, sagte Carsten. »Das war zu direkt. Aber ich musste die Chance nutzen. Es sind gerade so viele Menschen auf der Insel. Vielleicht würde ich

Sie nicht wiedersehen. Aber ich will das unbedingt. Ich finde Sie unglaublich bezaubernd.«

»Mir fehlen die Worte«, sagte Anna. »Das habe ich so auch noch nicht gehört.« Sie leckte sich leicht über die Lippen. »Aber ja, warum eigentlich nicht?«

»Heute Abend?«, fragte Carsten.

»Das ist ja sehr spontan«, sagte Anna und schaute auf ihren Jungen, der sich unter die Rutsche auf den Spielplatz verzogen hatte und mit einem kleinen Stöckchen etwas in den Sand malte. »Ich denke nur leider, das wird nichts, wir haben zwar Kinderbetreuung bei uns, aber nicht abends.«

»Schade«, sagte Carsten geknickt, aber nur wenige Sekunden später hellte sich seine Miene wieder auf. »Aber was wäre, wenn ich eine Betreuung auftreiben kann?«

»Sie sind verrückt«, sagte Anna, zum Glück mit ihrem bezaubernden Lächeln im Gesicht.

»Nein«, antwortete Carsten. »Ich sehe nur, dass Emil schon verliebt in meine Tochter ist und sie sicher gerne wiedersehen würde. So wie ich seine Mutter. Ich kenne da eine erstklassige Babysitterin, die sich freuen würde, mal auf zwei Kinder aufzupassen.«

»Im Prinzip nicht schlecht«, sagte Anna. »Aber erwarten Sie da nicht etwas zu viel Vertrauensvorschuss von mir? Wir kennen uns doch nicht wirklich.« Sie musterte Carsten. »Und auch wenn Sie einen sehr sympathischen Eindruck machen, Sie sind immer noch ein Fremder.«

»Das stimmt natürlich«, sagte Carsten und überlegte. »Würden Sie mir denn mehr Vertrauen schenken,

wenn unsere Verabredung und die Unterbringung E-
mils für ein paar Stunden mit der hiesigen Polizei
abgesprochen wären?«

Anna lachte laut. »Sie sind tatsächlich verrückt, ich
hab's ja gesagt.«

»Nein, Polizist«, antwortete Carsten und lächelte. »Obwohl das eine das andere nicht ausschließt. Aber ich
bin natürlich im positiven Sinne verrückt.«

»Sie veralbern mich jetzt!«

»Nein«, entgegnete Carsten und zog die Marke aus der
Seitentasche seiner kurzen Jeans. »Carsten Kummer,
Kripo Norderney.«

Anna schaute darauf und staunte. »Ich weiß nicht,
was ich sagen soll. Dann ist Ihr Name auch noch Kummer. Und obwohl Sie so heißen, scheinen Sie wahrlich
kein Kind von Traurigkeit zu sein.«

Erst seit ein paar Tagen nicht mehr, dachte Carsten
und fragte: »Ja?«

»Was?«

»Sagen Sie Ja zur Verabredung?«

»Ach so. Ja, ich sage Ja, wenn das wirklich so problem-
los geht, aber nur, wenn Sie mir vorher das Du
anbieten.«

»Klar mache ich das. Ich bin Carsten.«

»Ich weiß.«

Carsten und Anna blickten einander lange in die Augen, bis Emil erneut störte. »Mamma, tomm«, rief er.
»Sandmann weint.«

»Gleich«, rief Anna zurück, ohne den Blick von Carsten abzuwenden. Sie sprach leise, als müsse sie
flüstern. »Ich muss ja wirklich Eindruck hinterlassen
haben.«

»Hast du, Anna.«

»Wo gehen wir hin? Kriegst du das überhaupt so spontan hin mit dem Babysitter?«

»Das denke ich schon«, antwortete er. »Ich kümmere mich sofort darum. Gib mir doch deine Nummer, dann rufe ich kurz durch und sage Bescheid, ob es klargeht, und hole dich dann ab.«

»Okay«, antwortete Anna und diktierte ihm die Nummer, die Carsten synchron in seinem Handy einspeicherte. Danach sagte sie: »Ich gehe dann jetzt den Sandmann trösten.« Sie drehte sich um, und Carsten schaute auf ihr wohlgeformtes Hinterteil. Auch das erregte ihn nicht. Er konnte es sich nicht erklären.

Doch seine Glücksgefühle steigerten sich ins Unermessliche, nachdem er wenige Minuten später auf dem Weg nach Hause Stella Freesemann angerufen und sie um den Gefallen gebeten hatte. Sie war einverstanden, sogar begeistert gewesen. Carsten hatte ihr daraufhin erklärt, dass er sie gegen neunzehn Uhr abholen wolle. Kurz darauf schrieb er eine WhatsApp an Anna, dass alles geregelt sei. Sie sandte einen Smiley zurück und schickte ihm den Standort ihrer Unterkunft.

Um die verabredete Zeit holte Carsten Stella und Leefke ab. Die Freesemanns hatten nichts dagegen gehabt, dass ihre Tochter zwei Kinder einhütete. So schoben Carsten und seine Babysitterin gemeinsam den Kinderwagen durch die Abendsonne zum Kurhotel *Intensiv*, das in bester Lage direkt an der Kaiserstraße lag. Nachdem Stella und Emil sich schnell angefreundet hatten, hatte der Junge nicht das geringste Problem damit, seine Bauklötze und Autos alleine mit Stella hin und her zu schieben. Freesemanns Tochter versicherte, sie werde Emil in der nächsten Stunde ins Bett bringen und ihm eine Geschichte von seinem heiß geliebten Sandmann erzählen. Sie wolle auf beide Kinder gewissenhaft aufpassen. »Lasst euch ruhig Zeit. Ich gucke meine Netflix-Serie zu Ende, bin eh genervt von Papa, der stört mich dabei ständig.«

»Was guckst du denn eigentlich Spannendes?«

»*Black Mirror*! Völlig durchgeknallt!«

»Merke ich mir mal, komme mir in letzter Zeit auch öfters so vor«, sagte Carsten und verließ dann mit Anna das Hotelzimmer.

Carsten und Anna verlebten einen romantischen Abend in einem kleinen Fischlokal, in dem er noch einen Platz hatte reservieren können, weil der Besitzer ein Fan von Carsten war. Bei Weißwein und Matjes-Tatar auf Schwarzbrot und danach Kabeljaufilet mit Salzkartoffeln lernten sie einander kennen. Zu seiner großen Freude war Anna Single und lebte von Emils Vater schon seit kurz nach der Geburt ihres Sohnes getrennt. Sie war vierunddreißig Jahre alt und arbeitete in der Medizinbranche. Sie lachten viel an diesem ersten Abend, und Carsten hatte bald das Gefühl, Anna bereits lange zu kennen. Sie sprachen über die Nordsee, über Bücher, die sie beide lasen, und über Musik, die sie mochten. Als Liebhaberin klassischer Musik hatte Anna noch nichts von Blank & Jones gehört, versprach aber, sich einen Stream anzuhören. Er spürte Schmetterlinge im Bauch. So schnell hatte er sich noch nie verliebt.

Es war kurz nach dreiundzwanzig Uhr, als sie zurück auf dem Zimmer ankamen. Carsten gab Stella, die über ihrer Serie eingeschlafen war, zwanzig Euro, seiner

Tochter einen Kuss und verabschiedete sich von beiden. Er blieb noch auf eine Flasche Wein, die er aus dem Fischlokal mitgenommen hatte. Der Kuss, den Anna Carsten schenkte, als sie ihn auf ihr Sofa gezogen hatte, war der schönste, den er je bekommen hatte. Doch etwas war immer noch anders. Er spürte nicht das kleinste Bedürfnis, weiterzugehen zu wollen. Er hätte es nach so kurzer Zeit zwar schon aus Anstand gar nicht in Erwägung gezogen, aber mit Sicherheit hätte er es gewollt. Zumindest hätte er das Verlangen dazu verspürt, körperlich. Aber in seiner Hose rührte sich nichts. Er spürte nicht mal das Verlangen, Anna anzufassen. Es fühlte sich so an, als wolle er es zwar, könne es aber aus irgendeinem Grund heraus nicht tun.

Während Anna seine Zurückhaltung wohl als äußerst positiv bewertet haben musste und noch lange mit ihm geknutscht hatte, machte sich Carsten, als er später nach Hause ging, ernsthafte Gedanken darüber. Er fühlte sich voller Euphorie, und er hatte das Gefühl, er müsse auch überhaupt keinen Sex haben. Weder mit Anna noch allgemein. Aber wenn sie noch weitere Male miteinander ausgingen, und das nächste Treffen hatten sie bereits ausgemacht, dann würde sie es bestimmt wollen. Und das müsste er vorher abklären. Er ahnte zwar mittlerweile, dass er gerade die prognostizierten Nebenwirkungen von *Shut N* erlebte, und er hatte in keiner Weise vor, dieses Wundermittel abzusetzen, aber er wollte Professor Karlsson davon berichten und ihn fragen, ob es nicht ein Mittelchen gebe, welches diesen unerwünschten Effekt zumindest für einige Zeit aufzuheben vermochte.

12. Vom Nordseewinde verweht

Innerhalb weniger Tage hatte Carsten gleich mehrere schier unglaubliche Erfahrungen gemacht. Noch vor wenigen Tagen der Verzweiflung nahe, schien sich die Welt um ihn herum einmal komplett gedreht zu haben. Mann, was ist gerade in meinem Leben los, dachte er, als er zu Fuß von der Dienststelle nach Hause ging. Wieder gesund, eine tolle Frau kennengelernt und nun ein neuer Fall, bei dem seine ganze Spürnase gebraucht wurde. Wie sonst hätte er am Tatort ermitteln, den Erkenntnissen des neuen Falles folgen, sich selbst so engagiert einbringen können? Das war ihm heute doch gut gelungen. *Shut N* war zur richtigen Zeit in sein Leben getreten. Regelrecht auffällig genau, was sein Gespür für Mystisches, ja fast Paranormales, das er zurzeit zu erleben meinte, noch intensivierte.

Sicher war er sich allerdings immer noch, dass Denga nichts mit der Tat zu tun hatte. Zu auffällig inszeniert war dieser Tatort gewesen. Ob er geahnt hatte, dass man ihn verdächtigen würde, oder ob sein Verschwinden nur Zufall war? Carsten wollte es herausfinden. Daher begrüßte er Rickmers Entscheidung, den Fall möglichst weitgehend von Norderney aus alleine zu lösen, sehr. Das kam ihm entgegen, er konnte sich auszeichnen.

Inmitten des dunklen und stillen Argonner Wäldchens blieb er stehen. Da war doch etwas? Deutlich vernahm er ein saugendes, schlürfendes Geräusch. Waren die Nebenwirkungen des Medikaments? Er musste dies alles Karlsson fragen, sobald wie möglich.

Als er zurück im Haus war und sich mit einer Flasche Cola light vor den Fernseher gesetzt hatte, nahm Carsten sein Handy zur Hand. Eine neue WhatsApp-Message. Er las und ärgerte sich sofort. Anna hatte geschrieben: »Schade, dass du dich gar nicht gemeldet hast. Damit hätte ich nach unserem intensiven Treffen nicht gerechnet ...«

An Anna hatte er den ganzen Tag während seines Dienstes nicht gedacht. Aber war das ein Wunder? Schnell tippte er die Antwort: »Entschuldigung. Heute ein ganz schwerer Fall auf der Insel. Ich berichte davon. Melde mich spätestens morgen Abend. Das Treffen mit dir war großartig. Du bist toll!«

Zwei Minuten später erreichte ihn die Mitteilung: »OK. Bis dann. LG Anna.«

Klar, sie war sauer. Carsten wusste ja, was Frauen erwarteten, und im Normalfall hätte er sich garantiert gemeldet. Er nahm sich vor, was auch immer der morgige Tag bringen sollte, wenigstens für ein paar Minuten bei Anna vorbeizugehen und ihr einen Strauß Blumen zu überreichen. Wenn sie nicht da sein sollte, würde er ihn am Empfang des Kurhotels abgeben. Wenn sie da war, hätte er vielleicht sogar Zeit, etwas zu bleiben, dann könnte er, ohne Details zu nennen und ohne sie zu verschrecken, eine Erklärung formulieren. Aber was, wenn sie sich näherkommen würden?

Siedend heiß fielen Carsten nun auch seine Probleme vom gestrigen Abend wieder ein. Was, wenn er wieder keine Erregung verspürte? Er rief die Tarnkappe seines Handy-Browsers auf und tippte den Namen einer Seite mit pornografischen Bildern ein, die er hin und wieder besucht hatte. Brüste, Hintern, Lippenstifte. Nicht mal das primäre Geschlechtsorgan einer Frau ließ ihn nur annähernd eine Erregung spüren. Um ganz sicherzugehen, rief er einige Gaybilder ab. Zum Glück auch hier keine Spur von Erregtheit. Also stimmte etwas nicht, und mit *Shut N* hatte es zu tun, da gab es keinen Zweifel. Er würde eine freie Viertelstunde nutzen, um morgen zu Karlsson hinauszufahren.

Dass er den schwedischen Mediziner gar nicht selbst aufsuchen musste, sondern dieser mehr oder weniger am nächsten Tag zu Carsten kam, damit hätte Carsten am Vorabend niemals gerechnet.

Gegen Mittag nahm er auf der Wache Lohmanns Anruf entgegen. »Ich weiß nicht, was ich machen soll«, sagte der Schutzpolizist aufgeregt. »Hier am Tatort lungert ein Arzt aus dem Seehospital rum, mit wohl, ähm, einer Gruppe Patienten, obwohl die eher aussehen wie vom Ku-Klux-Klan.«

»Was?«, rief Carsten in den Hörer. »Ich verstehe nichts. Neonazis sind am Tatort mit einem Arzt unserer Klinik?«

»Genau, er lässt sich nicht abschütteln. Ich solle die freie Forschung nicht behindern. Wie Nazis sehen die aber nicht aus, die anderen. Irgendwie sind die einfach nur nicht ganz dicht, wenn du mich fragst.«

»Wie heißt der Arzt?«

»Svensson oder so.«

»Könnte es Karlsson sein?«, fragte Carsten.

»Ja, richtig. Genau. Woher ...«

»Unternimm nichts, schick ihn auch nicht weg. Ich bin in zwei Minuten da.«

»Alles klar!«

Carsten traute seinen Augen nicht, als er den Porsche vor der Straßensperre stoppte. Vor Dengas Haus standen fünf Menschen, die sich in einer Art Trancezustand befanden. Jeder von ihnen trug einen weißen Trainingsanzug und eine Sturmmaske im selben Farbton. Nur die Nasen waren durch eine Öffnung freigelegt. Über die Löcher für die Augen hatten sie sich eng am Kopf anliegende Schutzbrillen mit Gummizug umgebunden. Es schienen allesamt Männer zu sein, und die Szenerie sah grotesk aus. Einige von ihnen hielten sich den Puls, einer hörte über einen Kopfhörer Musik, zumindest nahm Carsten das an, denn er nickte dabei mit dem Kopf und tänzelte auf der Stelle. Als Carsten inmitten dieser seltsamen Gruppe den Professor entdeckte, stürmte er verärgert auf ihn zu und zog ihn ruppig zur Seite.

»Karlsson, kann ich Sie mal kurz sprechen?«

Der Arzt folgte ihm und raunte nach ein paar Metern: »Was ist denn los?«

»Sie spinnen doch«, brüllte Carsten. »Was soll dieser Unfug hier bedeuten? Was zum Teufel machen Sie hier? Und wer sind diese Leute mit den Sturmhauben?«

»Wieso, ich verstehe nicht«, sagte Karlsson. »Das ist doch ein Tatort?«

»Das habe ich nicht gesagt«, antwortete Carsten.

»Ihr unfreundlicher Kollege aber schon.«

»Selbst wenn das hier ein Tatort sein sollte, nein, weil es ein Tatort ist, wie man ja auch unschwer an den Absperrungen erkennen kann, haben Sie hier nichts zu suchen. Ich wiederhole das Wort: Absperrungen. So nennt man Barrieren, die aufgestellt werden, um einen Bereich für Unbefugte abzuriegeln. In diesem Fall, wie Sie ja erkannt haben, handelt es sich um den Tatort eines Verbrechens. Steht ja auch *Polizei* auf den angebrachten Schildern. Was also kann man an meiner Frage, was Sie hier treiben, noch falsch verstehen?«

»Hören Sie, Herr Kummer, ich bin doch nicht blöd. Genau deswegen sind wir ja hier. Bei uns in Schweden kann man mühelos an Tatorten ...«

»Wir sind aber nicht bei Ihnen in Schweden«, unterbrach ihn Carsten. »Mal ehrlich, was hat das zu bedeuten? Wer sind diese Leute?«

»Patienten«, antwortete Karlsson trocken. »Meine Patienten. Angstpatienten. Sie tragen Windschutz, sollen die Luft möglichst nur über die Atemwege aufnehmen, damit wir valide Daten bekommen.«

»Was?« Carsten konnte nicht glauben, was ihm dieser Mann, den er noch vor wenigen Tagen für ein Genie unter den Ärzten gehalten hatte, da mitzuteilen versuchte.

Der Professor lachte. »Ja, was denken Sie? Dass ich nur auf dieser schnuckeligen Insel verweile, um Sie mit Ihren Depressionen zu behandeln? Ich bin hier wegen eines äußerst wichtigen Forschungsprojektes. Wir arbeiten an einer Studie über Desensibilisierung von Angststörungen durch Muskelrelaxantien in Kombination mit Nordseeluft. Was sollte mir und meinen

Probanden da gelegener kommen als zwei Morde mitten auf dieser beliebten Nordseeinsel?« Er schaute auf die Gruppe seiner weißen Patienten. »Diese Exemplare hier haben allesamt Angst vor dem Tod. Todesangst, um genau zu sein, und nun sehen Sie sich diese gelassenen Menschen mal an. Es ist eine Sensation. Sie sind die Ruhe selbst, und das, obwohl der Täter noch frei herumläuft. Tut er doch, oder?«

»Das geht Sie nichts an, und außerdem, wie kommen Sie auf zwei Morde?«, fragte Carsten und schaute ebenfalls zu den Patienten hinüber, die jetzt in der Gegend herumschnupperten wie Eisbären, die in weiter Ferne Beute witterten. Einzig die sommerliche Hitze störte das Bild, das sich ihm dabei im Kopf zusammensetzte. Carsten schüttelte den Kopf. »Woher wollen Sie das alles wissen?«

»Von Ihrem Kollegen.«

»Ganz bestimmt nicht«, sagte Carsten. »Ich werde ihn direkt fragen. Warten Sie hier.«

»Moment«, sagte der Professor.

Carsten drehte sich um und fragte genervt: »Was denn? Was wollen Sie mir sagen? Wollen Sie mir das nun erklären? Tun Sie es!«

»Haushalten Sie mit Ihren Tabletten?« Karlsson musterte Carsten. »Sie scheinen mir wieder etwas überdreht zu sein.«

»Ich nehme zwei wie immer. Am Samstag, wenn ich wieder Therapie habe, hole ich mir die nächsten von Freesemann. Nur genau so viele, wie für mich vorgeschrieben sind.«

»Ich fürchte, das wird nicht gehen«, sagte Karlsson.

»Was wird nicht gehen?«

»Ich habe Herrn Freesemann gestern mitgeteilt, dass es für alle sicherer wäre, wenn das Depot mit den Medikamenten bei mir im Hospital verbleibt. Wir wollen ja nicht, dass Sie noch mal einem lebensmüden Hund hinterherlaufen.«

Carsten spürte einen heftigen Stich in der Magengegend. »So, mein Psychologe hat also keine mehr?«

»Nein, hat er nicht.«

»Sie wollen mich erpressen? Denn das ist es doch!«

»Keineswegs«, sagte Karlsson. »Ich will nur nicht, dass Sie sich unnötig aufregen.«

»Hören Sie, Sie können hier aber nicht bleiben. Unmöglich. Tabletten hin oder her!«

»Ich könnte schon«, antwortete Karlsson. »Aber wir sind jetzt durch hier. Es ist wirklich erstaunlich. Phänomenal. Sehen Sie doch mal!« Er holte ein Tablet aus einer Stofftüte, die um seinen Arm hing, wischte ein paarmal darauf rum und hielt es Carsten dann hin, der auf dem Display Tabellen mit Herzfrequenzen erkannte. EKGs.

»Alle haben fast Ruhepuls, obwohl sie wissen, dass hier ein abscheuliches Verbrechen stattgefunden hat«, sagte der Professor. »Das widerspricht der gesamten bisherigen verhaltenstherapeutischen *Exposition in vivo*.«

»Was auch immer das ist«, warf Carsten wütend ein. »Machen Sie damit auf Ihrer Dachstation weiter. Sie sollten gar nicht wissen, was hier passiert ist.«

Der Professor lachte, während er sich zufrieden an seinem blonden Bart zupfte. »Das ist nicht mein erster Tatort. Man kann schon erahnen, was hier geschehen ist.« Er schaute auf den Weg, der in der Nacht mit einem Hochdruckreiniger bearbeitet worden war. »Ist es nicht erstaunlich? Die Szenerie erinnert doch an den Mordfall O. J. Simpson. Also, alleine dieser Baum, das Tor und das Blut auf dem Weg, auch wenn man es nicht mehr genau erkennt. Hier wurde brutal gemessert.« Er machte eine Pause und sprach dann in ruhigerem Tonfall weiter: »Kennen Sie Denga eigentlich?«

»Nein, aber ich frage mich, woher Sie ihn kennen.«

»Tue ich nicht. Aber für die klinische Psychologie und Neurologie ist sein Fall wirklich ausgezeichnet nutzbar, wie Sie sehen.«

»Wir haben hier einen Kriminalfall und keinen medizinischen Fall!«

»Haha, Sie haben ganz recht, mein lieber Herr Kummer. Kommt immer auf die Perspektive an. Ich werde im Laufe des Tages in meinem kleinen Angst-Kino den Patienten jedenfalls die Szenen vom Mordfall Simpson vorführen, bei geschlossenen Fenstern, ohne Nordseeklima. Und wir werden dann sehen, ob sich was verändert. Dann werden wir morgen erneut ...«

»Ausgeschlossen«, sagte Carsten und hob drohend seinen Zeigefinger.

Karlsson grinste. »Ich kann mir beim besten Willen nicht vorstellen, dass die Kripo Norderney bei diesem Fall auf die Spürnase eines Superbeamten Herrn Kummer verzichten möchte oder sich das erlauben kann. Wenn meine Studie hier frühzeitig abgebrochen werden sollte, dann gibt es auch keine Pillen mehr für Sie, verstanden?«

»Verflucht«, brüllte Carsten. »Sie erpressen mich! Ich wusste es!«

»Tief ein- und ausatmen«, antwortete der Professor und klopfte dem Kommissar auf die Schulter. »Nicht aufregen, wir sind hier sowieso fertig. Sie haben sicher noch einiges zu tun, nicht wahr? Kommen Sie am Samstag und holen Sie sich Ihre heiß geliebten Medikamente bei mir ab. Wenn Sie bis dahin brav sind, bekommen Sie vielleicht eine *Shut N* extra.« Er lachte laut. »Am besten besprechen Sie das alles nicht mit Ihren Kollegen, nicht dass die noch zu der Überzeugung gelangen, dass Sie nicht dienstfähig sind – oder drogenabhängig oder eigentlich an Depressionen leiden. So ein Badeunfall könnte ja auch schnell mal als Selbstmordversuch ausgelegt werden. Wenn man ein entsprechendes Gutachten hat. Und ich verfasse wirklich ausgezeichnete Gutachten dieser Art.« Er schaute Carsten drohend durch seine Brillengläser an. »Auch wenn sie zugegeben für den ein oder anderen dann zu *Schlechtachten* werden. Seien Sie gewarnt!«

Carsten wurde übel. »Ich habe verstanden!«

»Dachte ich mir, dass Sie ein Einsehen haben würden«, lächelte der Professor. »Und keine Sorge wegen der Patienten. Alle haben eine Verschwiegenheitserklärung unterschrieben. Keiner wird weitertragen, dass es hier ein Verbrechen gegeben hat. Das gilt auch für den behandelnden Arzt. Denn die Schweigepflicht gegenüber meinen Patienten gebietet es mir. Außerdem, wenn ich ehrlich bin, kann ich hier auch keine Pressefutzis gebrauchen.« Der Schwede reichte Carsten die Hand. Sein Händedruck fühlte sich lasch und feucht an. »Bis Samstag dann. Spätestens«, sagte der Professor. »Ich gebe den Angsthasen vorne Bescheid, dass wir zum Mittagessen in die Klinik müssen. Sie müssten das

Krankenhausessen probieren können. Es gibt heute schwedische Köttbullar mit Preiselbeerkompott, ist das zu fassen?«

Carsten wurde noch übler im Magen. Was für saublöde Klischees! Der Professor drehte sich weg, aber Carsten packte ihn am Oberarm. Diesmal allerdings sanfter. »Moment noch«, sagte er.

»Ja?« Karlsson drehte sich um.

»Ich habe eine Frage.«

»Bitte. Ich bin ja Ihr behandelnder Arzt.«

»Fernab des Ganzen hier.« Carsten schluckte und blickte kurz auf den Boden. »Freesemann hatte mir verraten, dass es zu Potenzproblemen bei Einnahme der Pillen kommen kann. Das ist korrekt?«

»Und ob. Alles andere würde mich doch schwer wundern. In Vietnam machen sich Kollegen schon Sorgen über den Nachwuchs der Depressiven.«

»Scheiße!«

»Wenn Sie auf Sex nicht verzichten wollen, dann können Sie nur die Einnahme weglassen. Am Abend vor dem Tag des geplanten Geschlechtsverkehrs und am darauffolgenden Morgen, ebenfalls vor dem Akt. Zweimal aussetzen! Quickies oder Spontansex sind damit natürlich ausgeschlossen. Aber danach sehen Sie auch nicht aus.«

»Das ist nicht lustig«, sagte Carsten.

»Ich kann es auch nicht ändern, finde es selbst nicht gerade zum Lachen. Sie wurden aber über die Nebenwirkungen belehrt. Entscheiden Sie sich.«

»Sex oder Depressionen?«

»Wenn Sie mich fragen, ich würde eher auf den Geschlechtsverkehr verzichten. Das ist doch alles eh überbewertet. So im Vergleich gesehen. Nehmen Sie Ihre Medikamente nicht, holt Sie nämlich sofort Ihre Krankheit wieder ein. Und es gibt dokumentierte Fälle, da kam die Depression sofort und mit aller Wucht zurück, schlimmer als zuvor! Wir sollten irgendwann langsam ausschleichen.«

»Scheiße, verdammt«, fluchte Carsten. »Ich kann nicht darauf verzichten!«

»Verstehe ich«, sagte Karlsson. »Verstehe aber nicht, warum Sie sich so aufregen wegen der Abstinenz. Ich kenne ein paar Geistliche, die machen das ihr ganzes Leben.« Er schaute Carsten abschätzig an. »Sie haben doch ein Kind. Zwei. Ein neues kleines und ein totes Mädchen auf dem Friedhof. Mir fällt gerade ein: Leiden Sie eigentlich noch sehr unter dem Verlust?«

Carsten wollte gerade losbrüllen, als er merkte, wie sein Handy in der Tasche vibrierte und die Melodie erklang, die er sich als Klingelton eingerichtet hatte. Es wird schon alles gut gehen, dachte er und sang in Gedanken mit: *I wanna chillout for a while ... bring me the cold rain. Something to help relax my mind ... relax your mind.* Dann sagte er zu Karlsson: »Bitte verlassen Sie so schnell wie möglich den Tatort, Herr Professor.« Damit drehte er sich um, ging ein paar Schritte und nahm das Gespräch an.

»Bärlein hier.«

»Ja, was gibt es Neues?«

»Das Blut auf der Terrasse stammt von Schlattmann-Denga, Gerdes und ...«

»... Elias Denga.«

»Genau, keine Überraschung«, sagte Bärlein.

»Der Test ging so schnell?«

135

»Natürlich. Du hast doch die Spuren gesehen. Alles frisch und sauber und Blut ohne Ende. Ich konnte endlich meinen brandneuen Rapid-DNA-Profiler unter Realbedingungen testen. Die Übermittlung der Vergleichs-DNA der drei hat mehr Zeit in Anspruch genommen als die Extraktion der DNA vom Tatort.«

»Interessant«, sagte Carsten, der sich mit dem neuen Gerät nicht auskannte. »Dann ist ein Irrtum ausgeschlossen?«

»Unmöglich ist der«, antwortete Bärlein. »Kommst du weiter mit Bremen? Rickmer will um vierzehn Uhr eine Sitzung einberufen, er verlangt Ergebnisse. Ich jedenfalls habe meine Hausaufgaben erledigt.«

»Wunderbar, ich gratuliere«, sagte Carsten. »Ich habe es da wohl nicht so einfach wie du und dein DNA-Roboter. Jedenfalls hat mich Denga nicht angerufen und sich gestellt.«

»Haha, witzig«, sagte Bärlein.

»Also, ich habe keine neue Spur von ihm.«

»Ärgerlich, bis gleich also erst mal.« Bärlein legte auf, und Carsten stieg in seinen Wagen und fuhr zur Wache. Auf dem Weg rief er Lohmann an und erkundigte sich, ob Karlsson auch nicht wiederaufgetaucht war.

»Sind alle abgezogen. Merkwürdige Truppe, fast unheimlich, habe ich noch nie gesehen, so etwas. Was soll dieser Aufzug?«

»Bitte Stillschweigen über den Besuch dieser Leute«, sagte Carsten. »Das wird nicht angesprochen, bei keinem von uns. Ermittlungstaktische Gründe.«

»Wie du meinst, Kummer.«

»Danke, Lohmann. Pass weiter auf und melde dich, falls der Kauz es wagt, noch mal aufzutauchen!«

»Wird gemacht!«

13. Der Herr der Bälle

Carsten hielt vor der Dienststelle an der Knyphausenstraße. Ein paar einheimische Jugendliche, die hier
öfter herumlungerten, hielten ihre BMX-Räder und
Skateboards an, um vor ihm zu salutieren. Sie fotogra-
fierten seinen Porsche. Das kannte er schon.
Hoffentlich wollte keiner ein Selfie mit ihm, das kannte
er nämlich auch bereits zu Genüge, und dafür hatte er
heute wirklich keinen Nerv. Er überlegte, ob die Kids
wohl Merle gekannt hatten, in ihrem Alter schienen sie
zu sein. Ob seine Tochter ... Den Gedanken brachte er
nicht zu Ende, denn wieder spielte sein Handy *Relax* ab.
Er beruhigte sich, atmete einmal tief ein und aus und
nahm dann sein Telefon aus der Tasche: unbekannter
Anrufer. Er ging ran: »Kummer, Kripo Norderney.«

»Jo, ich habe Ihre Nummer von einem Kumpel aus
Bremen.« Der Mann am anderen Ende der Leitung flüsterte, und er schien aufgeregt und verängstigt. »Ich
schwöre, ich habe nichts mit den Morden zu tun. Bitte,
das müssen Sie mir glauben, Mann. Sie müssen einfach. Ich würde mich doch sonst nicht melden bei
Ihnen.«

»Wer ist da bitte?«, fragte Carsten, der sich mit der
freien Hand das Ohr zudrückte, um überhaupt etwas
verstehen zu können, denn draußen feixten die Ju-
gendlichen weiter herum.

»Sie suchen mich doch, Mann. Glauben Sie mir, ich habe rein gar nichts mit dem Mord an meiner Ex-Frau zu tun, und auch ihrem Lover, dem Kellner Gerdes, habe ich kein Haar gekrümmt.«

»Herr Denga?«, rief Carsten in den Lautsprecher, konnte sein Glück kaum fassen. »Das gibt es ja nicht. Wo sind Sie zum Teufel noch mal? Im ganzen Land wird nach Ihnen gefahndet.«

»Das weiß ich, deswegen rufe ich Sie ja an. In Bremen hat man meinen gesamten Bekanntenkreis ausgefragt. Ich bin über alles informiert. Ich habe nichts damit zu tun, und die Garage meines Hauses habe ich auch nicht offen gelassen. Ich flüchte nicht vor meinen Problemen.«

»Ganz in Ruhe, Herr Denga«, sagte Carsten, dessen Herz nun heftig schlug. »Bitte legen Sie icht auf!«

»Tue ich nicht.«

»Ich muss ganz genau wissen, wo Sie sich jetzt im Moment befinden. Können Sie mir das verraten? Dann kann ich versuchen, Ihnen zu helfen.«

»Ich bin auf der Dreizehn-Uhr-dreißig-Fähre. Wir legen in einer halben Stunde an.«

Carsten traute seinen Ohren nicht. »Auf der *Ostia*? Sie kommen nach Norderney?«

»Ich will mich stellen und mithelfen, das feige Schwein zu finden.« Denga machte eine Pause, und währenddessen hörte Carsten im Hintergrund eine Durchsage. Der Kapitän kündigte eine Sandbank mit Seehunden an. Es stimmte also, der Mann, der ihn angerufen hatte, wenn es sich denn tatsächlich um Denga handelte, befand sich in diesem Moment auf der Fähre.

»Ich komme zum Hafen und hole Sie ab«, rief Carsten in den Hörer.

»Das wäre gut«, flüsterte Denga und stöhnte. »Ich fühle mich beobachtet, vielleicht ist hier einer an Bord, der mich verfolgt. Was, wenn ich auch abgemurkst werden soll? Ich drehe hier bald ab.«

»Ganz ruhig, nur nicht in Panik verfallen«, sagte Carsten. »Soll ich das Schiff anfunken lassen? Der Kapitän wird Sie verstecken können. Im Maschinenraum oder so.«

»Nein, Mann, ich habe mich verschanzt.« Denga klang nun gefasster. »Mich findet im Moment keiner. Ich muss nur sicher runterkommen von dem Kahn.«

Carsten überlegte. »Ich fahre los, kläre alles. Sehen Sie zu, dass Sie als Erstes rauskommen oder eben so schnell wie möglich.«

»Okay, ich checke das«, sagte Denga leise. »Dann bis gleich.« Er beendete das Gespräch.

Carsten blieb nicht lange Zeit für eine Entscheidung. Sollte er den Kollegen Bescheid geben oder konnte er Denga alleine abholen und zur Besprechung um vierzehn Uhr mitbringen? Rickmer und die anderen würden Augen machen, das sollte klar sein. Besonders Bärlein. Auf dessen Gesicht war er gespannt, hatte er Carsten doch gerade erst einen Witz darüber gemacht, dass der Täter ihn nicht angerufen hatte, und dann war eine Viertelstunde später genau das eingetreten. Carsten überlegte weiter. In Gefahr begab er sich wohl nicht und auch niemand anderen. Außerdem war er ja quasi der Chef. »Also los«, sagte er zu sich selbst, öffnete das Fenster, griff nach dem Blaulicht unter dem Sitz, schaltete es an und schob es in die Halterung auf dem Dach.

Die Kids applaudierten, sprangen aber schnell zur Seite, als Carsten Gas gab, mit quietschenden Reifen nach hinten setzte, das Lenkrad herumriss und losraste.

Keine drei Minuten brauchte er bis zum Hafen. Er parkte den Porsche direkt am Anleger. Von Weitem schon sah er die Fähre auf die Insel zufahren. Eilig lief er in die Abfertigungshalle und ließ über einen Bediensteten am Schalter allen Hafenmitarbeitern der *Ostia* mitteilen, dass er jemanden, der auf der nächsten Fähre ankäme, festnehmen müsse. Der Angestellte verständigte über Funk auch den Kapitän des Schiffes. Jetzt dürfte nichts mehr schiefgehen.

Als die Fähre einen letzten Bogen fuhr, um anzudocken, sah Carsten, dass das Deck gerammelt voll war. Menschen mit Sonnenbrillen saßen auf den Plastikbänken und ließen sich die Sonnenstrahlen ins Gesicht scheinen, Kinder tobten zwischen den Gängen, Senioren winkten den Touristen am Weststrand zu, eine Gruppe Frauen stieß mit Dosensekt auf die Ankunft an. Auf dem Parkdeck starteten die ersten Fahrer die Motoren, und auf den Treppen bildeten sich Schlangen von Urlaubern, die es nicht abwarten konnten, von Bord zu kommen. Irgendwo war da vielleicht der Mörder, dachte Carsten, oder ein Unschuldiger.

Als die Fähre angelegt hatte, das Schiff vertäut und die Rampe heruntergefahren war, erkannte Carsten, dass Mitarbeiter der *Ostia* die Gäste zurückhielten. Offenbar hatten sie die richtigen Anweisungen bekommen. Dann sah er einen großen Mann in grauem Trainingsanzug mit weit über den Kopf gezogener Kapuze.

Denga hatte Carsten ebenfalls erblickt, lief mit erhobenen Händen die Rampe nach oben zum Porsche. Das alles musste ihm unfassbar peinlich sein. Schnell stieg Carsten in seinen Wagen und öffnete von innen die zur Fähre gelegene Beifahrertür. Der Fußballer sprang herein und zog sofort die Tür hinter sich zu. Er war völlig außer Atem und bekam gerade so ein »Danke, Mann« über die Lippen.

Carsten startete den Wagen und fuhr los. »Geht es Ihnen gut? Wovor haben Sie Angst?«

»Einer hat es auf mich abgesehen«, schnaufte Denga. »Das mit den Morden an meinem Haus war vielleicht nur der Anfang. Jo, scheiße, Mann. Ich bin am Arsch.«

»Wer tut das? Haben Sie einen konkreten Verdacht?« Carsten konnte noch immer nicht fassen, dass ein Hauptverdächtiger eines Mordes freiwillig auf die Insel und so zum Tatort zurückkehrte. »Ist derjenige, den Sie verdächtigen, etwa auf der Fähre? Dann muss ich Verstärkung anfordern!«

»Nein, nein, ist er nicht. Sicher nicht. Ich erzähle Ihnen das in Ruhe.« Denga zog sich die Kapuze vom Kopf. Schweißtropfen hatten sich auf seiner Stirn gebildet. Carsten erkannte den Spieler zwar wieder, auch an der Art, wie er sprach. Aber auch an ihm war das Alter nicht spurlos vorbeigegangen. Seine kurzen krausen Haare waren ergraut, an den Augenwinkeln hatten sich Falten gebildet. Doch körperlich gab Denga immer noch jenen muskulösen, groß gewachsenen Stoßstürmer ab, der in seinen sechs Profijahren an die siebzig Tore erzielt hatte und den die Fans als King Denga gefeiert hatten.

»Fahren wir zu Ihnen aufs Revier?«, fragte Denga.

»Sind gleich da«, sagte Carsten. »Ich habe Sie früher bewundert, wissen Sie? Ihr Hattrick ausgerechnet gegen den HSV, 1995 war das, meine ich. Ein Traum. Da waren Sie sechzehn oder siebzehn. Was haben wir Sie gefeiert!«

Denga schwieg.

»Na ja, sicher der falsche Zeitpunkt, jetzt über so was zu reden«, sagte Carsten. »Übrigens, die Kollegen wissen nichts von Ihrer Ankunft.« Er drückte auf seinem Display herum, und das Freizeichen ertönte über die Freisprechanlage. Lohmann meldete sich.

»Ich habe einen Auftrag für dich«, sagte Carsten.

»Und zwar?«

»Sofort den Hafen sperren lassen für alle abfahrenden Schiffe.«

»Jetzt sofort? Schon wieder? Ist etwas passiert?«

»Das kann man so sagen. Du kannst dann auch vom Haus abziehen und auf die Wache kommen. Den Hauptverdächtigen bringe ich jetzt zur Dienststelle.«

»Denga ist auf der Insel?«

»Sitzt neben mir.«

»Das wird ja immer wahnwitziger«, sagte Lohmann. »Ich gebe Norden Bescheid. Die letzte Fähre wird dann wohl umdrehen müssen.«

»Danke, bis gleich.«

Carsten beendete das Gespräch, rief Rickmer an und verkündete dem völlig perplexen Kollegen, dass er in zwei Minuten mit dem Gesuchten eintreffen werde. Aus dem Augenwinkel erkannte er, dass Denga ihn von der Seite verängstigt anschaute. Er musste sich vorkommen wie eine bestellte und gelieferte Magnum-Pizza, auf die ausgehungerte Menschen warteten, die seit Wochen nichts gegessen hatten. Seine Augen waren geschwollen, und die Nase lief.

»Ich danke Ihnen für Ihren Schutz«, murmelte er. »Helfen Sie mir, da rauszukommen, Mann!«

»Ich muss *Ihnen* danken, Herr Denga«, entgegnete Carsten und steuerte den Wagen in die Knyphausenstraße. »Keiner hier kann ein derart abscheuliches Verbrechen lange ungesühnt lassen.«

»Es sieht alles nach O. J. Simpson aus. Stimmt doch?«

»Ähm, ja, das kann man sagen. Dass selbst Ihnen das aufgefallen ist.«

»Der Typ, der mich drankriegen will, ist nicht nur gefährlich, sondern hat anscheinend auch einen ausgeprägten Sinn für Humor.« Denga kratzte sich nervös am Kopf, als er sah, dass sich Carstens Kollegen auf dem Hof der Wache positioniert hatten. Er erwartete vielleicht eine Meute, die ihn jagen, fangen und grillen würde.

»Ganz ruhig, Ihnen passiert nichts«, sagte Carsten. »Sie stehen jetzt unter meinem persönlichen Schutz.«

Er steuerte den Porsche auf den Parkplatz hinter dem Polizeigebäude und stellte ihn in der Mitte des Hofes ab. Rickmer und Siebert, der seine Hand an der Waffe hatte, standen am Hinterausgang und glotzten ungläubig in den Wagen.

Carsten stieg aus. »Es ist in Ordnung, Leute. Denga hat sich mir gestellt. Freiwillig. Er leistet keinen Widerstand.« Er lief um seinen Wagen herum, öffnete die Beifahrertür und sagte: »Kommen Sie langsam heraus, Herr Denga! Mein Kollege Hans Siebert muss Sie nach Waffen untersuchen, dann gehen wir hinein, und Sie bekommen etwas zu trinken.«

»Elias Denga«, rief Julia, als sie sah, wie der Fußballer nach Rickmer und Siebert und vor Carsten den Besprechungsraum betrat, in den der noch amtierende Hauptkommissar nach Carstens Anruf alle gebeten hatte.

»O. J. Simpson«, kommentierte Bärlein, der aus einer Literflasche Mineralwasser trank.

»Setzen Sie sich, Herr Denga«, sagte Carsten und bot dem Fußballer den Platz gleich am Kopfende des Tisches an. Er nahm eines der Gläser von der Tischmitte und eine nicht angebrochene Flasche Wasser und schenkte dem Spieler ein. Er und Rickmer rückten ihre Stühle an die Seite. Siebert setzte sich ans andere Tischende und stellte den Standventilator auf die höchste Stufe. Lohmann, der kurz nach Carsten eingetroffen war, öffnete die Tür, schaute erstaunt, fast verängstigt auf den riesenhaften Denga, huschte hinter ihm vorbei und nahm neben Siebert Platz. Die Runde war somit vollzählig, der Raum am Ende seiner Sitzkapazitäten.

»Ich sage es Ihnen frei heraus, Sie sind nicht als Zeuge hier, sondern als Tatverdächtiger, haben Sie das verstanden?« Carsten sprach den Satz laut und so, als sei es der erste, den er mit dem Verdächtigen gewechselt hätte. Denga nickte.

»Wir werden Sie hierbehalten müssen, deswegen werde ich Sie nun belehren. Sie haben nämlich das Recht zu schweigen. Alles, was Sie sagen, kann und wird vor Gericht gegen Sie verwendet werden. Sie haben das Recht, zu jeder Vernehmung einen Verteidiger hinzuzuziehen. Wenn Sie sich keinen Verteidiger leisten können, wird Ihnen einer gestellt.«

»Bin ich verhaftet?«, fragte Denga.

»Nein, aber wir nehmen Sie in Gewahrsam. Zunächst für vierundzwanzig Stunden. Ich schätze, Sie möchten, dass Ihr Anwalt auf die Insel kommt. Wollen Sie ihn anrufen?«

»Ich habe keinen Anwalt«, sagte Denga. »Und ich will auch keinen.«

»Den werden Sie brauchen. Wir werden Ihnen einen besorgen. Wir haben gute Rechtsanwälte auf der Insel, auch zwei Strafverteidiger.«

»Jo, mir egal, tun Sie das, wenn es sein muss«, sagte Denga. »Aber ich mache von meinem Recht zu schweigen keinen Gebrauch. Sonst wäre ich ja nicht gekommen, um zu sprechen. Ich bin nicht total bescheuert im Kopf, nur weil ich vor allem mit den Füßen arbeite. Ich will einfach helfen, Mann!«

»Das ist gut«, sagte Carsten. »Das vereinfacht uns die Arbeit.«

Eine Minute herrschte Schweigen im Raum, jeder versuchte sich zu sammeln. Es war Bärlein, der sich als Nächster äußerte. »Ich habe Blut von Ihnen im Garten Ihrer Villa gefunden, auch am Handschuh und an der Skimaske. Vielleicht wollen Sie sich ja dazu äußern?«

»Was soll ich sagen?«

»Dürfte ich mal Ihre Hände sehen?«

Denga schaute den Spurensicherer mit hochgezogenen Augenbrauen an. Carsten ahnte schon, auf was das hinauslief. Nicht nur körperlich konnte man unterschiedlicher kaum sein, auch vom Typ her waren Bärlein und Denga so sehr in anderen Welten, dass sich für die weitere Kommunikation ein Desaster ankündigte. Und wie auf Kommando bewies es Bärlein. »Ich wiederhole es mal, damit Sie es auch verstehen, Mann«, sagte er. »Ich wollte natürlich fragen: Dürfte ich mal Ihre Hände sehen? *Jo!*«

»Verarschen Sie mich bitte nicht, Mann«, sagte Denga und schaute Carsten an. Als der keine Einwände erhob, weil er nicht den Eindruck erwecken durfte, das Team wäre sich uneins, streckte Denga seine Hände über den Tisch und drehte sie auf eine entsprechende Geste Bärleins.

»Sehen Sie, ist nichts da dran«, sagte Denga schließlich. »Sie haben mir vor meinem Haus in Bremen aufgelauert und mir an der Kehle herumgeschnitten.« Der Fußballspieler zog seinen Hoodie mit beiden Händen herunter und hielt Bärlein den Hals hin. Carsten sah dort eine kleine Schramme, die sich noch im Heilungsprozess befand.

»Keine tiefe Wunde«, sagte Bärlein. »Umbringen wollte Sie so sicher niemand. Vielleicht wollen Sie ja auch uns verarschen, jo?«

Carsten flehte innerlich, dass Bärlein sich zusammenreißen würde.

»Nein, sie wollten mein Blut«, sagte Denga. »Das habe ich ja auch erst geschnallt, als ich von der Sache erfahren habe. Da konnte ich mir das schnell zusammenreimen.«

»Das war also am Tag vor dem Mord?«

»Jo.«

»Demnach könnte der Täter oder sein Gehilfe noch auf der Insel sein?«, fragte Rickmer. »Das Blut muss ja irgendwie hierhergelangt sein, wenn das so passiert sein sollte. Aber von wem sprechen Sie eigentlich? Haben Sie eine Ahnung, wer Sie überfallen hat?«

»Habe ich.« Denga sprach hektisch, Carsten bemerkte Angst in seinen Augen. »Der Mann heißt Wladimir Seitzew.«

»Und wer ist das, dieser Seitzew?«, fragte Carsten.

»Ein Russe.«

»Das klingt fast so«, sagte Bärlein. »Mehr wissen Sie nicht? Sehr ominös. Oder wie der Russe sagen würde: *strannyy bliad*!«

»Machen Sie sich ruhig weiter lustig«, sagte Denga. »Mir macht so ein Zwerg keine Angst.« Er trank einen großen Schluck Wasser aus seinem Glas.

Bärlein schaute ihn verächtlich an. Sein Kopf war hoch errötet.

Das würde kein gutes Ende nehmen, dachte Carsten. »Was meinen Sie genau, Herr Denga?«

»Ich meine die russische Mafia. Seitzew hat überall seine Finger im Spiel. Weltweit. Das ist wohl etwas zu hoch für die Polizei Norderney.«

»Für uns ist nichts zu hoch«, antwortete Carsten und klopfte dem Fußballer auf die Schulter, auch um zu verhindern, dass sich die Atmosphäre weiter aufheizte.

»Nie gehört von einem Seitzew«, blökte Bärlein, der auf seinem Smartphone herumspielte. »Auch im Internet gibt es nichts mit dem Namen.« Er wischte ein paarmal auf dem Display herum, tippte dann wieder. »Hab's auf Russisch eingegeben, auch nichts.«

»Denga?«, fragte Carsten.

»Vielleicht nennt er sich anders, ich kenne ihn nur unter Seitzew. Die Mafia tarnt sich doch überall. Gucken Sie eigentlich keine Filme? Nie *Der Pate* gesehen?«

»Habe ich gesehen«, sagte Siebert. »Alle Teile, mehrfach.«

»Das können wir Ihnen so nicht einfach glauben.«
Rickmer lenkte das Gespräch wieder in die Realität, Siebert seufzte. »Was hat er denn mit Ihnen zu tun gehabt, dieser ominöse Mafioso?«, fragte Rickmer weiter.

»Mafioso, wenn es nur einer ist«, sagte Bärlein und erntete von allen im Raum böse Blicke. Der Spurensicherer war auf hundertachtzig. Einzig Julia schien davon zu profitieren, dass Bärlein augenscheinlich jemand anders auf dem Kieker hatte.

»Warum will dieser Mafioso Ihnen etwas anhängen?«, fragte Rickmer.

»Ich zahle nicht mehr«, antwortete Denga und wischte sich mit der Handfläche beschämt über die Stirn.

»Was?«, fragte Bärlein. »Schutzgeld? Jetzt wird es aber stereotyp.« Carsten gab seinem Kollegen dieses Mal innerlich recht.

»Das ist eine blöde Geschichte, Mann«, erwiderte Denga. »Ich hatte mal etwas mit Wetten zu tun. Man hat versucht, mich unter Druck zu setzen. Die Leute von Seitzew. Ich sollte damals Spiele manipulieren und so was.«

»Und, haben Sie?«, fragte Bärlein.

»Nein, um Gottes willen.« Denga faltete die Hände. »Aber seither muss ich jeden Monat etwas abdrücken. Und ich habe nichts mehr, also nicht mehr diese Summen.«

»Wohin haben Sie das Geld denn überwiesen?«, fragte Rickmer.

»Bitcoins!«

Rickmer schaute Bärlein an.

»Schlau, wenn die Geschichte stimmt. Da können wir nichts zurückverfolgen. Aber Herr Denga kann uns sicher belegen, dass er regelmäßig Bitcoins im Darknet gekauft hat.« Bärlein schaute den Sportler ernst an. »Können Sie doch, oder?«

»Natürlich, Mann«, rief Denga.

»Ich werde das in Bremen klären«, sagte Carsten. »Die Computer sind ja beschlagnahmt und werden untersucht.«

»Also haben wir eine Erpressung«, schlussfolgerte nun Julia. »Was mich interessiert: Warum musste dann Ihre Ex-Frau dran glauben, und ihr Liebhaber, und nicht Sie? Weshalb haben die Sie nicht einfach abgemurkst, statt Ihnen Blut zu entnehmen?«

»Das weiß ich nicht«, sagte Denga laut und genervt. »Vielleicht wollen sie erst mal mit mir spielen. Es ist bekannt, dass ich mit meiner Ex *Beef* habe, was nicht heißt, dass ich nicht geschockt bin über ihren Tod. So was lässt auch mich nicht kalt.« Denga nahm jetzt beide Hände vor sein Gesicht. Er schien sich zu schämen. »Seitzew spielt gerne«, sprach er mit geschlossenen Augen weiter. »Bestimmt hat er irgendwas auf mich wetten lassen. Aber am Ende wird er mich so oder so umlegen. Ob nun als freier Mann oder im Knast. Ich habe doch gesagt, er hat seine Männer überall.«

»Ihnen ist klar, dass wir dem, was Sie uns hier erzählen, in aller Ruhe auf den Grund werden gehen müssen?«, fragte Rickmer, und Denga nickte.

»Dass wir Sie in Gewahrsam nehmen müssen, ist Ihnen auch klar. Denn Sie sind dringend tatverdächtig.«

»Das ist mir klar«, stammelte Denga. »Aber ich bin unschuldig.«

»Das wird sich zeigen«, sagte Bärlein. »Das Blut, Ihr Blut, klebt an den Leichen und ist auf Ihrem Hof verteilt. Die schöne Villa gehört ja noch Ihnen.« Bärlein lehnte sich selbstgefällig in seinem Stuhl zurück und verschränkte die Arme hinter dem Kopf. »Die Russen müssen Ihnen eine ordentliche Menge abgezapft haben. Das Problem ist nur, so tief sieht die Wunde gar nicht aus. Ich werde sie nachher vermessen und abfotografieren und dann zur Analyse schicken. Die Rechtsmedizin guckt sich das an.«

»Das ist mir bewusst, dass sich das alles unglaubwürdig anhört«, sagte Denga. »Ich bin nicht dumm, Mann. Auch wenn Sie das alle glauben.«

Jetzt fühlte sich Carsten gezwungen, dem Fußballer beizustehen. »Keiner hält Sie für dumm, Her Denga.«

»Tss«, sagte Bärlein.

Denga sprach mit gesenktem Kopf. »Ich fürchte, alles, was ich Ihnen im Moment anbieten kann, ist meine vollständige Kooperation. Sie können alles einsehen. Ich sage alles, was ich weiß. Haben Sie keinen Lügendetektortest? Ich bin bereit.«

»Wir sind auf Norderney und nicht in den Hollywood Hills«, raunte Bärlein. »Wir nutzen solche Tests nicht, brauchen sie auch nicht. Ich erkenne selbst, wenn jemand nicht die Wahrheit spricht. Im Umkehrschluss also auch, wenn jemand lügt. Es gibt da eindeutige Anzeichen.«

»Und?« Denga wurde nun auch laut. »Lüge ich? Sagen Sie es mir ins Gesicht, jo.«

Bärlein verharrte in seiner arroganten Haltung und legte zusätzlich ein Bein über das Knie des anderen. »Dieses Wegschauen, wenn Sie überlegen«, sagte er gespielt gelassen. »Und dann dieses direkt in die Augen schauen, wenn Sie jemand etwas fragt, das ist auffällig.« Er lächelte gekünstelt. »Sie haben auf die intelligente Frage meiner hochgeschätzten Kollegin Oberkommissarin Meyer-Hülsmann, warum man Ihre Frau und nicht Sie getötet hat, geantwortet, Sie wüssten es nicht, gleichzeitig aber mit dem Kopf genickt.«

»Das ist mir auch aufgefallen«, sagte Julia. Carsten meinte gesehen zu haben, dass sie Bärlein kurz zugelächelt hatte. Es hatte sich so angehört, als habe er das Kompliment an sie ernst gemeint, und das hatte sie auch bemerkt.

»Na und?«, rief Denga. »Und das beweist jetzt, dass ich lüge oder was, ey? Das ist nicht Ihr Ernst?«

»Unterschätzen Sie nicht die Macht der Körpersprache!«, sagte Bärlein. »Ey, jo!«

»Das gibt es doch alles nicht!« Denga schaute Carsten an, der mit den Achseln zuckte. »Herr Bärlein, so heißen Sie doch!«, rief Denga. »Wenn das so einfach wäre, dann fragen Sie mich doch, ob ich meine Ex-Frau getötet habe.«

»Kann ich machen«, antwortete Bärlein. »Die Frage ist aber eher, wollen Sie das wirklich?«

»Nur zu, fragen Sie!«

»Haben Sie Ihre Frau getötet?«

»Nein, Mann. Ich habe meine Frau nicht getötet!«, sagte Denga, schüttelte den Kopf und vermied es, Bärlein direkt anzugucken.

»Schluss jetzt mit den vorschnellen Schlussfolgerungen«, sagte Carsten. »So kommen wir nicht weiter. Wir bleiben alle erst mal entspannt. Wir können froh sein, dass Herr Denga hier ist. Das ist der größte Erfolg, den wir in diesem Fall bisher zu verzeichnen haben. Dass ein Schuldiger freiwillig die Strapazen auf sich nehmen, zu uns kommen und uns dann noch so dreist anlügen sollte, erschließt sich mir nicht so ganz. Auch nicht, dass es verdächtig ist, wenn er etwas verneint und dabei nickt. Das passiert mir wohl auch mal.«

»Aber das war bei Simpson doch genauso«, sagte Bärlein, der wieder auf seinem Handy herumdrückte. »Fast jedenfalls. Da fällt mir ein, Kummer, du bist doch aus Bremen und Werder-Fan?«

»Was willst du denn damit jetzt wieder behaupten?«, rief Rickmer. Nach der Ansprache kürzlich hatte Bärlein verstanden, dass er sich zusammenreißen musste. Er nahm eine vernünftige Sitzhaltung ein und fragte Denga in ruhigem Ton: »Haben Sie noch persönliche Sachen dabei? Kleidung?«

»Nichts, außer Portemonnaie und Handy«, antwortete der Sportler.

»Wir müssen Ihnen beides abnehmen«, fuhr der Spurensicherer fort. »Wir haben Standardkleidung. Einen Trainingsanzug. Das mögen Sie ja. Aber unserer ist nicht von einer solch teuren Marke, wie Sie gerade einen anhaben. Unserer erfüllt seinen Zweck. Nicht den der Mode, auch nicht den des Sports. Aber Sie werden auch keinen Platz haben, um in Ihrer Zelle zu trainieren.«

»Das meint der Kollege nicht so«, sagte Carsten. »Unsere Zellen sind modern ausgestattet. Sie haben einen

Fernseher, ein Radio, Zugang zu Büchern und allem, was Sie brauchen.«

»Das Essen kommt von einer Firma, die auch Seniorenheime beliefert. Es ist gut!«, sagte Julia.

»Danke.« Denga lief eine Träne an der Wange herunter. »Meine Haare sind zwar ergraut, aber ich hatte gedacht, dass das mit dem Essen auf Rädern noch eine Weile dauern wird, Mann.«

»Julia, würdest du dann Herrn Denga gemeinsam mit Bärlein einweisen?«, fragte Carsten, dem der Spieler zunehmend leidtat. »Das wäre, glaube ich, für alle angenehmer.«

»Natürlich«, sagte Julia. »Jetzt?«

»Ja, bringt ihn nach oben und kümmert euch um die Formalitäten.« Zu Denga gewandt, sagte Carsten: »Wir werden die Wahrheit herausfinden. Ruhen Sie sich jetzt etwas aus. Morgen setzen wir die Befragung fort. Dann wird auch Ihr Anwalt da sein, mit dem Sie als Erstes sprechen sollten.«

Bärlein stand auf und zog Denga an einem Arm hoch. Der Sportler erhob sich bereitwillig und ließ sich von dem Spurensicherer, der neben ihm tatsächlich aussah wie ein Zwerg, aus dem Raum begleiten. Julia folgte den beiden und schloss die Tür von außen.

»Was tun wir?«, fragte Carsten und schaute Rickmer an.

»Bürgermeister Schwätjen hat um Aufklärung gebeten. Er weiß über alles Bescheid. Mittlerweile wird er mit Anrufen der Presse aus dem ganzen Land konfrontiert. Wir sollten, also wir müssen, bald ein Statement abgeben, bevor Panik ausbricht.« Rickmer zog eine Packung Kaugummi aus seinem Polohemd.

Carsten ahnte, wie dringend es ihn jetzt eigentlich nach einer Zigarette verlangte. »Eine Pressekonferenz?«, fragte er.

»Jetzt, wo Denga hier ist, wäre das sinnvoll.« Rickmer wandte sich Lohmann zu. »Organisierst du das bitte?«

»Für übermorgen nehme ich an«, sagte Lohmann. »Klar, mache ich gerne.«

»Ja, so lange hält der Bürgermeister still. Das geht gerade noch. Sollte jemand in der Presse singen, ist das aber vorbei. Es sind Wahlen, und der Gegenkandidat Eller würde alles tun, um unseren Bürgermeister schlecht dastehen zu lassen. Nichts ist da im Moment schlimmer, als wenn er sich bei den Insulanern wegen des Verheimlichens eines Verbrechens unbeliebt macht. Zumal ja Schwätjen nach dem Ausscheiden Vissers im Januar erst seit ein paar Wochen kommissarisch tätig ist. Auch er muss sich beweisen.«

»Siebert«, sagte Carsten. »Du bist so ruhig. Weißt du, was du zu tun hast?« Siebert zuckte mit den Schultern. Lohmann sprang ihm bei: »Wenn ich die PK vorbereite, könnte Siebert mich vertreten und auf die Villa aufpassen.«

»Kann ich machen«, sagte Siebert.

»Das ist immer noch wichtig«, sagte Carsten. »Okay, dann sind wir durch.«

Die beiden Schutzpolizisten standen auf. Bevor Siebert den Raum verließ, drehte er sich noch mal zu Carsten und Rickmer um. »Das mit Bärlein geht so nicht weiter. Das verpestet das Arbeitsklima. Julia ist am Rande eines Nervenzusammenbruchs, und wie er mit Denga umgeht, ist auch nicht fair. Deswegen bin ich so ruhig.«

»Ich weiß«, sagte Carsten. »Ich rede noch heute ein ernstes Wort mit ihm.«

»Haben Sie so etwas schon mal erlebt, Kummer?«, fragte Rickmer, als die beiden alleine waren. »Was meinen Sie?«

»Denga?«, fragte Carsten nach.

»Ja.«

»Ich glaube ihm.«

»Wir müssen bald etwas finden.«

»Das werden wir«, sagte Carsten. »Ich muss jetzt versuchen, alle Datenbanken und Archive nach diesem Seitzew zu durchforsten.«

»Ich werde mit dem Staatsanwalt sprechen«, sagte Rickmer. »Wir müssen uns irgendwie darum bemühen, eine Ausnahmeregelung zu erwirken. Es wäre äußerst ärgerlich, wenn Denga schon morgen angeklagt und in Untersuchungshaft aufs Festland überstellt würde. Vielleicht lässt sich da was machen. Er ist ja hier, um zu kooperieren.«

»Sehe ich auch so«, antwortete Carsten. »Viel Glück dafür.«

»Wir treffen uns hier noch mal um neunzehn Uhr, würde ich vorschlagen«, sagte Rickmer.

»Klingt gut.«

14. Die Bärlein-Verschwörung

Am nächsten Tag starteten die Verhöre von Denga. Siebert brachte den Fußballspieler um zehn Uhr in den kahlen Verhörraum im zweiten Stock der Dienststelle. Hier bekam er zunächst Gelegenheit, mit Rechtsanwalt Rass zu sprechen. Der allerdings verließ bereits nach fünf Minuten das Zimmer wieder. Er teilte Carsten mit, dass sein Mandant geäußert habe, er wolle nur mit Kommissar Kummer sprechen. Rass hatte ihn lediglich über seine Rechte aufklären können. Er ließ seine Karte da und bat darum, informiert zu werden, wenn sein Mandant es sich anders überlegen sollte und ihn doch noch anrufen wollte.

»Guten Morgen«, sagte Carsten, als er den Raum betrat und ihn dann auf der Stelle wieder verließ. Zu Siebert, der vor dem Verhörraum aufpasste, sagte er: »Die Handschellen sind absolut nicht nötig. Nimm ihm die bitte ab!«

»Habe ich ihm zwar erst vor zehn Minuten angezogen, aber klar, du bist der Chef.« Siebert zog an seinem Schlüsselbund, betrat den Raum und befreite Denga von den Handschellen. »Kommissar Bärlein hatte das gestern so angeordnet«, sagte er, als er an Carsten vorbeiging, der ihm in den Raum gefolgt war.

»Schon in Ordnung, Siebert«, antwortete Carsten. »Du tust nur deinen Job. Ich bin zwar noch nicht der Chef, habe das aber eher zu entscheiden als Bärlein. Und nun lass uns bitte alleine!«

Siebert ging aus dem Zimmer, und Carsten setzte sich zu Denga an den Tisch, der heute noch verstörter wirkte als gestern. »Sie haben nicht gut geschlafen?«, fragte er.

»Nein.« Carsten sah, dass Dengas Schultern zitterten. Es tat ihm persönlich weh, den muskulösen, einst so umjubelten King Denga hier so am Ende zu sehen. Doch er wusste, er musste mit seinem Mitleid haushalten, denn auch er konnte nicht mit Gewissheit sagen, dass Denga unschuldig war.

»Sie wollten nicht mit Doktor Rass sprechen? Er will Sie rechtlich vertreten.«

»Keine Lust, sehe den Sinn nicht«, antwortete Denga lethargisch.

»Sie wissen aber, dass, wenn es zur Gerichtsverhandlung kommt, Herr Rass oder, wenn Sie das ablehnen, jemand anders Sie vertreten wird? Das geht in diesem Land nun mal nicht anders, und das ist meines Erachtens auch richtig so.«

»So lange möchte ich aber nur mit Ihnen sprechen. Falls ich es mir anders überlege, kann ich ja Rass immer noch anrufen. Hat er jedenfalls gemeint, bevor er wieder abgehauen ist.«

»Das ist korrekt«, entgegnete Carsten. »Aber was ist denn nur mit Ihnen? Was haben Sie auf dem Herzen?«

»Ich weiß nicht, ob ich es sagen soll, Mann!«

»Sie müssen mir erzählen, was Sie belastet, Herr Denga, sonst kann auch ich Ihnen nicht helfen.«

Denga sagte nichts.

»Sie haben doch versprochen mitzuhelfen, den Fall zu lösen.«

»Mir glaubt hier keiner.«

»Ist das so?«, fragte Carsten. »Also, ich habe mein Urteil noch nicht gefällt. Ich bin ja auch kein Richter. Aber auch ich muss zugeben, dass alles gegen Sie spricht.« Er überlegte. »Außer eben, dass Sie sich selbst gestellt haben und Ihre eigene Geschichte vertreten, für die es aber ja keine Zeugen gibt.«

»Stimmt.«

»Und daher wäre schon ein Anwalt an Ihrer Seite wichtig.«

»Ich will jetzt keinen, zum letzten Mal. Ich vertraue niemandem.«

»Sie vertrauen mir nicht?«

»Ihnen«, antwortete Denga. »Jo, nur Ihnen. Nicht der Norderneyer Polizei.«

»Was meinen Sie denn damit?« Carsten überlegte. »Sie denken an unseren Spurensicherer Balthasar Bärlein? Er ist eigentlich ein feiner Kerl. In letzter Zeit aber ... Ich weiß ganz ehrlich auch nicht, was mit ihm los ist.«

»Er mag ja ein feiner Kerl sein, wie Sie es sagen, aber gewisse Umstände machen aus einem feinen Kerl einen anderen Menschen. Verstehen Sie, was ich damit sagen will?«

Carsten dachte nach und rekapitulierte Bärleins Verhalten in den letzten Wochen. Was war ihm alles aufgefallen? Sicher ja, die sexistischen Äußerungen gegenüber Julia waren so nervig wie omnipräsent gewesen. Doch Denga war ja keine Frau. Aber ...?

»Moment«, sagte Carsten. »Sie glauben, dass Bärlein Sie diskriminiert, weil Sie schwarz sind? Ist es das, was Sie andeuten?«

»Nein, Mann, das meine ich wirklich nicht«, sagte Denga. »Glauben Sie mir, ich bin Rassismus gewohnt, seit ich denken kann. Klar, wenn ich Tore geschossen habe, dann war ich eben König, King Denga halt. Aber sonst? Was, glauben Sie eigentlich, muss man sich als Schwarzer auf dem Feld anhören? Das bekommt man als Fan im Stadion oder vor dem Fernseher ja nicht mit. Aber wie gesagt, darum geht es hier gar nicht.«

»Ich fürchte, ich kann Ihnen dann nicht folgen.«

»Wissen Sie, ob Ihr Kollege Geldprobleme hat?«, fragte Denga, und Carsten fiel sofort wieder ein, dass Bärlein dies, seit er auf Norderney arbeitete, tatsächlich oft beklagt hatte. Was konnte Denga damit aber meinen?

»Ich denke nicht, dass ich da mit Ihnen drüber reden kann.«

»Schon gut, Mann, ich weiß, dass Sie das nicht können oder dürfen. Ich will nur, dass Sie mal drüber nachdenken, nur für sich selbst.«

»Gesetzt den Fall, es wäre so: Was hätte das mit Ihnen zu tun?«

»Es ist wegen Seitzew«, flüsterte Denga, so als könnte ihn draußen jemand hören.

»Verstehe ich nicht. Sie glauben, Bärlein kennt ihn? Wie kommen Sie denn bloß auf so was Absurdes?«

»Seitzew ist ein Spieler, habe ich ja schon erklärt. Ein gewissenloser Manipulator, der mit Geld um sich schmeißt, solange es ihm Freude bereitet und er damit andere Menschen quälen kann.«

»Ich begreife den Zusammenhang immer noch nicht«, sagte Carsten. »Sorry. Bitte versuchen Sie mir konkret zu erklären, was genau das mit meinem Kollegen Bärlein zu tun haben soll.«

Denga stöhnte. »Seitzew will mich eingebuchtet sehen. Er hat keinen Spaß daran, mich ermorden zu lassen, sonst hätte er das getan. Ist ihm zu langweilig. Ich soll mein Gesicht verlieren und für etwas büßen, was ich nicht getan habe. Das passt zu Seitzew und seinen Lakaien.«

»Sie wollen mir doch nicht wirklich weismachen, dass der Typ, von dem Sie die ganze Zeit sprechen, die Polizei für seine Spielchen besticht? Ich meine, Sie verlangen da wirklich viel Vertrauensvorschuss von mir. Wir haben bisher noch nicht mal eine Bestätigung, dass dieser Seitzew überhaupt existiert.«

»Ich vertraue Ihnen das trotzdem an, Herr Kommissar. Auch wenn meine Lage zugegeben unglücklich ist und sich daran auch bislang nichts geändert hat.«

»Ja?«, hakte Carsten nach. »Was vertrauen Sie mir denn an?«

»Also gut, Mann«, sagte Denga leise. »Nachdem die Frau Kommissarin, die wirklich nett ist und auch ein bisschen hot, mich auf die Zelle begleitet hat, kam dieser Bärlein rein, so fünf Minuten später.«

»Warum tat er das?«

»Um mir zu sagen, dass er mich drankriegt. Ich fand das sehr komisch. Ich meine, er ließ ja schon durchblicken, dass er mich für einen Lügner hält. Aber dass der extra noch mal kommt und mir droht. Das geht ja wohl mal gar nicht klar, Mann.«

»Ihnen droht?«

»Jo, ich habe ihm noch mal deutlich gesagt, dass ich unschuldig bin. Und er hat gemeint, dass er das weiß und er mich dennoch überführen wird.«

»Das glaube ich nicht«, sagte Carsten und tat das auch nicht. »Kommissar Bärlein mag ein schwieriger Mensch sein, aber er ist ein aufrichtiger Polizist und kein Verbrecher.«

»Ich kann es nicht beweisen. Ich will es Ihnen nur sagen, das ist doch richtig, oder?«

»Ja«, sagte Carsten. »Ich meine, wenn da auch nur irgendwas dran ist, wäre das ungeheuerlich.« Er dachte daran, dass Bärlein bisher die stichhaltigsten Beweise für eine Tatbeteiligung Dengas vorgelegt hatte. Die DNA-Probe. Alle vertrauten ihm da natürlich, auch wenn er diese theoretisch manipulieren könnte. Aber warum sollte er so etwas tun?

Denga beobachtete Carsten und merkte wohl, dass der über seinen Kollegen nachdachte. »Wie lange kennen Sie denn diesen Kommisszwerg Bärlein, dass Sie ihm so vertrauen?«, fragte er.

»Ich kann mich dazu nicht äußern.«

»Hat er Bekannte, Freunde, eine Familie mit Kontakten zu Russen?«

Carsten wusste, dass Bärlein sogar Russisch sprach, weil gleich zwei seiner Töchter in russische Familien eingeheiratet hatten. Und das mit den Geldschwierigkeiten stimmte ja auch. Aber er konnte, nein, er wollte nicht glauben, dass Bärlein krumme Dinger drehte. Das würde nicht zu ihm passen. Nein, ganz ausgeschlossen.

»Wie vertrauenswürdig ist Bärlein?«, fragte Denga weiter. »Wie lange arbeiten Sie zusammen? Was hat er vorher gemacht? Denken Sie darüber nach! Ich werde nur mit Ihnen darüber reden.«

»Können Sie mir denn sonst nichts über diesen Seitzew sagen? Wie sieht er aus?«

»Keinen Plan, Mann. Ich bin ihm nie begegnet. Die meisten, die ihn treffen, treffen ihn nur genau einmal, wenn Sie verstehen, was ich meine.«

»Verstehe«, sagte Carsten. »Schwierig.«

»Habe mal gehört, er hat eine Glatze«, ergänzte Denga.

»Jo. Aber das ist wirklich alles. Die ganze Kommunikation lief online – die Erpresserschiene, die Spielchen.«

»Ja, wir warten mal ab, was die Kollegen aus Bremen auf Ihrem Rechner finden.«

»Tun Sie mir einen Gefallen und denken Sie über Bärlein nach«, sagte Denga. »Mit dem stimmt was nicht.«

15. Ansichten eines frierenden Clowns

Es vergingen drei Tage, und noch immer hatte die Kripo Norderney nicht die geringste Spur zu einem anderen Tatverdächtigen für die Morde an der Richthofenstraße als Elias Denga. Auch die Auswertungen von Dengas Computer und Handy ergaben keine Hinweise auf Kontakte zur Mafia. Das war wirklich merkwürdig. Tatsächlich war es Rickmer dafür aber gelungen, den Staatsanwalt davon zu überzeugen, die Anklage hinauszuzögern. Der hatte den Polizisten eine Woche Zeit gegeben, danach sollten sie ihren Gefangenen aus dem verlängerten Gewahrsam entlassen und in U-Haft überstellen. Eine ungewöhnliche Entscheidung der Staatsanwaltschaft, denn über eine solch lange Zeit durfte im Normalfall niemand in Gewahrsam bleiben. Entweder, er war nach der Achtundvierzig-Stunden-Frist so dringend tatverdächtig, dass die Untersuchungshaft angeordnet werden musste, oder aber der Verdacht erhärtete sich nicht, dann müsste man ihn freilassen. Aber Rickmer hatte Carsten erzählt, dass er einen Trick angewandt habe. Er hätte sich darauf berufen, dass es noch einen weiteren

Tatverdächtigen auf der Insel geben könne, der das Leben Dengas unmittelbar bedrohe. So hatte er den Deal abschließen können.

Denga blieb also weiter in Gewahrsam, befand sich aber offiziell für die angeordnete Zeit in einem Zeugenschutzprogramm und wirkte so, geschützt vor möglichen Attentätern, in seiner Zelle bei den Ermittlungen mit und konnte gleichzeitig helfen, den Fall aufzuklären. »Da haben wir wirklich verdammtes Glück«, hatte Rickmer Carsten gegenüber erwähnt. »Es ist sicherlich auch deinem Ruf zu verdanken, Kummer! Bei der Beweislage! Es gibt zwar keine Mordwaffe, aber die DNA an den Leichen und am Tatort. Die U-Haft wird unabdingbar sein. Falls also noch etwas an dieser Seitzew-Geschichte dran ist, was ich persönlich nicht glaube, dann müssen wir in den nächsten Tagen etwas finden.«

Die Öffentlichkeit erfuhr freilich nichts von einem weiteren Tatverdächtigen. Auf der Pressekonferenz hatte die Kripo keinen anderen Namen als den Dengas ins Spiel gebracht. Anscheinend vertrauten sowohl Presse als auch Touristen darauf, dass der Mörder hinter Schloss und Riegel war, und niemand stellte Fragen darüber, warum Denga so lange in Gewahrsam verblieb. Das war gut so. Auch Bürgermeister Schwätjen hatte auf der PK mit beruhigenden Worten zu den Bürgern gesprochen, die die *Nordsee-Welle Ney* live im Radio übertragen hatte.

Der Kripo war die Lage genauso recht wie der Stadtverwaltung. Denn ganz anders als bei den Morden vor einem Jahr gab es unter den Urlaubern keine Massenflucht zurück nach Hause. Fotos vom Tatort existierten nicht, und so konnte man die bestialischen Morde als Familiendrama verkaufen, ohne auf die abscheulichen Details eingehen zu müssen. Doch alle wussten, dass es nur eine Frage der Zeit sein sollte, bis die Öffentlichkeit nach mehr Informationen verlangen würde.

Carsten zweifelte weiter an Dengas Schuld, während Bärlein zwar von den Parallelen zu den historischen Morden durch O. J. Simpson beeindruckt blieb, aber aufgrund der eindeutigen forensischen Beweise nicht im Geringsten an einen anderen Täter glaubte. Zumindest tat er dies auffallend oft kund, und Carsten dachte jedes Mal, wenn Bärlein sich zu dem Fall äußerte, über Dengas Anschuldigungen nach.

So entschloss er sich am dritten Abend nach der Ingewahrsamnahme des Fußballers, sich bei der Polizeiinspektion Osnabrück, Bärleins alter Wirkungsstätte, eingehender über die Vergangenheit des Forensikers zu informieren. Das verabredete Telefonat mit Bärleins altem Chef, Kriminalhauptkommissar Hollmann, führte er von zu Hause aus, weil es ihm unangenehm war und weil er Angst hatte, dass irgendwer etwas mitbekommen könnte, und sei es nur Julia, die an diesem Abend Dienst verrichtete.

Nach Feierabend schob sich Carsten eine Pizza in den Ofen, öffnete eine Flasche Bier und setzte sich dann in die Sitzecke vor seinen kleinen Fernseher. Er wählte die Nummer.

»Jaha, Hollmann«, hörte er aus der Leitung.

»Guten Abend, Herr Kollege. Kummer, Kripo Norderney am Apparat.«

»Ach, n' Abend. Sie rufen aber überpünktlich an.«

»Ja, stimmt«, sagte Carsten. »Haben Sie denn ein paar Minuten?«

»Natürlich. Meine Frau ist nicht da, habe mir gerade eine Pizza in den Ofen gepackt. Wir können also die Zeit bis zum Schnabulieren gut überbrücken.«

»Welch Zufall, ich habe mir auch eben eine Pizza in den Ofen geschoben.«

Hollmann lachte. »Ha, und ich dachte, bei Ihnen isst man nur Fisch.

»Ein Gerücht«, sagte Carsten und lachte ebenfalls. Hollmann hatte eine äußerst sympathische Art, was erst mal nicht für Bärleins Mobbingvorwürfe sprach. Wenn er da so an die Stimmung bei den Norderneyer Polizisten dachte ... Und dass da ja Bärlein derjenige war, der andere runterputzte. Der kleine Mann mit dem riesigen technischen und wissenschaftlichen Know-how wurde Carsten immer suspekter, und daher tat er, wie er fand, genau das Richtige. »Obwohl, so ganz im Unrecht sind Sie nicht«, sagte Carsten, um den lockeren Tonfall beizubehalten. »Meine Pizza ist nämlich mit Thunfisch belegt.«

»Ich warte auf eine mit extra Salami.«

»Ja, gut.«

»Ja.«

»Dann ... Ich habe eine spezielle Frage.«

»Richtig, Sie deuteten es schon an. Es geht um Balthasar Bärlein. Wie geht es denn unserem kleinen Stinker da oben?«

»Sie haben das auch gerochen?«

»Auch?« Wieder lachte Hollmann. »Das müssen Sie nicht so ernst nehmen. Wir haben Bärlein hier so genannt, weil er ... unter uns gesagt, er hatte Probleme mit seinem Körpergeruch. Irgendwas Chronisches.«

»Bei uns riecht er streng nach Deo.«

»Dann hat er gelernt oder es ist die Nordseeluft.«

»Möglich.«

»Also, was wollen Sie denn wissen und warum überhaupt? Gibt es Probleme? Bärlein kann ja sehr anstrengend sein mit seinen Geschichten. Sie wissen sicher: *Meine Enkel machen dies, meine Kinder wollen das, und so.*«

»Ja, ist mir nicht entgangen«, antwortete Carsten. »Ach, und es ist sicher eine Lappalie. Ich frage mich in letzter Zeit nur, warum er so gut Russisch kann. Können Sie mir das verraten?«

»Warum fragen Sie ihn nicht selbst?« Wieder lachte Hollmann. »Sie müssen ihn ja nicht auf Russisch fragen.«

»Glauben Sie mir, wenn das so einfach wäre, würde ich Sie nicht um Auskunft bitten. Und ich bitte Sie auch noch mal, dass meine Anfrage unter uns bleibt.«

»Aber sicher tut es das«, sagte Hollmann. »Wir Osnabrücker halten dicht, wenn man uns darum bittet. Ich muss mal überlegen. Ja, außer dass, glaube ich, zwei Töchter mit einem Russen oder Deutschrussen verheiratet sind, war er, soweit ich weiß, bevor er 2004 bei uns in den Dienst einstieg, als Chemiker beschäftigt. Bei den *Shina-Werken*. Die sind hier im Landkreis, machen irgendwas in Richtung Reifen – für Lkw und Militärfahrzeuge vor allem. Jedenfalls ist das eine russische Firma.«

»Ah«, sagte Carsten. »Das ist interessant.«

»So, ist es das? Na, wenn Sie meinen. Bärleins Russisch hat uns in seinem letzten Fall in 2016 in Osnabrück allerdings sehr weitergeholfen. Sie kennen ja die Serienmorde des ehemaligen Polizisten Echtner.«

»Natürlich, wer weiß nicht davon? Wie nannte er sich noch?«

»Schlemihl – wie der Verkäufer aus der Sesamstraße.«

»Genau, verrückte Geschichte. Soll der Fall nicht jetzt verfilmt werden?«

»Habe ich auch gelesen«, sagte Hollmann. »Ein Autor aus Osnabrück hat jedenfalls schon ein Buch drüber geschrieben. Liest sich spannend, aber die Realität kann man natürlich nicht erreichen. Mein Gott, wir sind froh, dass wir drüber weg sind und so langsam wieder Normalität einkehrt. Aber wem sage ich das? Ich habe natürlich auch alles über die Norderneyer sogenannten Hexenmorde gelesen. Kaum weniger irre, würde ich meinen. Und ist es nicht verrückt, dass Bärlein ausgerechnet in beide Mordserien involviert war? So kurz hintereinander? Das ist ja wie mit den Lokführern. Die einen fahren fünfzig Jahre ihren Zug und nichts passiert, die anderen überfahren gleich drei Selbstmörder in einem Monat und werden dienstuntauglich. Ich hoffe, Bärlein kommt psychisch klar?«

»Ich denke«, meinte Carsten. »Etwas jähzornig ist er.«

»War er immer«, erwiderte Hollmann. »So, nun rieche ich die Salami schon. Wollten Sie jetzt wirklich nur wissen, woher er Russisch kann?«

»Herr Hollmann«, sagte Carsten schnell. »Ich frage Sie jetzt ganz direkt. Halten Sie es für möglich, dass Bärlein sich erpressen lassen würde in seiner Arbeit?«

Hollmann lachte laut. »Der sture Bärlein? Nein, wirklich nicht. Kann ich mir beim besten Willen nicht vorstellen. Er ist absolut loyal und mit Leib und Seele Polizist. Wie gesagt, seine Art ist merkwürdig, er ist sicher kein liebenswerter Mann. Aber gewissenhaft, das ist er. Er mag blöde Sprüche bringen, aber er ist kein Krimineller oder so.«

»Dann schließen Sie das also aus?«

»Herr Kummer, was kann man schon ausschließen? Es gibt keine Sicherheit im Leben, die Erfahrung dürften Sie doch genauso wie ich schon gemacht haben. Aber für den unwahrscheinlichen Fall, dass Bärlein sich erpressen lassen würde, dann sicher nur über seine Kinder oder eben Enkel. Aber wer sollte das tun?«

»Unterstützt er seine Familie finanziell?«

»Da bin ich mir sicher«, sagte Hollmann. »Wie gesagt, für seine Familie tut er alles, da soll er handzahm sein. Vielleicht ist es ja so stressig bei diesem irrsinnig großen Familienclan, dass er im Job einfach so sein muss, wie er eben ist. Wir alle haben doch unsere Macken.«

»Sie loben ihn ja in den höchsten Tönen.«

»Warum auch nicht?«

»Weil, er erwähnte etwas bezüglich Mobbing«, sagte Carsten. »Das soll der Grund gewesen sein, warum er vor zwei Jahren nach Aurich gewechselt ist.«

Hollmann lachte wieder. »Das hat er gesagt? Glauben Sie ihm kein Wort. Dieser Schuft!«

»Also ist da nichts dran? Ich meine, Sie haben ihn ja gerade selbst als Stinker bezeichnet.«

»Hätte ich mal nicht tun sollen«, antwortete Hollmann. »Nein, ja, ich meine, er wurde deswegen, wegen
dieses Geruchsproblems, ab und an gehänselt. Aber das
kann einer wie er doch ab. Gerade so einer, er hat ja
schließlich auch an den anderen rumgemeckert. Wenn
ich da an den rothaarigen Muck denke, der musste
ganz schön was einstecken, allein wegen seiner Haar-
farbe.«

»Also ist Bärlein auch nicht speziell frauenfeindlich?«

»Nein. Wieso?«

»Es gibt da so Probleme mit einer Kollegin.«

»Also, ich habe fast zehn Jahre mit Bärlein sehr eng
zusammengearbeitet. Mir ist kein Sexismus aufgefallen. Vielleicht lassen Sie sich zu sehr von der Moral
unserer Beschwerdegesellschaft anstecken. Und bevor
Sie weiterfragen, nein, auch kein Rassismus, keine Ho-
mophobie, kein rechtsradikales und auch kein
kommunistisches Gedankengut ist mir je aufgefallen
bei Bärlein. Er war eben der etwas sozial gehemmte
kleine Chemiker, der alles wusste, aber auch frech war,
in seiner Art. Damit muss man halt klarkommen. So,
und nun muss ich was spachteln.«

»Gut«, sagte Carsten. »Ich denke, damit haben Sie mir
schon sehr geholfen!«

»Wie passend, denn ich habe jetzt wirklich großen
Hunger. Ganzen Tag nichts gegessen wegen der Hitze.
Man hält es nicht aus in der Stadt. Sie haben es wohl
besser da an der Nordsee.«

»Es ist auch hier sehr heiß«, sagte Carsten. »Aber dann
wünsche ich Ihnen einen guten Appetit. Und ich danke
Ihnen, ich werde dann jetzt auch mal was essen.«

»Tun Sie das, guten Hunger, Herr Kollege, und grüßen Sie mir die Möwen da oben. Und keine Sorge, ich vergesse den Anruf. Falls noch was ist, melden Sie sich wieder!«

»Das weiß ich sehr zu schätzen. Ich danke Ihnen! Auf Wiederhören!«

»Tschüss!«

Während Carsten in die Küche ging, um seine Pizza aus dem Ofen zu holen, dachte er über das Gespräch nach und kam sich schon fast albern vor. Andererseits machte ihn Bärleins Tätigkeit in einer russischen Firma wieder skeptisch. Und dass er innerhalb von drei Jahren an zwei der spektakulärsten Mordserien der Geschichte Niedersachsens gearbeitet hatte, war auch zumindest auffällig. Und wer weiß, wohin dieser Fall noch führen würde? Zwar war natürlich ein Doppelmord für einen erfahrenen Kriminalbeamten nichts Ungewöhnliches, selbst in dieser brutalen Form nicht. Allerdings, die Parallelen zu einem der aufsehenerregendsten Fälle der Verbrechensgeschichte waren dann doch wieder äußerst kurios. Und dann war diese Firma, bei der Bärlein als Chemiker tätig gewesen war, auch noch in die Waffenproduktion involviert. Carsten nahm sich vor, nach dem Essen die Firmenstrukturen zu recherchieren.

Aber erst hatte er noch etwas anderes geplant. Er musste sich dringend bei Anna melden, wenn er sich nicht ganz aus ihrem Leben verabschieden wollte. Sie hatten sich vorgestern noch einmal zum Essen getroffen, waren dann lange am Strand spazieren gegangen, und er hatte sie nach oben ins *Intensiv* begleitet. Nachdem Stella gegangen war, hatten sie auf dem Sofa gelegen und geknutscht, und er hatte versagt, schon wieder. Seither hatte er sich nicht mehr bei ihr gemeldet.

Nachdem Carsten in der Küche die Hälfte der Pizza verdrückt hatte, schnappte er sich die dritte Flasche Bier aus dem Kühlschrank. Kurz überlegte er, ob er nachschauen sollte, ob ein Clown in seinem Eisfach saß. Absurde Idee. Er konnte sich nicht erklären, warum er ständig von Clowns träumte. Die hatte er nämlich bis vor Kurzem weder lustig noch unheimlich gefunden. Der, der ihn in seinen Albträumen verfolgte, seit er die Tabletten nahm, sah auch weder aus wie Oleg Popow aus Moskau noch wie Pennywise aus Stephen Kings *Es*. Eher wie Clown Metulski aus dem Film von Helge Schneider, dachte Carsten, als er zurück ins Wohnzimmer ging. Was Metulski von ihm wollte, konnte er allerdings bis jetzt nicht herleiten. Er saß einfach immer nur da in einem Eisfach und glotzte ihn an, als suchte er selbst eine Erklärung für seine missliche Lage oder verstand eben nicht, was er dort machte. Es passte nicht zusammen, dann musste er halt mit Metulski leben. Er lebte ja auch mit dem ständigen Sauggeräusch, das er wahrnahm, sobald es etwas ruhiger war. Egal, dann hatte er Halluzinationen aller Art! Aber alles besser als Depressionen. Alles kein Problem, alles hatte mit *Shut N* zu tun, und ewig nehmen bräuchte er die ja wohl nicht. Nur jetzt im Moment bei einem solchen Fall konnte er die Pillen nicht absetzen, wollte es nicht riskieren. Zwar machten ihn die Tabletten nicht mehr so euphorisch wie in den ersten Tagen, aber sie ließen ihn klar denken, hatten ihn aus der Depression geholt. Er brauchte sie genau dafür, nicht um sich damit anzutörnen, deswegen gedachte er auch nicht, mehr zu nehmen als vorgeschrieben. Die einzige Nebenwirkung, die ihn allerdings wirklich störte, war eben seine sexuelle Unlust. Und das war natürlich sehr unpässlich, wenn man gerade eine solch tolle Frau wie Anna an seiner Seite hatte.

Carsten trank einen Schluck, stellte die Flasche auf dem Glastisch ab und legte sich dann auf sein Sofa. Er schaute an sich herunter, als er die Beine ausgestreckt hatte. Ja, man sah es, er war hager geworden. Er war sich sicher, dass der Kollege aus Osnabrück seine Salamipizza komplett geschafft hatte. Seit Carsten die Pillen nahm, hatte er wenig Hunger. Überhaupt verlor er mehr und mehr an Gewicht. Heute waren es geschlagene zweieinhalb Kilo seit Einnahme der ersten *Shut N*, und in der Zeit seiner Depression, die schon über ein halbes Jahr anhielt, hatte er schon acht verloren. Zweiundsiebzig Kilo für seine Größe von einem Meter achtundachtzig waren zu wenig. Wofür hatte er denn das breite Kreuz, wenn da nichts druntersteckte? Vielleicht sollte er sich mal über die Käseteller auf der Wache hermachen? Möglicherweise hing ja auch sein Desinteresse an Sexualität mit seinem körperlichen Wandel zusammen? Zumindest trainierte er nicht mehr. Als er noch in Bremen gelebt hatte, hatte er jeden Morgen eine halbe Stunde Krafttraining gemacht. Aber sonst sah er ja nicht schlecht aus. Ich werde das schon wieder hinbekommen, dachte er, nahm sein Handy in die Hand und wählte Annas Nummer.

»Hallo, Carsten«, sagte sie.

»Hi, ich hoffe, es geht dir gut?«

»Alles bestens«, sagte sie trocken.

»Du, ich wollte dir was sagen. Das Problem ist, dass es gerade echt stressig ist in meinem Job, wegen der Morde. Ich habe dir ja davon erzählt.«

»Ich weiß.«

»Sonst hätte ich mehr Zeit.«

»Weißt du, Carsten, dass du wenig Zeit hast, das ist es nicht, was mich irritiert.«

»Was ist es denn?«

»Verstehe mich jetzt nicht falsch«, sagte sie. »Ich mache mir keine Gedanken um eine Beziehung oder so. Ich bin ja hier in Kur. Es ist nur ... Ich weiß nicht, wie ich es erklären soll.«

»Ich bin dir zu dünn?«

»Meine Güte, nein. Als wenn es darum ginge. Aber mit Körperlichkeit hat es schon zu tun. Ich frage mich nämlich, ob du mich überhaupt attraktiv findest.«

»Natürlich tue ich das.«

»Das merke ich aber nicht so richtig«, sagte Anna. »Wir lagen jetzt zweimal zusammen auf dem Sofa und haben geknutscht, es war schön. Aber du hast nicht mal meine Brüste angefasst. So etwas kenne ich von Männern so gar nicht. Eigentlich fahren die alle immer ziemlich schnell auf mich ab.«

»Verstehe«, sagte Carsten und überlegte hin und her, was er tun sollte. Er schämte sich, fühlte sich in seiner Männlichkeit verletzt. Sollte er sie einweihen in seine Medikamententherapie? Aber wie würde er es begründen? Er hatte absolut keine Lust, mit ihr über seine Vergangenheit zu sprechen.

»Bist du noch dran?«, fragte sie.

»Klar«, antwortete Carsten, »ich überlege, was du meinst. Was habe ich denn falsch gemacht?«

175

»Carsten, wir sind erwachsene Menschen, du darfst mit mir schlafen. Ich finde dich anziehend und interessant und habe auch kein Problem mit einer Affäre. Zumal wir ja auch nicht ewig warten können, denn ich bin nur noch zwei Wochen hier oben.«

»Ach, das meinst du. Es ist der Stress, denke ich.«

Sie stöhnte. »Ich merke aber nicht, dass du Stress hast. Du bist doch immer gut drauf, wenn wir uns sehen. Man würde dich als entspannt und fröhlich beschreiben, müsste man das.«

»Mmh.«

»Okay, da du dich wohl nicht erinnern willst, sage ich es jetzt. Es ist mir noch nie passiert, dass ich einem Mann die Hose öffne und sein bestes Stück anfasse und sich da nichts regt. Überhaupt nichts.«

Carsten schluckte. Er musste diesen Moment verdrängt haben. Hatte sie wirklich versucht, mit ihm Sex zu haben? Stand es so schlimm um seine Lust, dass ihm nicht mal mehr auffiel, wenn eine Frau versuchte, ihn heiß zu machen? Das war ja fürchterlich peinlich. Am liebsten hätte er gleich aufgelegt und sich unter seiner Bettdecke verkrochen. Er sagte nichts, traf aber in diesem Moment innerlich den festen Entschluss, entgegen Karlssons Rat eine *Shut N*-Pause einzulegen. Noch heute würde er die Tablette weglassen und morgen früh auch.

»Bist du noch dran?«

»Ja, ich ...«

»Ich habe ein bisschen im Internet gesucht. Ich habe wirklich Verständnis, wenn das damit zu tun hat. Ich muss es nur wissen, dann ist es okay. Wir können uns trotzdem treffen. Wir können auch einfach Freunde sein. Es ist nicht schlimm. Ich will nur nicht denken, dass du mich nicht sexy findest, verstehst du?«

»Ja, ähm, nein. Was meintest du denn, als du gerade sagtest: ‚Wenn das damit zu tun hat‘? Was ist damit?«

Sie seufzte.

»Sag!«

»Okay. Ich habe erfahren, dass deine Tochter Merle auf dem Friedhof liegt, und weiß auch, wie sie gestorben ist.«

Carsten wollte gerade antworten, da klingelte sein Handy. Er schaute auf das Display und gedachte, den Anrufer wegzudrücken, als er feststellte, dass da niemand anrief. Außerdem klopfte es doch in so einem Fall an. Das Lied seiner Handymelodie sang er in Gedanken mit. *Relax your mind. It's been a long day. I wanna chillout for a while ... bring me the cold rain. Something to help relax my mind.* Es entspannte ihn wie immer. »Hörst du das auch?«, fragte er.

»Was jetzt?«

»Das Lied, das hier läuft.«

»Nein.«

»Egal, muss an der Leitung liegen«, sagte Carsten und versuchte nicht, die Musik auszuschalten. »Du, ich bin wirklich froh, dass du mich darauf angesprochen hast.«

»Ja?«

»Ja, und ich kann dir versichern, dass ich dich unglaublich sexy finde. Ich bin sehr vorsichtig geworden, das ist alles. Jetzt, wo ich weiß, dass ich Sex mit dir haben kann und du nichts Falsches von mir denkst, kann ich es kaum erwarten, es so richtig heftig mit dir zu treiben.«

»Carsten!«, rief Anna in den Hörer. »So war das jetzt auch nicht gemeint.«

»Doch wirklich, ich möchte dich anfassen, dich überall streicheln. Deine Küsse machen mich innerlich so wild, und wenn ich jetzt daran denke, wie ich dir deinen Slip ausziehe ... du müsstest mal die Beule in meiner Hose sehen, die ich gerade habe.«

Anna schluckte und hauchte ins Telefon: »Dann komm rüber!«

»Jetzt?«

»Natürlich jetzt, Dummerchen. Das lässt mich ja auch nicht kalt, was du da gerade sagst.«

Carsten ärgerte sich. Er spürte nicht mal ansatzweise eine Erregung, da konnte er sich vorstellen, was er wollte. Unmöglich. Er durfte sich heute auf keinen Fall diese Blöße geben und wieder versagen. »Das geht nicht jetzt!«, sagte er. »Nicht heute.«

Anna antwortete nicht.

»Wirklich nicht. Hat nichts mit dir zu tun. Es kommt gleich ein Zeuge, den ich befragen muss. Es geht nicht anders. Meine Güte, wie soll ich jetzt meine Erregung so schnell loswerden?«

»Du verarschst mich doch jetzt?«

»Nein, ganz sicher nicht. Anna, ich bin verliebt in dich. Ich möchte es ganz schön mit dir haben. Morgen Abend.«

»Okay? Ähm. Sag das noch mal: Du bist was?«

»Ich bin verliebt in dich!«, sagte Carsten laut und betont. »Du kommst zu mir morgen Abend! Ich koche. Lass dich überraschen. Und danach wirst du eine Nacht erleben, die du so schnell nicht wieder vergessen wirst!« Er kam sich immer noch blöd vor, aber zum

Glück lachte Anna. »Ja, was soll ich sagen, wenn ein Mann schon für mich kochen will? Aber du hast dich jetzt ganz schön weit aus dem Fenster gelehnt mit deinen Verführungskünsten, nicht dass dann morgen ...«

»Ich werde dich verwöhnen und vor allem eins nicht: dich enttäuschen. Also, steht es?«

»Ja, wenn Stella kann!«

»Sie wird können. Ich simse dir morgen, wann sie kommt. Ich würde von mir aus vorschlagen, so gegen zwanzig Uhr bei mir? Wir können schön in meinem Garten essen. Das wird romantisch.«

»Das ist in Ordnung, beides«, sagte Anna. »Oh, jetzt bin ich aufgeregt.«

»Und ich erst«, sagte Carsten. »Ich bin richtig heiß auf dich.« Er dachte an den Clown im Eisfach. »Dann bis morgen, ich muss jetzt Schluss machen!«

»Bis morgen, du komischer, liebenswerter Mensch!«

»Tschüss, schlaf gut!«

Nach dem Telefonat ging Carsten in die Küche und direkt zu seiner Schublade. Er wusste, wenn er jetzt länger darüber nachdachte, würde er es sich vielleicht anders überlegen. Deswegen trennte er die Tabletten seiner Wochenration aus dem Blister und warf sie in die Toilette. Beinahe hätte er es sich im letzten Moment anders überlegt und die blauen Pillen wieder aus dem Wasser gefischt. So süchtig war er, so viel Angst hatte er davor, dass seine Depressionen zurückkehren könnten. Doch als er erneut an Annas Worte dachte, als sie ihm erzählte, dass sie seinen Penis in der Hand gehabt hatte und er so daneben gewesen war, dass er dies nicht mal zur Kenntnis genommen hatte, reichte es ihm. Es war, als spülte er diese Peinlichkeit zusammen mit den

Tabletten herunter. Morgen würde er Sex haben, und was für welchen. Und wer sagte denn, dass er nicht längst wieder gesund war? Vielleicht brauchte er gar keine Tabletten, und das könnte er schließlich nur herausfinden, wenn er sie nicht einnahm. Und wenn es nach dem Abend nicht ohne ginge, dann würde er sich eben ganz normal neue besorgen, dann könnte er immer, wenn sie sich trafen, die Pillen einfach mal nicht nehmen. Es würde ja wohl auf eine Fernbeziehung hinauslaufen müssen. Da konnte er das doch gerade gut händeln. Und selbst wenn er dann morgen mal einen Tag schlecht gelaunt war, er hätte dann Anna und vor allem sich selbst bewiesen, dass er noch Sex haben konnte, dass er noch ein ganzer Mann war. Ja, es ist die richtige Entscheidung, dachte Carsten, bevor er die Treppe zu seinem Schlafzimmer hinaufging, duschte und dann einschlief.

16. Der seltsame Fall des Benjamin Eller

Als Carsten am nächsten Tag erwachte, wunderte er sich zunächst, dass er nicht von seinem persönlichen Clown geträumt hatte. War Metulski aus dem Eisfach entkommen und hatte ihm nicht mal Bescheid gegeben? Beim Kaffee in seiner Küche bemerkte er, dass er seit Langem mal wieder Kopfschmerzen hatte. Er fühlte sich, als hätte er sich am Abend zuvor die Kante gegeben. Da es aber nur drei Bier gewesen waren, wusste er sofort, woher die Schmerzen rührten. Er schaute in seine Schublade, um zu sehen, ob sich nicht vielleicht eine Tablette versehentlich aus dem Blister gelöst hatte und nun darauf wartete, geschluckt zu werden, damit wieder alles gut würde. Natürlich lag dort keine. Carsten musste sich ablenken, rief bei den Freesemanns an und verlangte Stella zu sprechen. Sie hatte Zeit für den Abend und freute sich. Carsten benachrichtigte Anna per WhatsApp. Doch Lust auf Sex hatte er immer noch nicht. Das würde dann aber sicherlich passieren, wenn er sie auszog. Jetzt nur irgendwie durch den Tag kommen, dachte er, als er zu seinem Auto ging und zur Arbeit fuhr.

Der Zeitpunkt für einen weiteren brisanten Fall der Kripo Norderney hätte nicht schlechter liegen können.

Ausgerechnet an dem Tag, als Carsten nichts eingenommen hatte und auch keine Pillen mehr auf Reserve
hatte, musste er einem Notruf folgen. Gemeinsam mit
Rickmer und Bärlein fuhr er im Mercedes Kombi zum
Hotel Inselspeicher. Dass sich in seinem Kopf etwas verändert hatte, merkte er alleine daran, dass er sich
wieder Gedanken darum machte, ob seine Kollegen
ihm eine Veränderung ansahen. Es nützte nichts, er
musste da jetzt durch und hoffte, dass kein Fall auf ihn
wartete, der seine ganze Aufmerksamkeit verlangte. Er
täuschte sich.

Gegen dreizehn Uhr hatte ein Zimmermädchen einen
Leichenfund gemacht, ihren Chef informiert und der
dann die Polizei. Während Rickmer gleich die Aussage
des aufgewühlten Dienstmädchens im Büro des Direk-
tors entgegennahm, fuhren Carsten und Bärlein mit
dem Fahrstuhl in den dritten Stock und suchten Zimmer 317 auf. Sie sahen schon, als sie ausstiegen, dass die
Tür offen stand. Der Spurensicherer stellte auf dem roten Teppich des Ganges einen Koffer ab und entnahm
daraus jeweils zwei Paar Gummihandschuhe und
blaue Überzüge für die Schuhe. Beide Kriminalkom-
missare zogen sich den Schutz über. Bärlein verschloss
den Koffer wieder und betrat das Zimmer, in dem sich
die Leiche befinden sollte, hinter Carsten, der mit gezogener Waffe einmal durch den Schlaf- und
Wohnbereich lief, um abzusichern.

»Das ist unglaublich«, rief Bärlein kurz darauf aus
dem Badezimmer, das sich schräg neben der Eingangstür befand. Carsten eilte hinzu und wollte nachsehen,
was sein Kollege entdeckt hatte. Als er aber auf die Fliesen trat, drückte ihn Bärlein unsanft mit seinem

Rücken aus dem Raum. »Draußen bleiben, Mensch, Kummer. Ich will nicht, dass hier alles kontaminiert wird! An deiner Hose hast du sicher noch Elias Denga oder so was. Das ist hier nur für Profis.«

Carsten konnte mühelos über den gebeugten Rücken des kleinen Bärlein hinwegsehen und schaute auf einen Toten in der mit Wasser gefüllten Badewanne. Er war vollständig mit schwarzer Anzughose, weißem Hemd und Krawatte gekleidet. Sein Kopf lag seitlich auf dem Badewannenrand, gestützt von einem nach oben gekrümmtem Arm. In der Hand, die an der Stirn lag, hielt der Tote ein weißes Handtuch. Bärlein nahm die Kamera aus dem Koffer, wechselte ein Objektiv und begann damit, wie ein Soldat mit einer Maschinenpistole Fotos zu schießen. Carsten fasste sich an die Schläfen. Das im Badezimmerspiegel reflektierende Blitzlicht blendete ihn so heftig, dass er kurzzeitig meinte, sein Kopf müsse zerbersten.

»Ich bin nicht sicher, ob ich der Erste bin, der hier Bilder schießt«, hörte er Bärlein rufen und danach kichern.

»Das verstehe ich nicht«, entgegnete Carsten. Er spürte unerträgliche Stiche im Kopf und wusste, dass dies mit seinem Entzug zu tun hatte beziehungsweise die Symptome einer wieder ausbrechenden Krankheit ankündigte. Eins von beiden jedenfalls.

»Ich würde mich nicht wundern, wenn Herr Eller heute Besuch von einem Journalisten bekommen hätte. Ich meine ja nur.«

»Eller?«, fragte Carsten. »Es ist Benjamin Eller, der Stadtrat?« Seine Augen fühlten sich immer noch geblendet an.

»Sieht so aus«, sagte Bärlein, drehte sich zu Carsten und zeigte ihm auf dem Kameradisplay den vergrößerten Kopf des Toten. Ohne Frage, es war der Politiker.

»Es ist Wahlkampf«, fuhr Bärlein fort. »Man kann auch nicht sagen, dass Eller gerade beliebt ist – war.« Der Spurensicherer schüttelte den Kopf. »Guck schon mal nach, ob du im Schlafzimmer eine leere Flasche Rotwein findest!«

»Was, wieso?«, fragte Carsten.

»Tu es einfach!«

Carsten betrat verwirrt das Schlafzimmer. Hier schien auch auf den zweiten Blick nichts verdächtig. Als er aber auf den Nachtschrank der Bettseite schaute, die ungemacht war, konnte er seinen müden Augen kaum trauen. Halluzinierte er wieder? Waren Halluzinationen nicht Nebenwirkungen seiner Medikamente? Oder doch Entzugserscheinungen? Oder beides. Auf dem schmalen Tischchen lag tatsächlich eine Packung: *Shut N.* Wie ein verdurstender Schakal stürzte sich Carsten darauf und riss die Schachtel auf. In einem angebrochenen Blister fand er genau eine letzte blaue Pille. Was für ein Glück. Carsten brauchte nicht zu überlegen. Er drückte die Tablette mit zittrigen Händen heraus und schluckte sie sofort herunter.

»Was ist denn?«, rief Bärlein aus dem Badezimmer.

Carsten erschrak, schnell presste er Blister und Pappe zusammen und steckte sich beides in die Boxershorts. Davon brauchte sein Kollege nichts zu wissen – durfte er nicht. An den Pillen war Eller ja sicher nicht gestorben, das hoffte Carsten jedenfalls.

Er schaute eilig in den Schrank, unter das Bett und auch unter den Schreibtisch. Beim Blick in den Mülleimer erkannte er darin ein zerbrochenes Weinglas, aber keine Flasche. Er lief zurück zu Bärlein, der in diesem Moment einen auf dem Boden befindlichen Schuh in einer seiner größeren Plastiktüten verstaute.

»Und?«, rief Bärlein, als er merkte, dass Carsten hinter ihm stand.

»Muss dich enttäuschen, keine Flasche Rotwein zu finden, auch kein Weißwein.«

»Und kein zerbrochenes Glas im Mülleimer?«

»Doch, das war da drin«, sagte Carsten. »Woher weißt du das denn schon wieder?«

»Ha«, sagte Bärlein. »Ich weiß noch viel mehr. Denn der Kellner wird uns nachher mitteilen, dass er Eller gestern in seinem Beisein eine Flasche geöffnet hat. Wo sie wohl hin ist? Das wird sich aller Wahrscheinlichkeit nach nie klären lassen, zieht man die gewollten historischen Parallelen.«

»Warum wird man die nicht finden?«, fragte Carsten, dessen Schmerzen auf einen Schlag verschwunden waren. Er fühlte sich zwar weiter etwas schlapp, aber schon viel klarer im Kopf. Er wunderte sich, warum die Wirkung so schnell einsetzen konnte. Ein bisschen wusste er ja auch über Biologie. Aber es handelte sich ja immerhin um ein Wundermedikament. Der Wirkstoff müsste direkt über die Mundschleimhaut aufgenommen werden und in die Blutbahn gelangen. Irgendwie würde er den Stoffwechsel umgehen, aushebeln, manipulieren. Egal, Hauptsache, wieder gesund geworden. Doch auch wenn es ihm schon fast gut ging, wusste er nicht, worüber Bärlein sprach. Was sah er nicht, das sein Kollege sah?

»Stehst du etwa immer noch auf dem Schlauch?«, fragte Bärlein, während er sich über den Badewannenrand beugte und diesen mit einem Pinsel bestrich. »Politiker, Badewanne, Wein, vermeintlicher Selbstmord!«

Jetzt fiel es Carsten auf. Ja, richtig, alles hier erinnerte an den Tod des schleswig-holsteinischen Ministerpräsidenten Uwe Barschel, der irgendwann Ende der Achtzigerjahre Selbstmord begangen hatte oder umgebracht worden war. Den mysteriösen Fall hatte Carsten schon als Kind unglaublich spannend gefunden. Er rief laut: »Barschel!«

»Bärlein heiße ich«, raunte Bärlein. »Barschel kann dich nicht mehr hören, der ist seit dem 17. September 1987 tot. Und der da vor mir heißt Eller, sagte ich ja schon. Man hat aber Barschel damals in exakt dieser Stellung in der Badewanne seines Hotels – dem *Beau-Rivage* – in Genf gefunden.« Bärlein sprühte mit einem Fläschchen eine Flüssigkeit auf die Kacheln hinter und vor der Badewanne. Luminol.

»Mach mal das Licht aus!«

Carsten betätigte den Lichtschalter.

»Und wieder an!«

Carsten betätigte ihn erneut.

»Kein Blut, war ja klar«, sagte Bärlein. »Wie bei Barschel selbstverständlich. Nach offizieller Lesart hat sich der CDU-Politiker ja damals umgebracht. Du weißt doch sicher, womit?«

Carstens Brust schnürte sich zusammen, er dachte daran, was er auf dem Nachtschrank gefunden hatte.

»Tabletten«, sagte er und fügte schnell an: »Aber es ist nicht geklärt, ob das wirklich die Todesursache war. Bis heute ranken sich Mythen und Verschwörungstheorien um den Fall.«

»Korrekt«, sagte Bärlein. »Ich habe allerdings an zwei Sachen keinen Zweifel. Erstens, dass damals Herr Barschel an etwas anderem starb als an suizidalem Tablettenmissbrauch. Und zweitens, um wieder aktuell zu werden, dass Eller umgebracht wurde. Entweder hat jemand ihm Tabletten untergejubelt oder ihn zum Selbstmord gezwungen.« Er drehte sich wieder zu Carsten. »Bevor ich hier weitermache, tu mir mal einen Gefallen und ruf Hahn in Oldenburg an.«

»Jetzt sofort?«

»Nein, nächste Woche. Natürlich jetzt! Den Spaß will ich mir nicht entgehen lassen.«

Carsten nahm sein Telefon aus der Hosentasche und wählte die Nummer des Rechtsmediziners an. Als der sich meldete, übergab er Bärlein sein Smartphone.

»Hallo, Professor … Ja, genau, Balthasar Bärlein hier … Ja, mit Carsten Kummers Handy. Wir stehen gerade an einem Tatort. Zimmer 317. *Hotel Inselspeicher*, schicker Laden. Todesursache des Norderneyer Stadtrates Lothar Benjamin Eller, der hier vollständig bekleidet in einer Badewanne liegt: vorgetäuschter Suizid, also wahrscheinlich Mord … Ja, klingt kompliziert, schwer zu erklären. Die Leiche lassen wir zu Ihnen überstellen. Ich wollte Ihnen nur sagen, was Sie vermutlich im Magen des Toten finden werden: große Mengen Lorazepam, dann Cyclobarbital, Pyrithyldion, Diphenhydramin, Valium und, Moment, was war es noch … genau, Perazin.« Bärlein lächelte. »Ja, genau, wirklich in

Zimmer 317 ... Richtig, wie damals in Genf ... Oh, Sie sind gut, Herr Professor ... Ja, besser als Kummer ... Ja, haha ... Was meinen Sie, Mord oder Selbstmord? ... Ich muss Schluss machen, mein erster Befund wird mitgeliefert, Sie werden sich amüsieren. Auf Wiederhören!«

»Bärlein, du glaubst, er hat sich exakt mit den Medikamenten umgebracht wie Barschel damals?« Carsten war der Fall längst nicht so präsent wie dem kriminalgeschichtlich bewanderten Spurensicherer, aber dass damals nicht von *Shut N* die Rede gewesen war, das wusste er. Wie sollte es auch?

»Das kann ich mir ehrlich gesagt kaum vorstellen. Es sei denn, unser Killer ist richtig professionell und hat Zugang zu Medikamenten, die in Deutschland nicht mehr zugelassen sind. Einen Teil müsste er im Ausland besorgt haben. Oder er ist Chemiker wie ich und hat eine BTM-Sondergenehmigung oder ist Arzt oder Apotheker.« Er lachte, doch Carsten fiel plötzlich wieder ein, was Denga von seinem Kollegen hielt. Hatte es nicht damals bei Barschel sogar Vermutungen gegeben, die auf die Russenmafia hingedeutet hatten? Das war doch alles erneut komplett verrückt.

»Hahn wird es rausfinden«, sagte Bärlein und suchte etwas in seinem Koffer. »Ich weiß auch nicht, wer hier Spielchen mit uns spielt. Ich würde ja vermuten, Eller habe im Angesicht seiner suizidalen Gedanken vielleicht noch ein wenig von diesem ihn bestimmenden sarkastischen Resthumor aufblitzen lassen und sich sein Leben wie einst Barschel genommen. Eine letzte aufsehenerregende Nummer zum Schluss. Vielleicht kann er Bürgermeister Schwätjen damit schädigen.«

»Wären da nicht die Morde, die aussehen sollten wie die von Homer Simpson«, sagte Carsten.

»Homer?«, fragte Bärlein, zog einige Plastikfolien aus dem Koffer und schaute Carsten ungläubig an. »Hältst du das etwa in Anbetracht der Umstände für einen gelungenen Witz?«

Hatte er Homer gesagt? Er schien doch noch durcheinander. Aber anders. In Gedanken sah er Krusty, den Simpsons-Clown, vor sich, an einem Eiswürfel lutschend. Innerlich amüsierte es ihn. Die Wirkung, sie kam stärker. Er spürte aufsteigende Glücksgefühle und musste aufpassen, dass er nicht grinste.

»Das gibt dem anderen Fall natürlich einen komplett neuen Anstrich«, sagte Bärlein, der sich mit einer Pinzette über den Toten beugte und etwas auf seinem Kopf suchte.

»Dann ist Denga unschuldig?«, fragte Carsten.

»Nach dem hier?« Bärlein lachte. »Da würde ich drauf wetten.« Er wandte sich um und schaute seinen Kollegen an: »Was ist mit dir? Du guckst so merkwürdig? Grinst du?«

»Nein«, antwortete Carsten, der diesen Augenblick, in dem er sich wieder stark fühlte, als Chance erkannte. »Es ist nur, ach, ich musste an etwas ziemlich Albernes denken.«

»Und an was?«, fragte Bärlein. »Etwa an einen Killer, der berühmte Morde und Selbstmorde kopiert? Dass ich nicht lache! Haha.«

»Das meine ich nicht. Es hat etwas mit dir zu tun.«

»Ach so?« Bärlein schaute ihn ernst an.

»Sag, stimmt es, dass du noch mal rein bist zu Denga, nachdem ihr das Protokoll gemacht hattet und du ihn dann mit Julia in die Zelle gebracht hattest?«

Bärlein zuckte mit den Schultern. »Ja, kann schon sein, warum fragst du?«

»Und was hast du da gemacht?« Carsten stützte sich mit dem Rücken an der Innenwand der Badezimmertür ab. Er hätte nicht gedacht, dass er Bärlein mal verhören würde – an einem Tatort. Es machte Spaß. Ob er ihn zu einer belastenden Aussage bringen konnte?

»Ah, jetzt verstehe ich«, sagte Bärlein. »Der Typ hat dich damit vollgequatscht.« Er kicherte in seine Faust. »Hö hö, Mann, ich habe mir einen Spaß erlaubt, jo! Wollte Herrn Denga etwas Angst einjagen, dachte, er bricht sein Schweigen, wenn ich ihm klar mache, dass ich ihn schon ertappt habe.«

»Dann hast du ihm also gesagt, dass du ihn so oder so drankriegst?«

»Ja, genau, so was in der Richtung habe ich gesagt. Oh Mann, diese Fußballer, jo! Alles Weicheier.«

»Bärlein, du bist ein riesiges Arschloch!«, sagte Carsten und atmete innerlich auf.

»Ich weiß!«

»Aber ich kann dir jetzt nicht böse sein.«

Erneut lachte Bärlein. »Dann nerv mich hier nicht weiter, kann dich nicht gebrauchen. Geh doch mal runter und guck, wo Rickmer bleibt. Er weiß ja noch gar nichts von diesem Spaß hier.«

»Wird gemacht!«

»Ach, und dann frag gleich den Hotelchef, ob die Presse heute im Haus war, und wegen des Rotweins und so.«

»Okay, bis nachher!«

Als Bärlein sich wieder über den Toten beugte, verließ Carsten das Zimmer und nahm den Fahrstuhl nach unten.

Im Büro des Hoteldirektors Hammerschmidt fand er Rickmer. Auf einem Stuhl saß, die Hände vors Gesicht geschlagen und schluchzend, das Zimmermädchen, das allem Anschein nach den Toten entdeckt hatte.

»Guten Tag«, sagte Carsten.

»Ach, Kummer, ich wollte gerade zu euch kommen.«

»Sie werden erstaunt sein!«

»Ich habe schon ein Foto gesehen und bin alles andere als begeistert darüber.«

»Es ist eine Katastrophe«, jammerte Hammerschmidt, der hinter seinem breiten Eichenholzschreibtisch sitzend an einer Zigarre zog. »Wer wird denn hier noch Urlaub machen wollen?«

»Vertun Sie sich nicht, Herr Hammerschmidt«, sagte Rickmer. »Ich würde mich nicht wundern, wenn Touristen gerade wegen des Toten sogar explizit das Zimmer 317 buchen. In den letzten Jahren wird doch Sensationstourismus immer beliebter. Ich habe schon davon gelesen, dass Veranstalter Urlaube an gefährlichen Orten anbieten und damit ordentlich Kasse machen.«

»Es ist eine Katastrophe«, wiederholte Hammerschmidt, als hätte er Rickmers Worte nicht gehört.

»Hier«, sagte Rickmer und hielt Carsten sein Handy entgegen. »Lies das!«

Carsten schaute auf das Display und erschrak. »Das kann doch nicht sein.«

»Habe ich auch gedacht«, sagte Rickmer und stand von seinem Stuhl auf. »Herr Hammerschmidt, ich muss kurz mit meinem Kollegen raus, bin gleich wieder da.«

»Es ist eine Katastrophe.«

»Ich will nach Hause«, schluchzte das Dienstmädchen.

»Frau Nicolescu, auch Sie muss ich bitten, noch zu warten«, sagte Rickmer wenig beruhigend zu der jungen Frau mit roter Haube auf dem Kopf. »Wir sind hier noch nicht fertig. Ich bin sicher, Herr Hammerschmidt wird Ihnen für die nächsten Tage freigeben.«

»Es ist eine Katastrophe!«

»Ich kann es nicht mehr hören«, flüsterte Rickmer, als er an Carsten vorbeiging und die Tür öffnete. Sie liefen ein paar Schritte durch die menschenleere Lobby. »Das ist wohl ein seltener Vorteil, dass in einem Hotel ein Mord untersucht wird und keine Schaulustigen da sind«, sagte er. »Sonne und Strand sei Dank.«

»Du glaubst also, dass Eller ermordet wurde?«, fragte Carsten, der weiter ungläubig in dem Artikel der *Auricher Abendschau* las, den Rickmer in seinem Browser-Fenster geöffnet hatte.

»Das kannst du doch der Presse entnehmen.«

»Offensichtlich«, erwiderte Carsten. »Wie kann es sein, dass der Schmierfink vor uns an einem Tatort ist?«

»Sein Glück«, sagte Rickmer. »Er hatte wohl einen Interviewtermin, meinte jedenfalls der neurotische Hammerschmidt. Stattdessen fand er aber mit Sicherheit die Story seines Lebens in Zimmer 317 vor. Und, ja, wie der Journalist glaube ich an Mord, denn ein Zufall ist das ja eher nicht, dass hier nach der O. J. Simpson-

Geschichte noch ein weiterer bekannter Todesfall inszeniert wird.«

»Oh, auch du siehst bereits die Ähnlichkeiten zu Barschel?«

»Steht in der Bildunterschrift.«

»Verdammt«, sagte Carsten. »Ich werde da gleich anrufen und denen die Hölle heiß machen.«

»Der Schaden ist ja nicht mehr zu begrenzen. Da werden sich jetzt in Windeseile andere Medien bedienen, hier rüberfahren und das Hotel belagern. Lohmann und Siebert haben draußen schon ihre Straßensperren aufgebaut. Schließlich müssen wir ja mal wieder eine Leiche ausfliegen lassen. Du solltest Hahn informieren, ich bin noch nicht dazu gekommen.«

»Hat Bärlein schon gemacht!«

»Ah, gut«, sagte Rickmer. »Ich wünschte, ich könnte jetzt einfach mal eine rauchen.«

»Lass es«, sagte Carsten. »Drogen sind keine Lösung!«

»Hach, deine Nerven möchte ich haben.« Rickmer drehte sich um und lief wieder in Richtung des Büros. »Aber immerhin, dann kannst du ja die undankbare Aufgabe übernehmen.«

»Einer muss ja. Feldhausenstraße wohnt Frau Eller doch, oder?«

»Ja.«

»Okay, dann fahre ich direkt mal hin und frage sie, warum ihr Mann überhaupt in einem Hotel übernachtet, das keinen Kilometer Luftlinie entfernt von seinem Haus liegt.«

»Eller ist hier regelmäßig Gast, hat Hammerschmidt gemeint, bleibt immer nur eine Nacht, manchmal zwei.

Manchmal übernachten an zwei Abenden jeweils andere jungen Frauen bei ihm, die dann in der Regel früh morgens weg sind.«

»Ach, so ist das. Professionelle?«

»Scheint so. Aus dem *Roten Baron*. Julia ist schon rausgefahren, ich vertraue ihr da. In solchen Etablissements ist es besser, wenn Frau zu Frau spricht. Ich glaube allerdings nicht, dass wir unseren Täter da finden, werde aber nach meinen Interviews hier im Hotel auch rüberfahren.« Rickmer klopfte Carsten auf die Schulter. »Also dann, viel Erfolg. Besprechung auf der Wache ist um achtzehn Uhr eingeplant, hoffe, dass wir dann hier durch sind. Sonst rufe ich durch.«

»Bis später.«

Carsten brauchte eine halbe Stunde, um Frau Eller zu beruhigen. Sie war allerdings weniger bestürzt über den Tod ihres Ehemanns als über seine ständigen Affären. Erst allmählich gelang es Carsten, sie zu Aussagen zu bringen, die möglicherweise mit dem Tatgeschehen zu tun hatten und somit sachdienlich waren. Und die Informationen, die er dann bekam, hatten es in sich.

»Sie gehen davon aus, dass Ihr Mann gestern im *Inselspeicher* war, um Sex zu haben?«

»Natürlich«, schrie Frau Eller, während sie sich den dritten Cognac eingoss. »Wenigstens wird er jetzt nicht Bürgermeister. Der Insel hätte nichts Gutes geblüht.«

»Sie meinen seine Baubestrebungen?«

»Ich meine, dass er nicht nur mir gegenüber mit unfairen Mitteln gespielt hat. Auf demokratische Weise wäre er sicher nicht an die Inselmacht gekommen.«

»Das glauben Sie, weil ...?« Carsten war die Gefühllo-sigkeit der Politikergattin unheimlich. Wenn man sich so hasste, wieso blieb man dann zusammen?

»Weil er Bürgermeister Schwätjen irgendwas anhän-gen wollte. In den letzten Tagen hat sich ständig irgend so ein ominöser Informant gemeldet.«

Das gibt es doch echt nicht, dachte Carsten, der gleich weitere Ähnlichkeiten zum Barschel-Fall sehen konnte. Dessen Ehefrau hatte damals nämlich zu Protokoll ge-geben, dass ein gewisser Robert Roloff, dessen Identität nie geklärt werden konnte, Intrigen gegen Barschels politischen Gegner Björn Engholm spinnen wollte. Es erschien Carsten als so urkomisch, dass es etwas lapi-dar aus ihm herausplatzte: »Und der heißt Roloff oder wie?«

»Roloff?«, fragte Frau Eller. »Wie kommen Sie da-rauf?«

»Entschuldigung, Vermutung. Haben Sie einen Na-men?«

»Klar, mein Mann hat ihn ja am Telefon angespro-chen.«

»Und wie lautet der Name?«

»Kenne nur den Nachnamen«, sagte Frau Eller und trank einen großen Schluck. Sie verzog das Gesicht und meinte: »Seitzew hieß der.«

»Was?«, rief Carsten aus. »Da sind Sie sich sicher? Wladimir Seitzew?«

»Seitzew, ganz sicher, das habe ich noch im Ohr«, ant-wortete Frau Eller. »Den Vornamen weiß ich aber nicht. Und fragen Sie mich auch nicht weiter, sonst weiß ich nichts. Vielleicht finden Sie etwas in seinem Arbeitszimmer.«

»Danach wollte ich fragen. Da müsste ich dringend rein. Hat sein Rechner ein Passwort?«

»Donald Trump.«

»Irre.«

»Er liebte Trump, wäre wohl selbst gerne so gewesen.«

»Und woher kennen Sie das Passwort?«

»Weil ich vieles ausprobiert habe, ich musste ja wissen, mit welchen Frauen er sich so schreibt. *Hefeweizen* war es nicht, *junge Schlampe* auch nicht, *Donald Trump* lag irgendwie nahe. Mein Mann ist da sehr simpel, müssen Sie wissen. War, besser gesagt.« Jetzt schluchzte Frau Eller doch. Carsten war erstaunt, bekam aber den Grund umgehend nachgereicht. »Wie soll ich jetzt meinen Kindern erklären, dass sie keinen Vater mehr haben? Das war doch überhaupt der Grund, warum wir noch gemeinsam in einem Haus gewohnt haben. Wir haben sie aus allem rausgehalten, sind ja auch noch zu jung.«

Carsten fiel wieder ein, dass er Eller vor einer Woche mit seinen Söhnen gesehen hatte. »Wie alt sind die beiden?«

»Julius ist acht und Barron gerade mal viereinhalb.«

Carsten war schockiert. »Sie, ich meine, Ihr Mann, hat doch nicht etwa Ihren jüngsten Sohn nach einem Bordell, also dem *Roten Baron,* benannt?«

»Nein, das nicht, aber der Grund ist nicht viel besser. Er hat ihn nach dem Sohn des amerikanischen Präsidenten benannt, von dem er schon vor dessen Amtszeit großer Fan war. Also, Barron Trump heißt mein Junge.«

»Schrecklich.«

»Ja, er hatte ein Faible für amerikanische Staatsmänner. Daher nannte sich Lothar auch lieber Benjamin.

Eine Assoziation mit Franklin hielt er für angemessener als mit Matthäus. Idiotisch, aber so war er: hochnäsig.« Frau Eller stockte. »Aber die Jungen lieben eben ihren Vater, und deswegen ist sein Tod natürlich traurig – für sie jedenfalls.« Sie putzte sich die Nase.

»Wo sind die Kinder denn?«

»In den Ferien immer bei meiner Mutter in Paderborn. Ich fahre morgen hin und hole sie wieder ab.«

»Dafür habe ich Verständnis, bleiben Sie aber bitte telefonisch erreichbar. Ich fürchte, wir haben noch ein paar Fragen, möglicherweise auch an Ihren ältesten Sohn. Können wir einen Schlüssel für das Haus bekommen?«

»Natürlich, händige ich Ihnen gleich aus.«

»Danke, dann gehe ich mich jetzt mal ein wenig umsehen.«

17. Die Leiden des Polizisten Kummer

Carsten holte sich Handschuhe aus seinem Wagen, begab sich dann in Ellers Büro und versuchte, dort so wenig anzufassen wie möglich, weil es sonst mit Bärlein, der sich hier ja auch noch umsehen musste, Ärger geben würde. Im Stehen vor dem Schreibtisch startete er den Laptop mit dem Passwort. Es stimmte. Leider blieben eine Desktopsuche und auch die Kontrolle des Browser-Verlaufes nach dem Namen Seitzew ergebnislos.

Als Carsten versuchte, sich auch in Ellers Mailkonto einzuloggen, gelang ihm das nicht. Es wäre auch zu glatt gewesen. Mit *Donald Trump* ließ sich das Programm nicht öffnen. Er überlegte kurz, kam sich blöd vor, versuchte es aber dann auch mit *Hefeweizen* und *junge Schlampe*. Da er plötzlich erneut heftige Kopfschmerzen verspürte und glaubte, eine abermalige Nachfrage bei Frau Eller würde keinen gewünschten Erfolg bringen, nahm er den Laptop und auch ein Smartphone, das er in der Schublade des Politikers fand, mit. Er verabschiedete sich von der Cognac trinkenden Frau des Hauses, die ihm wie versprochen einen Zweitschlüssel in die Hand drückte, und stürmte nach draußen. Er schaffte es noch, die Geräte in den

Kofferraum zu laden, dann überfiel ihn ein Schwäche-
anfall, wie er ihn noch nie erlebt hatte. Fast riss er ihn
zu Boden, soeben schaffte er es noch, sich am tiefen,
grünen Dach seines Porsche abzustützen. Er zog sich
daran hoch und schaute zum Haus hinüber. Hatte ihn
Frau Eller aus dem Fenster gesehen? Die Gardinen hatten sich doch bewegt?

Er riss die Autotür auf und sprang ins Auto. Seine Gedanken kreisten um *Shut N.* Hätte Eller doch
wenigstens zwei Tabletten gehabt. Nun setzte der Entzug erneut ein. Der Sex mit Anna spielte plötzlich keine
Rolle mehr. Der Stoff war wichtiger als alles andere.
Wie hatte er nur so naiv sein und seine Gesundheit aufs
Spiel setzen können? Er war sauer auf sich selbst, und
an irgendwem musste er die unbändige Wut, die er verspürte, auslassen, sich Luft verschaffen, ablenken, bei
Verstand bleiben. An der *Auricher Abendschau!* Da
wollte er doch sowieso anrufen.

Er wählte die Nummer, die er nur mit Mühe im Internet fand, und ließ sich mit dem Journalisten verbinden,
der vor Bärlein Fotos vom Tatort geschossen hatte.

»Wie kommen Sie, Herr Sturm, darauf, einfach die Insel zu verlassen, ohne den Leichenfund zu melden?«
Carsten schrie in den Lautsprecher.

»Ich habe doch die Hoteldirektion sofort benachrichtigt, als ich zurück auf dem Festland war«, antwortete
Eberhard Sturm patzig.

»Und haben dann sofort das Foto hochgeladen.«

»Natürlich«, sagte Sturm. »So was hat man ja nur einmal im Leben. Ist es Mord oder Selbstmord? Wir hier
haben ja auf Mord getippt.«

»Habe ich gelesen in Ihrer Bildunterschrift. Sie sind aber kein Ermittler, sondern ein Sensationsgeier. Sie sollten sich schämen! Das wird nicht ohne Nachspiel bleiben!« Carsten verschaffte seinem ganzen Zorn auf die Presse, die monatelang nicht hatte aufhören können, über sein Schicksal zu berichten, Luft, machte Sturm zum Sündenbock, der allerdings noch die Frechheit besaß, sich zu verteidigen.

»So?« Der Journalist lachte abschätzig. »Wollen Sie mir drohen? Ich weiß genau, was ich darf und was nicht. Sie können mir gar nichts. Ich nenne das, was ich heute gemacht habe, die Öffentlichkeit informieren. Das ist der Auftrag unserer Zunft. Schließlich stehen Bürgermeisterwahlen an, und Herr Eller war ja nicht unumstritten. Sein Selbstmord war doch nur eine Frage der Zeit.«

»Ach, jetzt also doch Selbstmord?« Carstens Herz raste, die Kopfschmerzen wurden unerträglich. »Ich habe auch nicht gesagt, dass es ein Suizid war. Ganz anders als …« Beinahe hätte Carsten sich verplappert, hatte gerade noch die Kurve gekriegt. Er musste höllisch aufpassen, dass er auf keinen Fall einen Fehler machte, der Sturm dazu verleiten könnte, Verbindungen zum Mord an der Villa Denga herzustellen. Er versuchte, etwas ruhiger zu sprechen: »Wir finden das alles andere als gelungen, was Sie da fabrizieren. Bitte halten Sie sich mit Spekulationen zurück und kontaktieren Sie uns umgehend, wenn sich aufgrund des Artikels jemand meldet, der Angaben machen könnte.«

»Natürlich.« Auch Sturm beruhigte sich. »Warum schnaufen Sie denn so?«

Carsten reagierte nicht auf die Frage, merkte, dass er immer schlechter Luft bekam. »Und selbstverständlich muss ich Sie bitten, Ihre Aussage zu machen«, fuhr er mit flacher Stimme fort.

»Habe ich das nicht eben? Warum hecheln Sie denn auf einmal so?«

»Nein, haben Sie nicht gemacht. Sie haben eine Leiche gefunden. Kommen Sie spätestens morgen auf die Wache. Das ist eine Vorladung. Sie können auch auf die Post warten, dann kommen Sie eben übermorgen.«

»Schon gut, ich kann morgen rüber fahren«, sagte Sturm kleinlaut. »Kriegen Sie jetzt bloß keinen Herzinfarkt deswegen. Das hört sich ja schlimm an.«

»Rufen Sie auf dem Revier an und lassen sich von Frau Tengelmann einen Termin bei mir geben«, sprach Carsten mit letzter Kraft.

»Das mache ich. Auf Wiedersehen. Und Ihnen gute Besserung«

Carsten beendete das Gespräch, ihm war schwarz vor Augen. Was konnte ihm noch helfen? Vor seinem geistigen Auge sah er Eller, der keine *Shut N* mehr hatte, sich in die Badewanne legte und beschloss zu sterben. Konnte es so gewesen sein?

Ich muss meine Musik hören, dachte er und versuchte, sein Handy an die Anlage zu kabeln, doch er verfehlte die Buchse mehrmals. Seine Hände zitterten wie die eines Alkoholikers in der entscheidenden Entzugsphase. Durch die Frontscheibe sah er auf der Straße ein Taxi in seine Richtung fahren. Er wusste, er würde den Porsche nicht selbst starten können, drückte die Tür seines Wagens auf und stolperte auf die

Straße. Mit erhobenen Händen bedeutete er dem Taxifahrer anzuhalten.

»Seehospital, schnell«, krächzte er, als der Fahrer anhielt und ausstieg.

»Um Himmels willen, ja«, sagte der, stützte Carsten und manövrierte ihn auf die Rückbank seines Taxis, setzte sich dann wieder ans Steuer und raste los. Carsten verlor während der Fahrt zweimal für einige Sekunden das Bewusstsein.

»Wir sind da, ich verständige einen Arzt«, rief der Taxifahrer.

»Nein!« Carsten schrie den Fahrer an. »Ich kann das selbst. Warten Sie hier zehn Minuten, ich muss gleich wieder zurück, muss nur was abholen.«

»Das meinen Sie ernst?«, fragte der Taxifahrer. »Das sieht nicht so aus. Weder dass Sie alleine laufen können noch dass ich Sie gleich wieder mitnehmen kann.«

»Und ob. Ich bin Polizist. Ich brauch nur meine Shut ... Meine Herztabletten. Dann ist alles wieder gut. Tun Sie einfach, was ich Ihnen sage, und warten Sie hier kurz. Bitte!«

Carsten schleppte sich aus dem Wagen und zum Eingang des Krankenhauses. Die Schwestern und Patienten, die ihm helfen wollten, stieß er zur Seite, er gierte nach seinen Tabletten, übergab sich vor dem Fahrstuhl, schaffte es so gerade rein und drückte auf den Knopf mit der Beschriftung *Dachterrasse*. Oben wankte er über einen schmalen Weg direkt auf einen mit dunklen Gardinen verhangenen Oberbau zu. An der Stahltür konnte er das Schild gerade eben entziffern: *provisorisches Labor Doktor Karlsson.*

Carsten drückte die Klinke, doch die Tür war verschlossen, er hämmerte dagegen, doch niemand öffnete. Er schluchzte, schrie, trat und schlug gegen den Stahl, als er plötzlich merkte, dass ihn jemand von hinten packte, ihn umdrehte und gegen die Tür warf. Er erkannte einen Pfleger mit breitem Kreuz und Glatze, der ihn böse anschaute. Er war mindestens zwei Köpfe größer als Carsten und sicher doppelt so schwer. Er besaß so kräftige Oberarme, dass es wirkte, als würde sein kurzärmeliger Kittel darüber gleich platzen.

»Sie wohl spinnen! Was in Sie gefahren?« Er sprach mit tiefer Stimme und osteuropäischem Akzent. Carsten las den Namen auf seinem Schildchen: *Herr Seitzew, Oberpfleger.*

Konnte das sein? Hatte er jetzt völlig den Verstand verloren? War das alles seinem Entzug zuzuschreiben? Halluzinationen? Gab es diesen Pfleger überhaupt? Sollte er ihn wegschubsen? Er entschied sich dagegen, als er sah, wie Seitzew die Fäuste in die Luft hob. Hier hatte er keine Chance. »Ich muss zu Professor Karlsson!«, flehte Carsten.

»Das nicht wird gehen«, raunte der Pfleger, der sich dicht vor ihm positionierte.

»Warum nicht? Ich bin Polizist!«

»Professor Karlsson nicht im Haus. Er gefahren heute Morgen auf Festland. Er hält Vortrag in Berlin. Ich weiß, wer sind Sie und dass Polizist. Aber ich erfülle Order, Unbefugten nicht Zutritt zu gewähren. Ausdrücklich auch nicht Polizei, Professor hat gesagt.«

»Das kann nicht wahr sein«, winselte Carsten. »Das ist doch alles Wahnsinn. Wann kommt er wieder?«

»Nicht kommt wieder vor übermorgen!«

»Verdammt, dann machen Sie die Tür auf!«

»Ich schon einmal gesagt, und ich sage nur noch eine weitere Mal: Erstens ich kann nicht machen auf, zweitens darf nicht machen auf.«

»Und ich wiederhole es: Ich bin Polizist! Carsten Kummer, Kripo Norderney. Der Mann, der letzten Sommer ...«

»Ich das weiß«, schrie Seitzew. »Mir ist egal. Sie haben Job, ich habe Job. Sie haben Durchsuchungsbeschluss, Sie können rein. Sie haben nicht Beschluss, Sie bleiben draußen. Sie haben Dokument?«

»Ach, vergessen Sie es!«, stammelte Carsten, den die Kräfte verließen. Das schlürfende Sauggeräusch in seinem Kopf hörte er immer lauter. Entweder irgendeine Fügung des Schicksals ließ ihm noch seine Pillen zukommen und er würde die Schmerzen und Halluzinationen los oder er würde sterben. »Lassen Sie mich in Ruhe«, brachte er hervor und wankte an dem Pfleger vorbei, zurück zum Fahrstuhl, fuhr herunter, schleppte sich zum Haupteingang und winkte den Taxifahrer heran, der zum Glück tatsächlich auf ihn gewartet hatte.

Wohin sollte er sich jetzt bringen lassen zum Sterben? Das Krankenhaus verließ er ja. Direkt zum Friedhof. Plötzlich keimte ein winziger Funken Hoffnung in seinem Geist auf. Vielleicht hatte Freesemann noch ein paar Tabletten im Haus, vielleicht hatte Karlsson ihn auch verarscht und sein Psychologe hatte sowieso noch welche. Und selbst wenn nicht, so könnte, wenn überhaupt jemand, dann nur Freesemann noch versuchen, Karlsson zu erreichen und ihn zur Herausgabe seiner Medikamente zu zwingen.

»Damenpfad, psychologische Praxis Michael Freesemann«, rief er dem Taxifahrer zu und setzte sich in den
Wagen.

Der Therapeut öffnete und war entsetzt, als er sah, in
welcher Verfassung sich sein Patient befand. Er setzte
ihn auf einen der Stühle, die im Flur zwischen Praxis
und Wohnbereich standen, und bedeutete ihm, eine
Minute zu warten, da er der gerade bei ihm anwesenden Patientin mitteilen müsse, dass er einen Notfall zu
behandeln habe. Dass die Frau an Carsten vorbeiging,
merkte dieser nicht. Vielleicht hatte er wieder das Bewusstsein verloren. Freesemann bat ihn in sein
Behandlungszimmer, half ihm auf die Couch und
fragte: »Was ist mit Ihnen, Kummer?«

»Karlsson ist nicht da!«

»Ja, und?«

»Ich habe keine Medikamente mehr. Kein *Shut N*. Sie
sehen doch, was mit mir los ist. Ich bin wieder krank!
Wieder voll ausgebrochen die Depressionen. Ich brauche meine Medikamente. Haben Sie wirklich keine
da?« Carsten hustete und rang nach Luft.

Freesemann setzte sich neben ihn. »Herr Kummer,
Sie sind nicht krank!«

»Ich brauche meine Pillen! Rufen Sie in der Klinik an.
Seitzew muss mir Platz machen!«

»Sie meinen Pfleger Seitzew? Ich verstehe nicht, wie
konnten Sie mit ihm sprechen, wie können Sie ihn
überhaupt kennen in Ihrem Zustand?«

»Wie?«

»Jedenfalls, Sie benötigen die Medikamente nicht!«
Freesemann versuchte, beruhigend zu sprechen.

Carsten drehte sich um, mobilisierte letzte Energien und packte seinen Therapeuten am Hemdkragen. »Ich brauche sie, sofort. Ich drehe durch! Ich sehe Blitze und Dinge, die nicht da sind, höre Pumpen und Dinge, die nicht existieren. Mir ist schlecht, ich bekomme keine Luft. Mein Herz. Meine Seele. Mein Geist, verdammt noch mal.«

»Lassen Sie mich los, Herr Kummer!«

»Erst meine Pillen!«

»Okay, okay, Herr Kummer. Ich erzähle Ihnen etwas, wenn Sie mich loslassen. Bitte, hören Sie mir nur einen Augenblick lang zu! Es wird sich alles aufklären. All Ihre Fragen.«

Carsten ließ von dem Psychologen ab, auch weil er einfach nicht mehr konnte. Erschöpft senkte er den Kopf. Freesemann stand von der Couch auf, zog seinen Sessel von der Mitte des Teppichs ganz nah an seinen Patienten heran und tippte auf die Fernbedienung, die er von dem Tischchen mitgebracht hatte. Fast gleichzeitig starteten die beiden Ventilatoren und *Relax*. Die Kombination schien Carsten umgehend zu entspannen. Er hustete nicht mehr, hob den Kopf an und starrte in einen der Ventilatoren. Die Bewegungen der Rotoren und der Wind, der ihm entgegenschlug, dazu die vertrauten Beats – all das beruhigte ihn.

»Hören Sie, Herr Kummer«, sagte Freesemann. »Sie müssen nun stark sein und mir das glauben, was ich Ihnen zu beichten habe.«

»Beichten Sie, was Sie zu beichten haben«, flüsterte Carsten.

»Also. Sie haben ein Placebo zu sich genommen. Die *Shut N*, die Sie bekommen haben nach Ihrem Badeunfall, waren reines Vitamin C, es war kein Wirkstoff in den Medikamenten.«

»Was?« Carsten drehte sich weinend zu Freesemann.

»Wir hätten das Risiko doch nicht eingehen und Ihnen danach noch weiter das Medikament verabreichen können. Aber wir haben uns gemeinsam entschlossen, Professor Karlsson und ich, Sie in dem Glauben zu lassen, Sie nähmen das Präparat weiter ein. Wir konnten einfach identische Leerkapseln nehmen und sie mit Vitaminpulver befüllen.«

»Das fasse ich nicht. Das stimmt auch nicht. Ich habe eine Wirkung verspürt, eindeutig!«

»Psychosomatik!«

»Nein, es war echt«, rief Carsten. »Und warum geht oder ging es mir jetzt so schlecht?«

»Psychosomatik«, wiederholte Freesemann. »Und Sie haben doch gerade selbst bemerkt, dass es Ihnen schon wieder besser geht. Obwohl Sie nichts genommen haben. Das muss Ihnen doch einleuchten?«

»Ja, die Musik, der Wind. Aber … Können Sie das beweisen, dass die Medikamente nicht echt gewesen sein sollen?«

Freesemann stellte den Ventilator eine Stufe höher, Carsten zuckte zusammen und starrte wie magnetisiert in die Rotoren. Sie zogen ihn magisch an. Freesemanns Stimme vernahm er nur noch wie aus weiter Ferne. Den Inhalt seiner Sätze und das, was er ihm weiter zu erklären versuchte, verstand er nicht mehr. Seine Worte wurden überdeckt von dem ihm vertrauten pumpenden Geräusch und den stetig in der Frequenz abnehmenden einzelnen, kurzen Pieptönen. War es sein Herz, das er hörte? Das war der letzte Gedanke, den er fasste, bevor er vor Erschöpfung einschlief.

Er fiel in einen tiefen und festen Schlaf, träumte davon, dass er durch das Metalltor des Inselfriedhofs an der Jann-Berghaus-Straße ging. Er steuerte auf das Grab Merles zu, mit jedem Schritt wurde es kälter, bald verschwand die Sonne, und lange, dunkle Schatten legten sich über die Gräber. Er lief weiter, und es begann zu regnen, erst nieselte es, dann hagelte es, dann schneite es. Bald war der gesamte Friedhof in Weiß getaucht. Seine Tränen gefroren auf seinen Wangen. Vor Merles Grab blieb er stehen, schaute auf die Skulptur. Das aus Sandstein gegossene Mädchen, das ein Buch in der Hand hielt, auf dem die Grabinschrift gemeißelt war. Er erschrak, dort stand ein anderer Text. Er las: »Was macht denn ein Clown in einem Eisfach?« Carsten verließen die Kräfte. Er fiel in den Schnee vor die Skulptur, rief: »Ich weiß es nicht, ich weiß es einfach nicht. Merle, hilf mir!«

Er drehte sich um, schaute von unten auf die Rückseite des steinernen Buches, die er sich bei seinen häufigen Besuchen noch nie angeschaut hatte. Er las den Text, der nicht enden wollte. Er weinte und las und redete sich alles, was ihn belastete, von der Seele. Was er las, waren die Ereignisse des letzten Sommers. Und je länger er sie las, desto befreiter fühlte er sich. Es war, als vergäbe man ihm all seine Fehler, als erlöse man ihn von Gesa. Und dann, ganz plötzlich, sprach sie zu ihm, seine Tochter. Klar und deutlich vernahm er ihre Stimme: »Papa, du hast nichts falsch gemacht. Bitte wach auf! Es passieren schreckliche Dinge auf Norderney. Die Menschen brauchen deine Hilfe. Sei stark! Es ist Zeit für dich, aufzuwachen!«

»Ja, aber wie? Wie soll ich das denn machen?«, rief Carsten in Richtung Himmel.

»Was macht denn ein Clown in einem Eisfach?«, antwortete das steinerne Buch mit Merles Stimme.

Carsten schüttelte sich und öffnete die Augen. Er sah in Freesemanns Gesicht. »Was macht denn ein Clown in einem Eisfach?«, fragte er.

Sein Psychologe zuckte mit den Achseln. Wo war er denn überhaupt? War er jetzt wach? Was hatte Merle gemeint? Langsam bewegte er den Kopf und schaute sich um. »Wo bin ich? Träume ich?«

»Sie sind bei mir, bei Ihrem Therapeuten!«

Carstens Augen gewöhnten sich an die Dunkelheit, er erkannte das Büro seines Psychologen, die Ventilatoren waren aus. Es war ganz still. Draußen war es finster, keine Urlauber spazierten vor dem ovalen Fenster. Er bemerkte, dass er in eine Wolldecke eingehüllt war und auf der Couch lag, auf der er sonst saß.

»Sie haben fast fünf Stunden geschlafen«, sagte Freesemann. »Sie waren völlig am Ende. Ich habe Sie schlafen lassen und Ihren Kollegen erklärt, dass Sie einen Zusammenbruch hatten. Ein Arzt des Seehospitals hatte die aber schon informiert. Alle sorgen sich um Sie.« Er hielt Carsten ein Telefon entgegen. »Ihr Kollege Bärlein ist dran. Er ruft schon zum zweiten Mal an, um sich nach Ihnen zu erkundigen, deswegen habe ich Sie nun geweckt.«

»Geben Sie her!«, rief Carsten und nahm den Hörer entgegen. »Bärlein. Ich ... Es tut mir leid.«

»Wir haben uns alle Sorgen gemacht«, sagte der Spurensicherer. »Was für ein Tag! Kommst du denn wenigstens wieder zurecht?«

Carsten fühlte sich klarer im Kopf. »Ausgerechnet heute passiert mir das. Was habe ich verpasst? Ich war doch bei Ellers Frau.«

»Das warst du wohl, ich auch. Den Laptop und das Handy habe ich in deinem Wagen gefunden. Den hat übrigens Siebert zu deinem Haus gefahren. Schlüssel steckte ja, jetzt liegt er auf dem Vorderreifen.«

»Mmh, danke«, sagte Carsten. »Und Denga, was ist mit dem?«

»Schläft fest in seiner Zelle. Er ist unschuldig, das steht für uns alle jetzt fest, aber der Staatsanwalt wird nun Haftbefehl erheben, solange wir keinen Täter präsentieren. Er wird übermorgen ausgeflogen. Eigentlich wollte ich dir für den Fall, dass es dir besser geht, was zu Eller erzählen, aber nun, wo du es ansprichst, auch zu Denga gibt es Neuigkeiten.«

»Erzähl mir beides, es hängt doch sicher irgendwie alles zusammen.«

»Verkraftest du das denn schon?«

»Ja, sicher«, sagte Carsten. »Mein Zusammenbruch hat rein gar nichts mit meinem Beruf zu tun. Es ist dieser verdammte Hitzesommer.«

»Ja, das sagte Herr Freesemann auch schon.« Bärlein räusperte sich. »Also gut. Hier ist was: möglich, aber nicht bewiesen. Pass auf! Ich fange mal so an, Professor Hahn und ich waren ja beide der Meinung, dass die Wunde, die Denga am Hals hat, nicht ausreichend Blut am Tatort hätte hinterlassen können.«

»So sagtest du es Denga ja selbst«, antwortete Carsten.

»Das ist auch so«, fuhr Bärlein fort. »Rickmer war aber heute Vormittag noch mal bei Denga, bevor der Notruf aus dem *Inselspeicher* kam, er hatte wohl keine Zeit mehr gehabt, es dir gegenüber zu erwähnen. Da war es ja auch noch fast belanglos. Aber nun halt dich fest.«

Carsten fiel nicht ein, wo er sich hätte festhalten können, sagte dennoch: »Mach ich!«

»Denga war vor etwa vier Wochen auf Norderney, hat er Rickmer im Verhör gesagt, um einige Dinge zu erledigen und um bei dem Arzt seines Vertrauens einen Gesundheitscheck zu machen.«

»Im Seehospital?«

»Ja, bei Professor von Langenau. Er hat einen Rundumcheck bekommen. Also auch ein großes Blutbild, das sind mehrere Kanülen voll. Ich verstehe einfach nicht, warum Denga Tage braucht, um damit rauszurücken.«

»Ich verstehe«, sagte Carsten. »Aber mehr ist da nicht?«

»Warte mal, ich bin noch nicht fertig. Ich habe mich nach Rickmers Anweisungen drum gekümmert, mache ich ja gerne, so was Medizinisches zwischendurch, kann ich ja auch. Also, ich habe den Namen von demjenigen herausbekommen, der ihm das Blut abgezapft hat.«

»Und?« Carsten war wieder hellwach.

»Hältst du dich fest?«

»Ja«, log Carsten.

»Der Pfleger heißt Seitzew, ein Russe, soll ein ziemlich kantiger Typ sein.«

Carsten war perplex, suchte nach Worten. Auch er hatte sich darüber gewundert, woher er den Namen des

Pflegers gekannt hatte, der ihn vom Dachlabor abgehalten hatte. Es war ihm vorhin nicht eingefallen. Aber in seinem Zustand hatte er auch keine Schlüsse ziehen können. Richtig, nun setzte sich etwas zusammen. Er erwähnte gegenüber Bärlein nicht, dass er bereits Bekanntschaft mit Seitzew gemacht hatte. Das hätte zu vieler Erklärungen bedurft. Er tat stattdessen erst mal erstaunt: »Doch nicht der Seitzew, von dem Denga gesprochen hat? Der Mafia-Typ. Was sollte der in einem Krankenhaus auf Norderney tun?«

»Das werden wir herausfinden, was es mit diesem Seitzew auf sich hat, bald. Jedenfalls hätte theoretisch dieser Mann die Möglichkeit gehabt, Dengas Blut zu stehlen, es zu lagern und dann am Tatort zu hinterlassen. Es ist eine Spur. Und morgen früh fahren wir raus zur Klinik und befragen diesen Seitzew, denn wir haben noch etwas anderes gegen ihn. Ich hoffe, du kannst dabei sein?«

»Bestimmt«, sagte Carsten und freute sich innerlich, denn dass Denga keine Schuld traf, hatte er von Anfang an gewusst. Falls Seitzew den Kollegen gegenüber etwas von Carstens Zusammenbruch erwähnen sollte, würde er das einfach abstreiten. Zum Glück war der Kerl alles andere als vertrauenswürdig. Dies könnte tatsächlich ein entscheidender Hinweis werden. Dutzende Gedanken schwirrten Carsten gleichzeitig im Kopf herum. Er versuchte sich zu sammeln, und fragte dann: »Und was habt ihr also zu Ellers Tod?«

»Seine Leiche ist in der Rechtsmedizin. Ich bin gespannt, von welchen Stoffen Professor Hahn Spuren in seinem Magen findet, ob es dieselben sind wie bei Barschel. Ich bin mir absolut sicher, dass er nicht ertrunken ist, sondern Substanzen seinen Tod herbeigeführt haben. Auch wenn der Killer keine Spuren hinterlassen hat. Wir haben nichts gefunden, auch nicht in Ellers Büro. Außer in seinem Kulturbeutel, der noch im Badezimmer des Hotels lag. Eine Packung mit Medikamenten, von denen ich bisher nichts gehört habe, lag da drin. Auch Hahn kennt sie nicht. Sie sind auch nicht zu recherchieren. Die Verpackung sieht nicht professionell aus. Vermutlich Marke Eigenbau. Ein Beipackzettel auf Vietnamesisch hat sich als Kochrezept herausgestellt.«

»Wie heißen die Tabletten?« Carsten ahnte es.

»*Shut*. Englisch für *shut* wie schließen. Dann ein N als Angabe für die Packungsgröße wahrscheinlich. Aber es macht keinen Sinn, weil die Zahl eben nicht dahintersteht.«

»Welche Farbe haben die Tabletten?« Carsten wusste es bereits.

»Ein dunkles Blau«, sagte Bärlein. »Aber es ist nichts. Ich habe jede Kapsel einzeln in meinem Labor zerbröselt und untersucht. Es handelt sich um sogenannte Leerkapseln, darin enthalten, also darin eingefüllt, hat jemand sauberes und reines Vitamin-C-Pulver. Kein Gift, keine Drogen, keine andere Wirkung, außer dass man damit einen Seemann vor Skorbut schützen könnte. Aber wer bekommt heute noch Skorbut?« Bärlein war wieder in seinem Element, Carsten nervte es nicht. Es war angenehm, Bärleins Stimme zu hören. Carsten spürte, dass er lebte, dass er sich auf sich selbst verlassen musste und auch konnte.

»Aber gut«, fuhr Bärlein fort. »Nehmen ja dennoch die Leute kiloweise ein, genau wie Zink, Fischöl und dieses ganze naturheilkundliche Zeug. Wenn du mich fragst, alles Placebos. Aber eben das heißt ja nicht, dass sie nicht wirken. Die Kraft des Geistes. Du solltest mal etwas über Buddhismus lesen. Die Tibetaner sind viel weiter, die brauchen keine Placebos. Die sind wandelnde, nach Duftkerzen riechende, an den Füßen an der Decke hängende Placebos ihrer selbst. Sehr spannend alles. Nun, um wieder zur Sache zu kommen: Jedenfalls haben diese Vitaminkapseln nichts mit Ellers Tod zu tun. Ihn wird etwas anderes umgebracht haben. Doch noch eine Sache ist merkwürdig, und es will sich noch nicht zusammensetzen im weisen Hirne Bärleins.«

»Was denn noch?«, fragte Carsten. »Es wird ja immer merkwürdiger.«

»Hier kommt Seitzew noch mal ins Spiel. Denn nach Auswertung einiger gelöschter und dann von mir wiederhergestellter Mails hatte Eller in den letzten zwei Wochen Kontakt zu diesem Seitzew. Es ging um Medikamentenhandel. Der Typ hat ihm Schmerz- oder Beruhigungsmittel besorgt. In den Mails wird immer nur von *den Pillen* geschrieben, die Seitzew liefern sollte und nach der Konversation zu urteilen auch geliefert hat. Aber alles, was man bei Eller fand, war neben harmlosen Schmerzmitteln für den Alltagsgebrauch nur dieses *Shut N*, im Kulturbeutel, und auch in seiner Mülltonne am Haus habe ich zwei Blister herausgezogen, die mit diesem Namen bedruckt waren. Auch hier habe ich natürlich die Rückstände untersucht. Nur Vitamin C. Hier komme ich einfach nicht weiter. Das kann ja nicht zu seinem Tod geführt haben.

Aber wir werden den Seitzew richtig in die Zange nehmen, nicht wahr, Kummer? Wir sind doch ein unschlagbares Team, wir beide.«

Carsten schluckte. Was trieben die im Seehospital nur für ein abgekartetes Spiel? Dass Seitzew mit Karlsson zusammenarbeitete, hatte er ja schließlich gerade erst am eigenen Leibe erfahren. Carsten fühlte sich zwar klar, aber er hatte Schwierigkeiten, Traum und Realität auseinanderzuhalten. Die Ereignisse der letzten Tage kamen ihm mittlerweile so vor, als müssten es vielmehr Monate gewesen sein. Als er eben auf der Couch geträumt hatte, war er sich auch sicher gewesen, einen Klartraum erlebt zu haben. Dem luziden Träumer ist bewusst, dass er träumt. Doch nun, nachdem er aufgewacht war, war er sich nicht sicher, ob er das tatsächlich war. Und wann hatte sein Traum begonnen? Doch wenigstens schienen die Entzugserscheinungen vorbei, das sollte das Wichtigste sein. Die Gier nach *Shut N* hatte sich gelegt. Jetzt, wo auch Bärlein bestätigt hatte, dass er nur Vitamin C zu sich genommen haben konnte. Wie aber hatte ihm denn sein Geist einen solchen Streich spielen können? Da musste doch mehr dahinterstecken. Er kam nicht drauf. »Was gibt es noch?«, fragte er. »Oder war es das? Ich meine, ist ja auch eine Menge.«

»Wir haben den Täter auf der Überwachungskamera!«, antwortete Bärlein.

»Was!«, rief Carsten und sprang augenblicklich auf. »Das sagst du erst jetzt? Das ist ja großartig! Wer ist es?« Er saß kerzengerade auf der Couch.

»Leider können wir niemanden identifizieren. Der Täter ist auf der Kamera im Etagenflur des *Inselspeichers* zu sehen und wie er von Eller hereingelassen wird. Zehn Minuten später kommt er wieder raus. Immer noch maskiert. Er trägt eine Art Sturmhaube, nur Nase und Augen sind zu erkennen. Zu wenig! Das Gleiche auf den Kameras in der Lobby und vor dem Eingang im Außenbereich. Er kommt und geht mit Maske.«

»Welche Farbe hat die?« Carsten ahnte es.

»Die Sturmhaube?«, fragte Bärlein. »Das kann ich nicht mit Sicherheit bestimmen. Es sind Schwarz-Weiß-Bilder bei Nacht. Keine guten Aufnahmen.«

»Könnte es weiß sein?«

»Sie ist auf jeden Fall nicht schwarz, sonst könnte ich das so nicht erkennen. Eine helle Farbe, ja, weiß liegt nahe.«

»Bärlein«, rief Carsten. »Es ist ganz wichtig. Hör mir zu!«

»Ja?«

»Bei Denga im Garten, da war doch auch eine Skimaske, hattest du gesagt, die hatte ich ja nicht gesehen. Du meintest doch, die hättest du wohl schon gesichert.«

»Ich erinnere mich.«

»Welche Farbe hatte die?«

»Sieht man von dem vielen Blut ab«, antwortete Bärlein, »war die weiß, ja, ganz sicher. Das hatte mich sogar gewundert, weil das abwich vom O. J. Simpson-Fall. Aber ich habe dem keine wichtige Bedeutung zugeschrieben, dachte, vielleicht hat der Täter einfach keine schwarze gefunden. Obwohl komisch kam mir das schon vor, denn in der Regel sind die ja schwarz. Macht ja auch Sinn!« Er legte eine Pause ein, sagte dann: »Du glaubst, das hängt zusammen? Der Täter benutzt weiße Skimasken?«

»Oder die Täter«, antwortete Carsten. »Ich habe einen Verdacht. Danke, Bärlein.« Er stand von der Couch auf. »Gute Arbeit! Hat Lohmann die Aufnahmen gesehen?«

»Nein, bisher nicht. Er ist zu Hause, hat Feierabend und wird auch schlafen, ist ja gleich Mitternacht.«

»Nicht schlimm«, sagte Carsten. »Zeig ihm morgen früh die Aufnahmen und frag ihn, ob ihm die Sturmhaube irgendwie bekannt vorkommt. Und richte ihm aus, auch wenn ich ihm gesagt habe, er solle eine gewisse Szene für sich behalten, hat er nun die Erlaubnis, sein Schweigen zu brechen.«

»Das mache ich, Kummer«, sagte Bärlein. »Aber ich fürchte, dieses Mal bin ich derjenige, der nicht so recht versteht. Und das ist ja bei uns selten der Fall, in dieser Kombi.«

»Das macht nichts, Bärlein. Dafür setzt sich bei mir umso mehr zusammen. Du wirst bald verstehen. Wir alle werden es. Du hast mir sehr geholfen mit deinen Geschichten. Ich melde mich nachher wieder, habe was zu erledigen.«

»Freesemann, Sie sind ein Arschloch«, sagte Carsten, als er aufgelegt und dem Psychologen, der während des Telefonates verstohlen Bücher in seinem Regal sortiert hatte, sein Telefon zurückgegeben hatte. »Vietnamesische Kochrezepte, ja?«

Der Psychologe runzelte die Stirn und hob beschwichtigend die Hände, als wollte er sich ergeben.

»Ich kann Ihnen aber jetzt nicht böse sein, muss los«, rief Carsten, lief an Freesemann vorbei, hinaus aus der

Praxis, stürmte durch das Argonner Wäldchen zu seinem Porsche. Er musste sich umgehend Zutritt zu Karlssons Büro verschaffen. Sein Kopf war wieder so klar, dass er sich gegen jeden Pfleger zur Wehr setzen könnte, mit seiner Pistole sollte auch die Kante Seitzew keinen Mucks mehr von sich geben. Nun war er ja vorgewarnt und gesund. Vielleicht würde er es sogar unbemerkt schaffen, bei Nacht in das Dachlabor einzudringen. In der Rettungskiste im Kofferraum verwahrte er einen Dietrich, den würde er brauchen.

Gerade als er den Motor startete, fiel ihm Anna ein. *Scheiße, die wird sauer sein!* Doch das war jetzt egal. Wenn sie nichts mehr von ihm wissen wollte, musste er das hinnehmen. Würde er das noch ein letztes Mal hinbiegen können? Er überlegte. Den Versuch war es wert. Es wäre besser, sie kurz anzurufen. Er wählte ihre Nummer. Sie ging nicht dran. Auch nach drei Versuchen nicht. Schlief sie? Entweder war sie also sauer oder er war ihr inzwischen egal. Er musste das morgen regeln. Nun galt es zuallererst, in Erfahrung zu bringen, was Karlsson und sein Lakai Seitzew auf dem Dach für Spielchen spielten.

Carsten trat motiviert und entschlossen aufs Gaspedal, der Motor heulte auf, Kies schleuderte gegen die Felgen.

Fünf Minuten später parkte er vor der Klinik. Er stürmte mit gezogener Waffe in der einen Hand und dem Dietrich in der anderen ins Krankenhaus. Der Rezeptionist erkannte ihn, Carsten nickte ihm zu. Sonst befand sich niemand mehr in der Lobby. Er nahm den Fahrstuhl ganz nach oben und sicherte zunächst nach beiden Seiten ab, als er oben ausstieg. Nur ein kleines

Lämpchen leuchtete an der Stahltür, vor der er sich gestern Abend mit Seitzew angelegt hatte. Vorsichtig drückte er die Klinke herunter: verschlossen. Die Tür hatte aber ein relativ simples Schloss, das er mit seinem Dietrich innerhalb einer halben Minute aufbekam. Er schlich hinein. Es war so dunkel, dass er kaum etwas erkennen konnte. *Was ist das hier bloß für ein Gemäuer?*

Carsten ging langsam auf den schmalen Schein flackernden Lichtes zu, der aus einer angelehnten Tür strahlte. Als ob dort ein Fernseher laufen würde. Mit der Pistole im Anschlag lauschte er vor der Tür. Entweder winselte oder kicherte jemand da drinnen. Oder beides? Er wollte gerade einen vorsichtigen Blick in den Raum wagen, als er ein leises Klacken hinter sich bemerkte. Schnell drehte er sich um und erkannte auch im Dunkeln, wessen Umrisse sich vor ihm abzeichneten. Er zögerte eine Sekunde zu lange, hätte gleich schießen sollen, aber Seitzew verpasste ihm einen Schlag gegen die Stirn. Carsten wankte, verlor die Orientierung und wurde ohnmächtig.

18. Das Kabinett des Professor Karlsson

Als Carsten zu sich kam, bemerkte er sofort, dass er nicht selbstständig atmete. Etwas war tief in seinen Mund gerammt und pumpte rhythmisch Luft in seine Lungen. Das Geräusch, dieses mechanische Zischen, hatte ihn in der letzten Woche verfolgt – ein unheimliches Echo, das nun zwischen Realität und Halluzination zu schwanken schien. War es immer noch nur in seinem Kopf? Oder war es wirklich real? Er wollte jemanden fragen, wo er sich befand, doch sprechen konnte er in seiner misslichen Lage nicht. Der Versuch eines Rufens verhallte dröhnend in dem Schlauch. Wo war er? Er saß, auf einem Stuhl. Doch weder konnte er aufstehen noch war er dazu in der Lage, seine Arme oder Beine zu bewegen. Bei dem Vorhaben hörte er hinter sich Ketten rasseln. Er war gefesselt. Außerdem hatte ihm jemand etwas über den Kopf, der in einer Art Schraubstock eingespannt war, gezogen, zumindest konnte Carsten ihn keinen Zentimeter bewegen. Augen und Nase schienen von dem Stoff verschont. Das Einzige, was er überhaupt widerstandslos bewegen konnte, waren seine Augäpfel, nicht jedoch die Lider. Bei dem Versuch, sie zu schließen, schmerzten sie so heftig, als würde jemand genau dort ein hartnäckiges Pflaster von seiner Haut reißen wollen, ohne dass es ihm gelang. Offenbar hielten Klammern seine Lider offen. Wenn er auf die Nase schielte, erkannte er zumindest etwas, das aussah wie eine Zange. Darunter bemerkte er Kabel, die von seiner Brust abgingen. Jetzt konnte er sich die Herzfrequenztöne erklären, die er im Hintergrund wahrnahm. Auch sie waren ihm längst vertraut – unheimliche Begleiter in einem Albtraum, der nun augenscheinlich Realität geworden war. Hatte er in den Tagen zuvor irgendeine Art Vorhersehung gehabt? Oder war er in der Lage gewesen, in eine düstere Zukunft zu blicken? Seine Gedanken wirbelten, suchten verzweifelt nach einem Anhaltspunkt in diesem Chaos.

Carsten drehte die Augen scharf nach links. Schemenhaft erkannte er neben sich eine Gestalt in einem Stuhl sitzen. Die Person trug eine weiße Haube – eine Skimaske. Aus dem Mund ragte ein Schlauch, der sich tief in den Rachen bohrte. Der Mann, wenn es tatsächlich ein Mann war, befand sich offensichtlich in der gleichen misslichen Lage wie er selbst. Carsten drehte seine Augäpfel auf die rechte Seite. Auch dort erkannte er einen Menschen mit weißer Maskierung auf dem Kopf. Kabel verliefen von der Brust des Unbekannten zu den Geräten, die leise summten und blinkten. Ein weiteres Opfer, gefangen in diesem albtraumhaften Szenario.

Der Grund, warum man ihm die Lider mit Gewalt offen hielt, wurde ihm plötzlich klar. Es war der überdimensionale Flachbildfernseher direkt vor ihm, auf den er starren musste, wenn er die Augen nicht zur Seite bewegte. Wenn jetzt noch eine künstliche Flüssigkeit in seine Augäpfel tropfen würde, dann wäre er in der gleichen Situation wie Alex im Film *Uhrwerk Orange*, dachte Carsten und spürte im gleichen Augenblick, als er dies tat, wie von oberhalb seines Kopfes in beide Augen Flüssigkeit schoss. Irre! Makaber!

Carsten überkam Angst, doch sein Herz schlug kaum schneller. Die psychische Anspannung schien sich nicht körperlich bemerkbar zu machen. War ihm etwas gespritzt worden?

Carsten konnte sich aus alldem keinen Reim machen. Doch ahnte er, dass dies alles nichts Gutes bedeuten konnte. Er war demjenigen, der ihn hier festgeschnallt hatte, hilflos ausgeliefert, und mindestens zwei weitere Menschen ebenso. Ob wohl noch andere Zuschauer in diese Zwangsvorstellung eingeladen worden waren? Er dachte noch über seine missliche Situation nach, als plötzlich vor ihm der Fernseher ansprang. Blaues Licht, jemand wählte einen HDMI-Ausgang aus, dann spielte ein Clip ab. Verwackelte, grünlich schimmernde Aufnahmen im Dunkeln. Die Art erinnerte Carsten an den Film *Blair Witch Project*. Und damit war er sich sicher, dass das, was er sehen sollte, real sein würde oder eben den Anschein vermitteln sollte, real zu sein. Er schaute auf den Bildschirm, während ihm erneut Wasser in die Augen tropfte.

Der Kameramann lief einem Mann in weißer Sturmhaube hinterher, der ein langes Messer in der Hand hielt. Im Hintergrund erkannte Carsten die Türme der Villa Denga. Die haben gewartet, bis Lohmann, der Wache gehalten hatte, abgezogen ist, dachte Carsten. Oder? Er erschrak heftig, als er den Zeitstempel am unteren Rand des Clips bemerkte und dort ablas: 22:22 Uhr – in der Nacht, in der Frauke Schlattmann-Denga und Tamme Gerdes ermordet worden waren. Wenn der Zeitstempel also nicht manipuliert worden war, würde Carsten nun Zeuge des Mordes werden. Während der Kameramann, von dem er annahm, eine weitere Weißhaube zu sein, oder sogar Karlsson selbst, am Tor wartete, lief der Mann mit dem Messer die Treppen hoch und klingelte an Dengas Tür. Frau Schlattmann-Denga öffnete und wurde sofort attackiert. Der Killer packte sie an den Haaren, zerrte sie aus dem Eingang und schnitt ihr mit einem gewaltigen Ruck die Kehle durch. Das dunkle Blut spritzte wie eine Fontäne und landete auf den Stufen und dem Gehweg, er stach ihr noch mehrfach in den Rücken, dann warf er sie die Treppe herunter. Schlattmann-Denga zuckte, während der Mörder mit ihrem Geliebten rangelte. Ein Faustschlag seines Kontrahenten verfehlte den Maskierten, sodass dieser auch Gerdes erwischen konnte. Er stieß ihm das Messer mit voller Wucht mehrfach in den Oberkörper. Der Film hatte zwar keinen Ton, aber Gerdes, schien entsetzlich zu schreien. Er bekam keine Chance, hielt sich den Bauch und schaute mit weit aufgerissenen Augen in die Kamera.

Carsten hörte, wie der Mann, der auf dem Stuhl rechts neben ihm saß, laut losprustete. Er lachte tatsächlich, auch wenn es durch den Beatmungsschlauch wie das Röhren einer Seerobbe klang. Saß da der Mörder direkt neben ihm?

Auf dem Fernsehgerät sah Carsten jetzt, wie der Killer auch Gerdes die Kehle durchschnitt und ihn die Treppe herunterwarf. Der Kellner landete neben seiner Geliebten auf der Wiese. Aber er versuchte sich noch einmal aufzurichten, während er sich beide Hände vor den

Hals hielt. Der Mörder trat ihm gegen den Kopf, sodass er nach hinten umfiel und auf dem Rasen unter dem Baum landete, wo sie ihn gefunden hatten, in exakt dergleichen Position, in der er sich jetzt befand.

Der Mörder lief nun seelenruhig zu Dengas Ex-Frau und schnitt ihr, während er mit der freien Hand die Haare hochzog, erneut am Hals herum. Dieses Mal sah es aus, als sägte er daran. Carsten erinnerte sich an Bärleins Worte: »Man kann ihre Wirbelsäule sehen!«

Wieder spritzten Fontänen aus Blut auf das Grundstück. Jetzt drehte sich der Mann mit der Sturmhaube um und schaute selbst in die Kamera. Er warf die Arme nach oben, sein Messer noch in der Hand, als hätte er einen Boxkampf gewonnen. Ein ziemlich unfairer Kampf, dachte Carsten.

Die Hand des Kameramannes erschien seitlich im Bild. Er hielt eine Tüte mit Ampullen ins Bild und zoomte auf ein Etikett, auf dem Carsten den Namen *Elias Denga* ablesen konnte. Bärlein hatte also recht gehabt mit seiner Einschätzung. Diese Männer, wer immer sie waren, hatten dem Fußballer den Mord an seiner Ex und ihrem Liebhaber anhängen wollen und wären damit beinahe erfolgreich gewesen.

Carstens Wut stieg an, ohne dass sie sich körperlich bemerkbar machte. Ruhig ertönten die Herzfrequenztöne hinter ihm. Er wusste, was nun passieren würde. Der Mann mit der Sturmhaube nahm die Tüte und verteilte das Blut aus den Ampullen auf der Treppe, auf der Wiese und über den inzwischen reglosen Opfern. Dann brach der Film ab.

Einige Sekunden passierte nichts. Carsten merkte, dass erneut Tropfen in seine Augen schossen. Als sich sein Blickfeld aufklarte, erkannte er einen schlecht animierten Countdown auf dem Bildschirm, der von zehn auf null herunterlief und so den nächsten Clip ankündigte. Carsten konnte eins und eins zusammenzählen und wusste, was er nun zu erwarten hatte.

Diesmal im Lichtschein, aber immer noch verwackelt, nahm der Kameramann Bilder auf, die einen Mann mit weißer Sturmhaube auf dem Rand einer Badewanne sitzend zeigten. Der Zeitstempel zeigte 22:22 Uhr. In der Badewanne lag, sich noch bewegend, aber völlig benommen, Benjamin Eller in seinem Anzug. Das Wasser war ihm bis zum Hals gestiegen, und der Killer, der Gummihandschuhe trug, hielt ihm mit seiner Hand Mund und Nase zu.

Jetzt gab der Mann, der links neben Carsten saß, grunzende, stakkatohafte Geräusche von sich. Er lachte! Auf dem Bildschirm zuckte Eller noch einmal zusammen, dann glitt er ins Wasser. Der Mörder stand auf, drückte dem Politiker ein Handtuch zwischen Gesicht und Arm und legte seinen Kopf auf dem Rand ab. So hatten Bärlein und Carsten ihn gefunden. Der Kameramann reichte nun dem Maskierten einen Schuh, den der vor der Badewanne platzierte. Dann machte die Kamera einen Schwenk durch den Raum, und Carsten erkannte im Spiegel, wenn auch nur kurz, das Antlitz Karlssons. Es gab keinen Zweifel mehr. Der Arzt, dem er vertraut hatte, ließ unschuldige Menschen töten und missbrauchte vermutlich unter Drogen gesetzte Patienten für perverse Menschenversuche und Morde. Carsten wollte schreien, brachte aber wie der Mann neben ihm nur Grunzlaute heraus. Er aber lachte nicht. Er wünschte sich nichts sehnlicher, als dass Karlsson in den Raum käme und ihm den Schlauch aus dem Mund nähme, sodass er ihm sagen könnte, was er von ihm hielte.

Doch noch war die Show des verrückten Schweden nicht beendet. Wieder lief Carsten Wasser in die Augen, wieder kündigte der Countdown einen Clip an. Doch was konnte als Nächstes kommen? Hatte es noch einen Mord gegeben, den sie bisher nicht entdeckt hatten? Bei der Zwei hielt das Bild an. Die Tür, die Carsten aus dem Augenwinkel so gerade erkennen konnte, öffnete sich. Herein kam ein Mann, den er, nachdem dieser ein paar Schritte auf Carsten zugegangen war, als Seitzew ausmachen konnte. Der willige Gehilfe des Psycho-Arztes. Sein Häscher, sein Schlächter und Wächter. Kommentarlos stellte sich der Pfleger – oder war es ein Mafioso? – hinter Carsten und setzte ihm etwas auf die Ohren, das sich wenig später als Kopfhörer herausstellen sollte. Seitzew verschwand, wie er gekommen war, und Carsten hörte durch die Lautsprecher eine vertraute Stimme: »Guten Abend, Herr Kummer«, sagte Karlsson. »Bei der nächsten Studie möchte ich gerne live kommentieren. Denn das ist unsere neueste, und dann machen wir das immer so. Ihre beiden Kollegen müssen das nicht mitbekommen, die haben ihre Fälle oft genug kommentiert bekommen. Inzwischen lachen sie darüber ganz ohne medikamentöse Stimulation. Haben Sie ja gehört. Sie selbst sind ja ganz ruhig, aber da haben wir noch nachgeholfen. Sie müssten sich mal sehen so. Die Augen, meine Güte, monströs.« Er lachte.

Verfolgte dieses Dreckschwein ihn mit einer Kamera? Carsten schien sich inzwischen sicher, dass Karlsson die Insel nie verlassen hatte.

»Machen Sie sich ruhig Sorgen, Herr Kummer«, sprach der Psychiater weiter. »Das, was Sie jetzt sehen werden, wird Sie verstören, weil Sie das Opfer kennen.«

In Windeseile überlegte Carsten, wen Karlsson meinen könnte. Seine Gedanken rasten vor Angst und Wut, sein Herzschlag blieb gleichmäßig. Dann spielte der Clip auch schon weiter. Wieder wurde ein Mann mit weißer Sturmhaube präsentiert, was auch sonst? Er hielt eine Pistole mit aufgesetztem Schalldämpfer in der Hand und stand vor einem Doppelbett. Der Kameramann nahm ihn von hinten auf. Der Einrichtung nach zu urteilen schienen sie wieder in einem Hotelzimmer zu sein.

»Jetzt nicht erschrecken«, kommentierte Karlsson, und Carsten wurde Zeuge, wie der Maskierte mit der Pistole auf eine Tür zuging, sie öffnete, der Kameramann folgte ihm. Beide standen jetzt in einem Badezimmer. Carsten konnte den Mann mit der Sturmhaube und Karlsson, der die Kamera hielt, in den Spiegeln über dem Waschbecken des Badezimmers beobachten. Der Maskierte zielte mit seiner Waffe auf eine abgetrennte Wand.

Moment, dachte Carsten. Die kam ihm bekannt vor. Ach du Scheiße. Nein, bitte nein! Die Wand gehörte zu einer Toilettenkabine, in die auch er schon gegangen war. In Annas Hotelzimmer gab es genau eine solche, ein sehr markantes Detail für ein Badezimmer. Carsten grunzte und röchelte, versuchte erneut die Augen zuzudrücken, ein Automatismus. Seine Lider schmerzten, dann ließ er es zu und starrte nach vorne. Der Mann schoss viermal auf die Wand. Jetzt erst schaute Carsten auf den Zeitstempel. Wieder 22:22 Uhr. Das war doch alles kein Zufall mehr? Das Datum war das heutige. Er ahnte das Schlimmste und sah es dann. Eine Blutlache lief auf die Fliesen vor die Toilettentür.

»Kommt Ihnen das nicht bekannt vor?«, sagte Karlsson über die Kopfhörer. »Ich erspare Ihnen bei dieser ersten Vorführung noch den Anblick Ihrer toten Freundin.«

Nein, bitte nicht. Carstens Augen brannten, er wollte weinen, doch die Augäpfel waren zu trocken. Diese Schweine, schrie er in Gedanken. Er würde Karlsson töten, wenn er Anna hatte umbringen lassen.

»Jetzt muss nur noch das Fenster geöffnet werden«, sagte Karlsson. »Damit es aussieht wie beim Mord an Reeva Steenkamp. Ob wohl der Leichtathlet Oscar Pistorius unter der Haube steckt?«, fragte Karlsson und lachte lange und dreckig, während der Maskierte auf der Leinwand das Toilettenfenster weit öffnete. »Ups, der Killer hat ja gar keine Beinprothesen, dann kann das wohl nicht Pistorius sein. Wer ist es dann?«

Auf dem Bildschirm sah Carsten, wie der Psychiater die Kamera zu sich drehte und hineingrinste. Dann machte er einen Schwenk zum Spiegel. Der Killer stand davor und zog sich langsam die Maske vom Kopf. Carsten konnte es nicht glauben, als er *sich* dort im Spiegelbild erkannte. *Das darf einfach nicht sein! Das kann nicht sein!* Er hatte Anna getötet. Man hatte ihn unter Drogen gesetzt und manipuliert. Er hatte die Frau ermordet, in die er sich gerade erst verliebt hatte. Die beiden Männer neben ihm grunzten diebisch vor Lachen, er wollte weiterweinen, doch es kam keine

Flüssigkeit von oben nach. Offenbar sollte er den körperlichen Schmerz ertragen. Wie hatte das alles möglich sein können, ohne sein Wissen?

Mit einem Grinsen im Spiegel, das Carstens eigenes war, schaltete der Clip ab, und der Bildschirm wurde schwarz.

»Sie fragen sich jetzt sicher, wie das sein kann, nehme ich an«, fuhr Karlsson fort. »Sehen Sie, Herr Kummer, ich bin nicht ganz der, für den Sie mich halten. Ich liebte schon immer mutige Studien. Angst behandeln will heute jeder Quacksalber. Ich aber kann es. Ich bin nicht verrückt oder mordlustig, ich tue dies alles für die Wissenschaft, die mir einmal sehr dankbar sein wird für meine Versuchsreihe. Natürlich hat das alles nichts mit der Nordseeluft zu tun, und auch nicht mit Antibiotika. Mich wundert, dass Sie so etwas glauben konnten. Ich arbeite mit Hypnosetechniken und helfe hier und da mit Medikamenten nach, wenn es sein muss. Bei den meisten klappt es auch so, dass sie mir aufs Wort gehorchen. Dann gebe ich hin und wieder Placebos. Wie bei Ihnen. Aber Sie sind so gut hypnotisier- und manipulierbar. Das ist schon außergewöhnlich. Meinen Glückwunsch dazu.«

Carsten versuchte krampfhaft, gedankliche Wut und Trauer beiseitezuschieben und logisch zu denken. Wann sollte denn Karlsson ihn hypnotisiert haben? Die Antwort folgte umgehend aus dem Kopfhörer: »Als mich Freesemann anrief, hatte der Sie schon mit seiner Ventilatortechnik in eine leichte Trance versetzt. Der Idiot ahnte nicht, was er mir da für einen guten Dienst erwiesen hatte. Als er mich anrief und ich ihm versicherte, ich sei doch auf der Insel, bat er mich rüberzukommen, um nach Ihnen zu sehen. Ich habe Sie in eine tiefe Hypnose versetzt, und Sie sind mir dann für ein paar Stunden gefolgt, na, sagen wir, ich habe Sie mir für eine Mordstudie ausgeliehen. Ich sagte Freesemann, ich müsste mit Ihnen zum Meer, an die Luft. Heilung, Linderung der Angst und so. Dieser Insel-Seelenklempner hat alles geglaubt. Und nun, Sie haben gesehen, wofür ich Sie gebraucht habe. Natürlich wird man Sie verhaften wie auch die beiden anderen Patienten, die neben Ihnen sitzen.« Der durchgeknallte Schwede machte eine Pause und sagte schließlich: »Carsten, Sie haben mit Ihrer Waffe geschossen. Die Beweise werde ich der Polizei liefern, aber erst in ein paar Tagen, vorher schauen wir uns noch gemeinsam Ihr Video an, bis Ihnen Wut und Angst auch gedanklich vergehen. Ich werde Sie also noch ein paar Tage schützen und Sie quasi offiziell bei mir zwangseinweisen lassen. Ich will Ihre Augen lachen sehen. Ist es nicht erstaunlich? Ich habe bewiesen, dass mittels Hypnose manipulierte Menschen bereit sind zu töten. Jeden umzubringen, auf jede Art und Weise, selbst Menschen, die sie lieben. Wenn ich das nur will. Die Erkenntnisse werden bei uns in Schweden ausgewertet und fließen in die Forschung ein, wenngleich natürlich vorerst nur eingeweihte Kollegen des streng geheimen Projektes *Schatten* Kenntnis erlangen. Auf dieser Grundlage werden wir Medikamente und Therapieformen entwickeln, die vielen Menschen helfen werden. Selbstverständlich sind sie auch ein Plädoyer für die Gefährlichkeit von Schauhypnosen und derartigem Schabernack. Ich hasse so etwas, das ist gefährlich und muss in Zukunft unterbunden werden. Meine Arbeiten und Techniken allerdings werden sich gut verkaufen lassen. Sie ahnen ja nicht, welche Geheimdienste unsere Projekte finanzieren. *Schatten* ist nicht die erste Versuchsreihe. Manchmal müssen eben Menschen dran glauben und mit ihrem Leben bezahlen, dafür dass die Welt ein Stück weit sicherer wird. Politiker sagen doch Kollateralschaden dazu. Eigentlich trefflich. Sie sind ein Kollateralschaden, Herr Kummer. Aber ich danke Ihnen, ich werde Ihren Fall in meiner Arbeit besonders würdigen. Für heute lasse ich Sie auch in Ruhe. Herr Freesemann wird morgen bei Ihren Kollegen Bescheid geben, dass ich Sie in eine Berliner Spezialklinik habe verlegen lassen, wegen Ihres Nervenzusammenbruches, weswegen Sie mich heute Nacht noch aufgesucht haben. Der Pförtner hat Sie ja gesehen und wird bestätigen, dass Sie sich hier wie ein Wahnsinniger aufgeführt haben. Keine Sorge, der Pförtner ist auch hypnotisiert und weiß, wie er das anstellen muss.« Der Psychiater lachte noch lange nach seinem grausamen Monolog, bevor er letzte Anweisungen erteilte: »Per Videobotschaft werden wir aber, wahrscheinlich in drei Tagen, Ihr Mordgeständnis aufzeichnen. Hey, Kummer, wie geht es Ihnen jetzt? Haben Sie Angst? Soll ich Ihnen etwas geben?« Karlsson lachte weiter: »Ach, Sie können ja gar nicht antworten. Mein lieber Pfleger Seitzew wird Ihnen jetzt ein Mittelchen spritzen und Sie bettfertig machen. Später bekommen Sie noch etwas zu essen, wir wollen ja nicht, dass Sie vom Fleisch fallen.«

Es knackte in den Lautsprechern. Carsten lauschte einer vertrauten Melodie: *Relax*. Es entspannte ihn sofort. Aber wie konnte das sein? In einer solchen Situation durfte er doch nicht relaxt oder happy sein? Was hatte Karlsson überhaupt mit dem Lied zu tun? Woher kannte er es?

Er sah Seitzew auf sich zukommen, mit einer Spritze in der Hand. Grinsend baute er sich in seinem engen weißen Kittel vor Carsten auf und nahm ihm mit einer Hand die Kopfhörer ab. Das Lied lief weiter. Es kam nicht aus den Hörern, es spielte in seinem Kopf.

»Kummer«, sagte jemand in seinem Kopf. Der Musiker von der Fähre. Herr Blank, Herr Jones? »Du musst es jetzt beantworten: Was macht denn ein Clown in einem Eisfach? Die Lösung ist doch einfach. Just relax!«

Er friert, dachte Carsten.

»Und ist es realistisch, dass ein Clown in einem Eisfach sitzt?«, fragte der DJ.

Nein, dachte Carsten und merkte es sofort selbst. Es war irreal, und wenn es nicht echt war, musste er träumen. Und wenn er nur träumte, musste er aufwachen. Doch wie sollte er das anstellen? Alles war doch so real. Oder doch nicht? Er erlebte einen Klartraum. Schlief er noch bei Freesemann auf dem Sofa? Seitzew beugte sich zu ihm herunter und klopfte auf seine Halsvene.

»Was macht jemand, der friert?«, fragte nun seine Tochter von irgendwoher.

Er zittert, schüttelt sich, dachte Carsten.

»Zeit aufzuwachen, Papa! Norderney braucht dich. Schlimmes passiert.«

Carsten spürte, wie Seitzew die Nadel in seine Haut stach. Ihm wurde eiskalt dabei, als würde ihm Frostschutzmittel gespritzt. Er begann zu zittern, er wollte zittern, musste es. Die Ketten hinter seinem Rücken zerrissen dabei auf der Stelle. Der Pfleger schaute ihn mit aufgerissenen Augen an und wich zurück. Carsten schüttelte sich noch immer, stand auf und schlug Seitzew mit aller Kraft mit seiner Faust gegen den Kopf. Doch er spürte keinen Widerstand. Die Hand flog einfach durch Seitzews Kopf hindurch. Der Pfleger schrie, aber Carsten hörte ihn nicht, seine Konturen lösten sich auf, er wurde immer blasser. Er sah aus wie einer der grauen Herren aus *Momo*, die anderen Menschen die Zeit stahlen und sich daraus Zigarren drehten. Wenn Momo ihnen diese wegschlug, lösten sie sich auf. So wie Seitzew jetzt, er war verschwunden, einfach weg.

Carsten drehte sich um. Auch die anderen Patienten lösten sich auf, zerplatzten wie Seifenblasen. Er sah jetzt, als sie sich auflösten, dass sie zu sechst im Raum gewesen waren. Die Stühle, der Fernseher, das gesamte Labor – alles verschwand.

Carsten schwebte in einem leeren Raum. Es war nicht dunkel um ihn herum, es war nicht hell. Er wurde eingehüllt in etwas, das nicht vorhanden war. Er dachte an das Nichts in der *Unendlichen Geschichte*, so musste es ausgesehen haben für die, die hineinfielen. Morlapeia. Michael Ende. War das das Ende oder der Anfang?

Vor ihm tauchten, wie auf einer Wand, lange Schatten auf, die sich langsam zu Konturen menschlicher Wesen formten. Deutlich erkannte er Seitzew mit Glatze, daneben King Denga mit seinen breiten Fußballerwaden. Anna mit ihrem großen Busen, den kleinen Bärlein, Rickmer. Der lange Lohmann, der ein Absperrband anbrachte, daneben Siebert und Julia, deren Zöpfe unter der Schirmmütze hervorragten. Dann über allen sich erhebend der Kopf Karlssons. Oder war es

Freesemann? Sie trugen dieselbe eckige Brille. Der Mann fasste sich an den Kopf und zog seine langen Haare einfach herunter. Es war Freesemann. »Kennen Sie Platons Höhlengleichnis?«, fragte er in seiner methodisch-philosophischen Art. Natürlich, er kannte es. Schatten an der Wand. Aber wenn er nur Schatten gesehen hatte und diese für real gehalten hatte, dann musste doch hinter ihm die Wahrheit zu erkennen sein.

»Wagen Sie einen Blick auf die Realität, bevor Sie zurückkommen. Sie werden sich später nicht mehr daran erinnern«, sagte sein Psychologe. Carsten dachte daran, sich umzudrehen, und so geschah es. Auf der anderen Seite seiner Höhle erhielten die schattigen Konturen ein Gesicht. Sie alle waren um ihn herum versammelt. Wie aus einem Filmzusammenschnitt traten sie nun abwechselnd hervor. Immer nur ein Ausschnitt im alles umhüllenden Nichts. Doch nicht alles war so, wie er es gedanklich abgespeichert hatte. »Ganz ruhig«, sagten Freesemann und Karlsson mit einer Stimme. »Das wird schon wieder.« Doch es war nur sein Psychologe, der sprach. Für einen winzigen Augenblick begann sein Gesicht zu flimmern wie in der Science-Fiction-Fernsehserie *Max Headroom*. Freesemann mit blonden Haaren und Schwedenbart. Psychologe und Arzt in einer Person.

Carsten sah sich selbst von außen in einem Bett liegen. Im Seehospital. Die beiden Männer über seinem Bett blickten einander an. Es sah surreal aus, beide drückten sich ihre Brillen fest auf die Nase und beugten sich zu ihm herunter. Dieses gemeinsame Nicken, Warnen und Blöd-durch-die-Brille-schauen nervte ihn.

Carsten kam sich vor wie ein Kleinkind in seinem Kinderwagen. Nur dass da zwei Väter auf ihn achtgaben. Aber es war doch nur einer: Michael Freesemann. Von Anfang an. Wie konnte ihm das entgangen sein? Steckte sein Psychologe hinter diesem – Carsten überlegte – Schauspiel? Der Mensch ist nur da ganz Mensch, wo er spielt?

Wer spielte mit ihm und warum?

Vor ihm tauchten grelle Blitze auf. Als sie verschwanden, sah er sich in seinem Bett. Er spürte innerlich den Wunsch aufzustehen, um sich umzusehen, wo er war. Dem Carsten im Bett gelang das nicht. Doch der, der nun außen im Nichts stand, konnte einen Blick auf das werfen, das sein Alter Ego umgab. Er erkannte allerlei medizinische Apparate. Er befand sich auf der Intensivstation. Sechs Betten standen da, in denen Männer lagen, die an Schläuche und an EKG-Apparate angeschlossen waren. Ihre Gesichter konnte er nicht erkennen, sie waren verwischt, und es war ihm, als trügen sie weiße Masken über ihren Gesichtern. Dieselben Männer, die vorhin noch mit ihm gefesselt im Gruselkabinett des Professors Karlsson auf den Folterstühlen saßen, von denen er aber nur zwei aus seiner Position heraus hatte sehen können. Sie alle hatten sich die abscheuliche Vorstellung anschauen müssen. Weiße Männer. Ja, wie die, die vor Dengas Villa in Hypnose den Tatort genossen. Die unbekannten Eisbären. Es waren Patienten. Wie er? Aber er war doch längst wach geworden nach seinem Unfall.

Blitze blendeten Carsten. Dann erkannte er eine Frau, sie beugte sich zu ihm herunter. Es war Anna. Aber sie trug nicht ihr gelbes Shirt, sondern einen weißen Kittel.

Aber das Lächeln, das erkannte er wieder. Das unbändige Gefühl des Vertrauens, des Umsorgt-Werdens durch diesen Menschen kroch in ihm herauf. »Wie geht es Ihnen denn heute?«, fragte sie, und: »Hören Sie mich?«, und: »Mein Name ist Anna Kelly!«

Carsten weinte innerlich, als er auf dem Schild, das sie auf ihrem Kittel trug, las: Dr. Anna Kelly. *Intensiv.* Die Intensivstation. Und er hatte sich noch gewundert über eine Mutter-Kind-Kurklinik mit dem Namen *Intensiv.* Jetzt erzählte sie ihm von ihrem Neffen Emil-Friedrich, der sicher auch Kelly mit Nachnamen hieß. Aber Carsten konnte nicht antworten. »Schade, dass Sie so abwesend sind, Sie wären sicher ein toller Gesprächspartner«, sagte Anna. Ja, das fühlte er doch auch. Das alles hatte er so schon gehört, nur in anderem Zusammenhang. Nein, nein, ich bin ganz da, wollte er protestieren, blieb aber stumm. Die Schatten an der Wand. Er spürte nicht mal das Bedürfnis, Anna anzufassen. Es fühlte sich so an, als wollte er es zwar, könnte es aber aus irgendeinem Grund heraus nicht tun. Genauso hatte es sich immer angefühlt, und nun wusste er, warum. Aber das würde ja heißen, er hatte Anna nie wirklich getroffen, also nicht, dass er mit ihr hätte reden können. Aber gab es sie denn überhaupt? War sie eine Ärztin? Laut Höhlengleichnis müsste er nun die Realität sehen. Aber warum wurde er dann nicht Teil von ihr? Er wollte Anna wiedersehen! Er liebte sie. Sie verschwand aus dem Blickfeld, Carsten konnte sie nicht aufhalten.

Wieder blitzte es. Danach tauchte Freesemann vor ihm auf: »Sie müssten das Krankenhausessen probieren können. Es gibt heute schwedische Köttbullar mit Preiselbeerkompott, ist das zu fassen?«

Blitze. In der nächsten Szene erkannte er Denga in einem weißen Kittel. Er beugte sich zu ihm hinunter, wusch und rasierte ihn. Dabei schnitt er sich in die Hände. Blut tropfte auf das weiße Bettlaken. Er wischte es weg, und da erkannte Carsten das Schild auf seinem Kittel: Elias Denga. *Intensiv.* Während er ihn weiterwusch, erzählte er von den großen Spielen aus der Bundesliga und Wettmanipulationen durch die Mafia. »Habe gehört, Sie sind Bremen-Fan, jo«, sagte er mit einem Grinsen im Gesicht. »Ich wollte mal Profifußballer werden, Mann.«

Jetzt trat Bärlein ins Bild und begann einen Streit mit Denga. Über was sie stritten, konnte Carsten nicht in Gänze verstehen. Nur Fetzen. Bärlein warf ihm vor, zu spät zum Dienst zu kommen, und wollte ihn bei der Direktion anschwärzen. »Zeigen Sie mal her Ihre Hände«, rief er.

»Machen Sie sich ruhig weiter lustig«, giftete Denga. »Mir macht so ein Zwerg keine Angst. Ich war auf der Dreizehn-Uhr-dreißig-Fähre.« Bärlein warf dem Mann Schlamperei und Lüge vor. »Dieses Wegschauen, wenn Sie überlegen. Und dann dieses direkt in die Augen schauen, wenn Sie jemand etwas fragt, das ist auffällig.«

Es zuckten wieder Blitzlichter im Nichts. Dann plötzlich schaute Bärlein Carsten an. »Denga kriege ich so oder so dran«, sagte er mit zornigem Gesichtsausdruck. »Wir beide sind doch ein ausgezeichnetes Team.«

Licht blendete ihn. Freesemann stand an seinem Bett: »Sie können sich nun entspannen, und nachdem Sie geschlafen haben und aufgewacht sind, ein neues Leben beginnen!« Er verschwand.

Carstens Augen schmerzten. Bärlein saß in einem Stuhl vor seinem Bett und sagte: »Ich konnte endlich meinen brandneuen Rapid-DNA-Profiler unter Realbedingungen testen.« Das Blitzlicht beendete die Szene.

Pfleger Seitzew mit Glatze stand neben dem Bett. Er fasste ihn ruppig an, Carsten spürte von außen den Schmerz, als er ihn hochhob, um das Bett zu machen.

Blitzlicht. Vor seinem Bett stritten ein Mann und eine Frau. Die Frau trug eine Art Servierhaube und schrubbte den Boden. Auf dem Kittel des Mannes, der aussah wie Hoteldirektor Hammerschmidt, las Carsten: *Gebäudereinigung Shina-Werke.* Hammerschmidt in Putzkluft schrie: »Es ist eine Katastrophe. Ich muss Sie bitten, noch zu bleiben, Frau Nicolescu.« Die Reinigungsfrau schluchzte.

Plötzlich stoppten die Szenen, Carsten drehte sich um. Auch die Schatten waren weg. Er hörte die Stimme seiner Tochter: »Was macht ein Clown in einem Eisfach? Zeit aufzuwachen, Papa. Schlimmes passiert auf Norderney.«

Carsten überfiel erneut die eisige Kälte. Er zitterte am ganzen Körper, warf sich umher. Dann war es ihm, als ob er von irgendeiner Kraft nach unten gezogen würde. Kurz darauf sah er sich auf einem Krankenhausflur, fiel durch den Boden hindurch und landete in einem Bett in einem Krankenzimmer. Er versuchte sich festzuhalten, stürzte aber auch durch die Matratze, durch den nächsten Boden und darunter in einen weiteren

Raum. Er schaute an sich herunter und blickte auf medizinische Geräte. Auf dem Bett, auf das er zuschwebte, sah er sich selbst liegen. Dort lag *er*, die Augen geschlossen, angeschlossen an ein EKG und an ein Beatmungsgerät. Inmitten des Raumes drehte er sich wie von Geisterhand gezogen, bis er sich waagerecht über dem Bett befand. Er glitt langsam nach unten, in das Bett, in seinen eigenen Körper. Er fühlte sein Herz pumpen, er fror nicht mehr, alles wurde warm. Er vernahm das bekannte saugende Geräusch. Er schlug um sich, dann öffnete er die Augen und sah den Schlauch, der aus seinem Mund führte, und die Beatmungsmaschine, von der das Sauggeräusch die ganze Zeit ausgegangen war.

»Willkommen zurück, Herr Kummer!«, hörte er seinen Psychologen sagen. Carsten drehte sich zur anderen Seite. »Wie war die Reise?«, fragte Freesemann. »Ich wusste, Sie würden es schaffen.«

19. Er ist wieder da

Rickmer hatte Kripo und Schupo in den Besprechungsraum bestellt. »Ich habe eine gute Nachricht, Carsten
ist aufgewacht.«

»Wow, das ist ja ein Wunder«, sagte Julia.

»Endlich«, sagte Bärlein. »Ich wusste es doch. Ich habe
die richtige Therapiemethode gefunden, indem ich ihm
von berühmten Kriminalfällen erzählt habe. O. J. Simpson, Barschel, Pistorius. Ich habe wohl seine Spürnase
geweckt.«

»Ich glaube nicht, dass das was damit zu tun hat«,
sagte Rickmer. »Freesemann hat mit der Hypnose
ganze Arbeit geleistet. Aber er lässt euch allen seinen
tiefen Dank ausrichten, dass ihr euch so rührend gekümmert und Carstens Geist auf Trab gebracht habt
und mit ihm über alles Mögliche geredet habt, außer
über die Ereignisse des letzten Sommers. Das gehörte ja
zu der von Freesemann angeordneten Therapie, von
der ihr alle Teil wart.« Er schaute die Männer der
Schupo an. »Danke euch beiden, Lohmann und Siebert,
auch ausdrücklich dafür, dass ihr Wache gestanden
habt und vor allem es geschafft habt, diesen Schmierfink Eberhard Sturm von der *Auricher Abendschau* von
ihm fernzuhalten. Der hatte sich ja ganz dreist auf die
Intensivstation geschlichen. Danke, Lohmann, dass du
ihn rausgeschmissen hast.«

»Ich tue nur meinen Job«, sagte Lohmann.

»Und natürlich gilt mein großer Dank auch Bärlein, der es wieder nicht abwarten konnte.« Rickmer schaute jetzt den Spurensicherer an. »Du hast dich ja wirklich am längsten und häufigsten mit ihm unterhalten und warst, wie ich hörte, sehr redselig mit deinen Kriminalgeschichten, der Beschreibung deines neuen Labors oder wie immer mit den Geschichten über deine Familie, deinen alten Job und das alles.«

»Freut mich, hoffentlich weiß er das noch alles«, sagte Bärlein.

»Ich wollte noch ergänzen«, sagte Rickmer. »Hast es gut gemacht, bis auf dass du es wohl wieder nicht sein lassen konntest, dich mit den Pflegern anzulegen, wie man mir berichtete.«

»Ich habe mich eben um Carsten gesorgt«, sagte Bärlein. »Es ist mein Beschützerinstinkt. Und, nun ja, ich musste auch mal in diesem Krankenhaus nach dem Rechten sehen, ich bin ja Chemiker. Und so ganz sauber erscheint mir das da nicht. Also die Pfleger, meine Herren. Sterilisation sieht anders aus.«

»Bärlein, komm schon«, sagte Julia. »Ich denke, die wissen, wie die ihre Arbeit zu machen haben.«

Bärlein lachte. »Na, immerhin bin ich nicht so blöd wie du, die versucht hat, ihn mit dem Geruch von Käsebroten, Pizza und irgendwas Vietnamesischem, was du sicher nicht mal aussprechen könntest, zurückzuholen.«

»Woher weißt du, dass nicht auch das dazu beigetragen hat? Außerdem habe ich dich doch gebeten, das nicht rumzuerzählen. Und Käse ist immerhin besser als Deo. Man kann ja nur hoffen, dass Kummer das nicht gegen seinen Willen ertragen musste. Nimm einfach mal weniger!«

»Ihr wart alle toll«, sagte Rickmer. »Keinen Streit bitte. Ab morgen können wir ihn besuchen. Aber nicht alle auf einmal. Wir gehen immer zu zweit. Er ist wohl noch etwas schlapp.«

»Ich freue mich, dass wir Kummer wiederhaben«, sagte Siebert.

»Und ich erst«, sagte Rickmer. »Nicht auszudenken, wenn er nicht wiedergekommen wäre. Nun wird er wohl die Kripo übernehmen können. Und sein Psychologe Freesemann sagte mir, ihm sei ein medizinisches Wunder gelungen. Er hat ihn nicht nur mit seiner Methode aus dem Koma geholt, sondern ihn womöglich auch therapiert. Wir wussten ja alle, wie sehr Kummer zu kämpfen hatte und dass er an Depressionen gelitten hat. Sollte die Therapie angeschlagen haben, dann bekommen wir den besten Kummer aller Zeiten.«

»Klasse«, sagte Julia.

»Und ihr solltet wissen, dass er sich an nichts erinnern wird. Kein O. J. Simpson-Fall. Keine Käsebrötchen, kein Deo, nichts.«

»Schade«, sagte Bärlein.

»Nein, gut«, entgegnete Rickmer. »Es wird ein totaler Neustart für ihn, den er auch braucht.«

»Wer geht als Erstes morgen?«, fragte Bärlein.

»Carsten Kummer ist voll ansprechbar, ist medizinisch untersucht«, sagte Professor von Langenau, der sich zum Kaffee mit Michael Freesemann in das kleine Café gesetzt hatte, das auf der Dachterrasse des Seehospitals geführt wurde. Bei Eiskaffee und zwei Stücken

Zitronenkuchen besprachen sie den wohl für sie beide außergewöhnlichsten Fall ihrer Karriere.

»Als Internist ist mir so etwas noch nicht untergekommen. Als wir ihn nach dem Badeunfall direkt auf die Intensiv haben bringen lassen und ihm das Wasser aus der Lunge gepumpt haben, sah es für mich nicht nach einer schnellen Genesung aus, eher danach, dass wir irgendwann die Geräte würden abschalten müssen. Von daher bin ich, auch wenn ich anfangs sehr skeptisch war, nun doch froh, dass ich Ihnen erlaubt habe, diese unkonventionelle Therapie anzuwenden.«

»Danke«, sagte Freesemann. »Ich war gerade noch mal bei ihm, auf seinem neuen Zimmer auf der Inneren. Er erinnert sich weiter an nichts. Nicht an seinen Unfall, nicht an unsere letzte Therapiestunde. Sein Gedächtnis setzt an dem Abend wieder ein, als sie, die Kripo Norderney, eine Pressekonferenz im *Hotel Kaiser* abgehalten hat.«

»Er hat sechs Tage geschlafen«, antwortete Professor von Langenau, nachdem er einen großen Schluck Eiskaffee durch den Strohhalm getrunken hatte. »Wenn ein Patient nach einer Woche aus einem Koma erwacht, ist das ein medizinisches Wunder. Und, tatsächlich: Seit gestern, um 22:22 Uhr, ist er wach. Witzig, so eine Schnapszahl, oder? Ob das wohl eine Bedeutung für ihn hatte, so im Unterbewusstsein?« Er schob sich ein Stück von dem Zitronenkuchen, den er mit einer Gabel aufgespießt hatte, in den Mund.

»Zahlen als Symbole beeinflussen unser Leben, auch das Unterbewusste«, sagte Freesemann. »Kann demnach also sein, aber das fällt auch nicht mehr in mein psychologisches Feld.«

»Wollen Sie mir denn jetzt mal erzählen, wie das funktioniert hat?«, fragte von Langenau. »Sie haben mich ja auch deswegen überzeugt, weil Sie meinten, einen Fehler gemacht zu haben, den Sie wieder ausbügeln mussten.«

»Ja, das hätte mir Ärger einbringen können«, sagte Freesemann. »Ich hoffe, dass Sie hier verschwiegen sind.«

»Da Sie kein Arzt sind, kann ich Sie auch nicht verurteilen. Außerdem habe ich ja selbst zugestimmt, da ich medizinisch keine Bedenken hatte. Also sprechen Sie ruhig frei und offen.«

»Wir hatten elf Therapiestunden, und nichts hat so richtig angeschlagen bei Herrn Kummer«, begann Freesemann. »Ich wusste aber, dass ich es, weil es eben mein Fachgebiet ist und ich davon überzeugt bin und auch für Carstens Situation als das Richtige angesehen habe, mit Hypnotherapie versuchen musste.«

»Was zuvor in Ihrer Praxis nicht geklappt hat, nehme ich an?«, fragte der Internist.

»Anfangs nicht. Er wollte sich nicht hypnotisieren lassen, hatte aufgrund seiner Vorgeschichte natürlich Angst vor Manipulationen. Also musste ich mich eines Tricks bedienen. Ihn hypnotisieren, ohne dass er sich darauf einlassen musste, heißt, ohne dass er es merkt. Anders wäre es nicht gegangen. Ich wusste, der Zeitpunkt, wenn er von der Verhandlung in Oldenburg käme, würde optimal sein.«

»Was haben Sie da gemacht?«

»Ich habe mir eine Perücke aufgezogen, eine Sonnenbrille und Kopfhörer und mich als ein DJ von Blank &

Jones ausgegeben. Eine zweite Leidenschaft von mir, müssen Sie wissen, das Schauspiel.«

»Und was sollte das bringen?«. Von Langenau schaute mit dem skeptischen Blick eines Schulmediziners.

»Ich hatte ihn in der Therapiestunde zuvor gebeten, etwas mitzubringen, das ihn entspannt. Wusste aber, dass es nichts geben würde. Da lag es nahe, ihm etwas an die Hand zu geben. Entspannungsmusik. Mir war klar, dass er die CD mitbringen würde. Was auch sonst? Und ich hatte gehofft, und nun ja, ihm das auch quasi aufgetragen, dass er sie schon vorher hört. Ganz offensichtlich hat die Musik seinen Geschmack voll getroffen. Er hatte angegeben, dass er sich besser fühlt, wenn er allein das erste Stück hört. Und da es offenbar, das habe ich festgestellt, eine Wirkung auf ihn hatte, konnte ich den Song als Trigger verwenden. Ich musste Herrn Kummer nur effektiv in Trance versetzen. Mit der Musik hat er sich fallen lassen, dann habe ich meine Ventilatoren aufgedreht, und er hat sie fixiert, weil ich immer wieder mit ihnen gespielt habe. Das habe ich schon oft erfolgreich angewandt. Nun, seine Trance wurde tiefer und tiefer. In den Momenten bekommen die Patienten nicht mehr bewusst mit, dass sie in Trance sind. Ich führe sie dann, und sie treffen im tiefsten Inneren ihres Bewusstseins ihre inneren Helden.«

»Oha«, sagte von Langenau, der sein Stück Kuchen mittlerweile verdrückt hatte und sich die Finger leckte. »Und was sind das für Helden?«

»Bei dem einen ist es der eigene Großvater, bei dem anderen ein Krieger, ein König, manchmal ein Tier. Bei Herrn Kummer war es wohl ein Clown.«

Von Langenau lachte.

»Kein Scherz«, sagte Freesemann und trank jetzt auch einen Schluck von seinem Kaffee. »Als ich ihn fragte, was er sieht, stellte er eine Gegenfrage, die da lautete: Was macht denn ein Clown in einem Eisfach? Ich erkläre mir das Eisfach so, dass er schon eine längere Zeit dem Wind meiner voll aufgedrehten Ventilatoren ausgesetzt war. Das muss er assoziiert haben mit einem frierenden Clown. Jedenfalls hat er gezittert. Warum aber ein Clown, das weiß ich nicht. Und das spielt auch keine Rolle. Ich kann mir die meisten persönlichen Helden nicht erklären.«

»Verstehe«, sagte von Langenau. »Erzählen Sie weiter. Essen Sie Ihren Kuchen nicht?«

»Nein, nein«, antwortete Freesemann. »Können Sie haben.« Er schob ihm seinen Teller entgegen.

»Danke«, sagte der Chefarzt und stach die Gabel in das Stück Kuchen.

»Jedenfalls war Herr Kummer mit diesem Bild für mich erkennbar in einer tiefen, entspannten Hypnose angelangt, und ich konnte mit ihm arbeiten und mit der Suggestion beginnen. Ich erfand einen fiktiven schwedischen Arzt, der angeblich gerade auf der Insel, hier bei Ihnen im Seehospital, an einer Studie arbeitet. Ziemlich genau hier, wo wir sitzen, im Übrigen.«

»Ist ja irre«, sagte von Langenau. »Gar nicht meine Welt. Aber ich höre aufmerksam zu.«

»Ich habe ihm erklärt, dass dieser Arzt gerade ein Wundermittel entdeckt habe, das Carsten aus seinen Depressionen holen könnte. In dem gelassenen hypnotischen Zustand, in dem er sich befand, hat er sofort zugestimmt.« Freesemann lachte. »Verstehen Sie? Er glaubt nicht an Hypnose, ist aber hypnotisiert und favorisiert ein Medikament, das es natürlich nicht gibt.«

»Ja, ganz witzig«, sagte von Langenau.

»Ich hatte eine Packung mit Medikamenten vorbereitet, die meine Tochter Stella vorher gebastelt hatte«, erzählte Freesemann weiter. »Sie hatte Vorlagen im Internet, konnte den Originalnamen des Medikamentes wegretuschieren – sie ist da sehr kreativ – und einen anderen draufschreiben. Sie schaut viele Filme und Serien, wissen Sie? Und hat sich den Namen *Shut* ausgedacht – von dem Film *Shutter Island*. Sie meinte, das passe zur Situation und eben zur Insel, hat einen kleinen Karton genommen und alles beklebt. Sah professionell aus, sie hat nur das N stehen lassen, was die Packungsgröße betrifft, das wusste sie wohl nicht. Also hießen die Tabletten *Shut N*.« Er schaute den Arzt an. »Wollen Sie auch noch meinen Eiskaffee? Sie starren da so drauf.«

»Nein, nein, ich bin ganz Ohr.«

»Carsten Kummer hat dann also die *Shut N* eingenommen und sich anscheinend gleich pudelwohl gefühlt. Es waren blaue Vitaminkapseln, die ich in Blistern aus einer anderen Präparatschachtel genommen habe. Ich wollte ihn bei nächster Gelegenheit aus der Hypnose holen. So lange sollte das ja nicht sein. Und ich war sicher, unter dem Einfluss der Musik und im Glauben an das Wundermittel würde er sich gesund fühlen.« Freesemann dachte an die Angst, die ihn überfallen hatten, nachdem er von Carstens Unfall gehört hatte. Selbst Placebos durfte er ohne Einwilligung des Patienten als Nichtmediziner nicht verschreiben. Auch nicht für Experimente, schon gar nicht in Kombination mit Hypnose. Deswegen hatte er zur Absicherung die Einverständniserklärung aus Carstens Haus gebraucht. Nun aber beschloss er, dies für sich zu behalten, solange niemand nachhakte.

»Ist es schwer, jemanden da wieder herauszuholen?«, fragte von Langenau. »Ich kenne mich da gar nicht aus. Was macht man, mit dem Finger schnippen?«

»Nein, ich bin ja kein Schau-Hypnotiseur«, sagte Freesemann, der irgendwie das Gefühl hatte, von Langenau wolle ihn nicht ganz ernst nehmen. Dennoch fuhr er fort. »Ich muss seine Suggestion aufgreifen, den inneren Helden. Er soll dann selbst erkennen, dass er in Hypnose ist, etwas tun, was sein innerer Held ihm vormacht – in dem Falle wohl frieren, um wieder herauszukommen. Klappt immer, wenn es angeleitet ist.«

»Ich verstehe«, sagte Langenau. »Aber dann kam etwas dazwischen?«

»Genau, in seinem euphorischen Zustand fiel ihm wohl ein, dass er mal wieder schwimmen gehen könnte. Und unter den Eindrücken der plötzlichen Genesung muss er dann an den Strand gelaufen sein. Es hätte alles gut gehen können, wenn da nicht ...«

»... dieser Hund gewesen wäre«, ergänzte der Arzt.

»Richtig, den wollte er retten und ist dabei selbst beinahe ertrunken. Warum das passierte, weiß ich nicht. Vielleicht hat ihn das kalte Wasser aus der Hypnose geholt. Was wir wissen, ist, dass er zum Glück gerettet wurde und dann hierherkam. Aus seinem Koma aber nicht aufgewacht ist.«

»Sie haben also Angst gehabt, Sie seien schuld an dem Unfall, weil Sie ihn quasi in einen Zustand der Euphorie versetzt haben, ohne dass er es wusste?«

»Das kann man wohl sagen«, antwortete Freesemann.

»Und so haben Sie ihn also therapiert, während er sich in Hypnose einerseits und im Koma andererseits befand?«, fragte von Langenau. »Kann man dann während eines Komas in Hypnose sein? Das wäre mir neu. Also, ich habe davon nichts gehört bisher.«

»Ich kann überhaupt nicht sagen, ob und was genau Herr Kummer mitbekommen und aufgenommen hat. Ich habe einfach gehofft, er würde aufwachen. Das hat nicht gleich geklappt, aber ich behielt die Hoffnung. Und um nun die, sagen wir mal, Wartezeit zu überbrücken, habe ich die Chance ergriffen und mit meiner suggestiven Therapie weitergemacht. Ich dachte, die Verarbeitung seiner Traumata könne dazu beitragen, dass er aufwacht.«

»Ziemlich genial«, sagte von Langenau. »Wenn das so geklappt hat.«

»Danke, Herr Professor.«

»Wie genau kann man sich das denn vorstellen?«, fragte von Langenau.

»Ich habe Carstens verurteilte Ex-Affäre Gesa erwähnt und seine tote Tochter Merle und meinte dabei einen winzigen, schmerzhaften Gesichtsausdruck in seinem Gesicht ausgemacht zu haben. Er reagierte also unterbewusst. Die beiden Gründe für seine Erkrankung verfolgten ihn bis ins Koma. Ich versuchte dann, diese Schlüsselreize zu löschen, indem ich immer sofort nach Erwähnung dieser Namen sein Lieblingslied

Relax einspielte. Sein Gesicht entspannte sich daraufhin, und er schien dies in seinen Koma-Traum einzubauen. Wir werden in den nächsten Wochen erleben, ob es klappt, ob er gesund ist. Ich glaube daran, denn er scheint im Moment, obwohl er noch schwach ist, bei guter Laune und erwähnt weder Gesa noch Merle. Das tat er ja ständig vor seinem Unfall oder – wie man will – vor meiner Hypnose.«

Freesemann trank einen Schluck Kaffee, von Langenau schaute auf die Uhr. Freesemann musste sich beeilen, wollte aber zu Ende erzählen, auch weil er selbst überaus stolz auf sich war. »Die Therapie klappte, folgte ich seiner Körpersprache. Ich musste ihn schließlich aufwachen lassen. Da hatte ich kein Patentrezept. Und wir werden aller Wahrscheinlichkeit nach auch nie erfahren, wie das letztendlich funktioniert hat. Wie er darauf kam, dass er träumt, dass er sich selbst rausholen kann. Seine Kollegen haben sich alle Mühe gegeben, um seinen Geist zu stimulieren. Mit allerlei Geschichten, auch Ihr Krankenhauspersonal war geschult und wusste, dass sie ständig mit ihm reden müssen, nur eben nicht über seine Vergangenheit.«

»Aber Sie müssen doch wissen, was Sie ganz zum Schluss gemacht haben. Was hat ihn, auch wenn Sie nicht bestimmen, was er innerlich gedacht hat, von außen so stimuliert, dass er dadurch möglicherweise sein inneres Rätsel hatte lösen können?«

»Das haben wir wahrscheinlich wieder Stella zu verdanken. Auch hier haben wir getrickst. Stella hat ihn mehrmals mit *Papa* angesprochen und ihm ins Ohr geflüstert, er müsse zurück ins Krankenhaus kommen, denn seine Hilfe als Polizist werde gebraucht. Zum

Glück kennt er die Stimme von Merle nicht, hat Merle ja nicht kennengelernt. Stella hat das ausgezeichnet gemacht, sogar die Sprechweise ihrer Freundin kopiert und auch inhaltlich, sie sagte, dass sie ihm verzeiht. Carsten machte sich wohl immer wieder Selbstvorwürfe, dass er nicht für Merle hatte da sein können. Wir haben ihm noch seine kleine Tochter Leefke auf den Bauch gesetzt, die ihm einen Kuss gegeben hat, ein schlaues Mädchen.«

»Dann ist er zu sich gekommen?«, fragte der Internist und schaute ein weiteres Mal auf seine Armbanduhr.

»Ein paar Minuten später. Da musste ich es versuchen. Ich stellte ihm die Frage, was ein Clown in einem Eisfach macht. Er schreckte hoch, schüttelte sich eben so, als würde er frieren, und rief, nein, schrie fast in den Raum: *Ein Clown friert. Ein Clown träumt.* Dann schaute er mich an und lächelte gleich. Wir hatten ihn wieder.«

»Ich freue mich für Sie und für uns alle«, sagte von Langenau. »Ich schaue später auch nach ihm.« Er stand auf. »Ich habe aber noch andere Patienten. Die Hitze, wissen Sie. Die Leute leiden darunter, vor allem die älteren.«

»Verstehe ich«, sagte Freesemann. »Dann bis bald.«

»Tschüss.«

Freesemann blieb noch eine Weile, um seinen Kaffee auszutrinken, er bestellte sich erneut ein Stück Zitronenkuchen. Gerade wollte er zu Hause anrufen, da setzte sich die ärztliche Leiterin der Intensivstation Doktor Kelly neben ihn. Auf ihrem Tablett hatte sie einen Eistee und eine Schale Obstsalat. »Ich darf doch?«

»Aber sicher, Frau Doktor.«

»Ich wollte mich nämlich auch bedanken. Ich kannte ihn ja nicht, bin aber froh, dass er zurück ist.«

»Lernen Sie ihn doch kennen«, sagte Freesemann. »Er ist ein ganz wunderbarer Mensch.«

»Ich habe das irgendwie gespürt«, entgegnete Anna. »Man kommt sich dann nahe, vor allem, weil Sie ja gesagt hatten, ich solle viel mit ihm reden. Habe ihm von meinem Neffen erzählt, über Musik und Filme, über Essen, sogar über Persönliches gesprochen. Es war irgendwie, als hörte er mir zu.« Sie lachte. »Und es kann auch erfrischend sein, mal so lange mit einem Mann zu kommunizieren, der einen nicht versucht anzubaggern.«

Auch Freesemann lachte. »Nun, Sie sind eine attraktive Frau. Ich kann Ihnen natürlich nicht versprechen, dass Carsten in seinem wachen und gesunden Zustand so ruhig und anständig ist, aber ich weiß, er ist von Grund auf ein guter Mensch. Sprechen Sie ihn mal an.«

»Werde ich machen«, sagte Anna. »Ich bin ja auch gerade erst aus Osnabrück hierhergezogen. Vielleicht kann Herr Kummer mir mal ein bisschen was von der Insel zeigen.«

»Der ist zwar auch noch nicht so lange hier, aber das kann er sicher. Er ist übrigens auch Single.«

»Das hat mir Stella – ich glaube, das ist Ihre Tochter – schon alles erzählt. Ich hatte das Gefühl, sie möchte ebenfalls, dass ich Carsten Kummer kennenlerne.«

»Ach, meine kleine schlaue Tochter Stella! Dann sind wir uns ja alle einig.«

»Ich denke schon.« Anna lächelte.

20. Der Knochenmann

Am folgenden Tag besuchte Freesemann in Begleitung von Stella und Leefke Carsten in seinem Zimmer. Zu aller Erstaunen und Überraschung schien er voller Lebensfreude zu sein. Pfleger Denga von der Intensivstation, der ihn besucht hatte, hatte ihm Diät-Cola zu trinken gegeben. Das erzählte Carsten als Erstes. Auf seinem Tisch stand ein Teller mit Resten seines Mittagessens. Er las in einer Illustrierten und hörte über einen Lautsprecher Musik. Freesemann ahnte, welche es war. Schon gestern hatte er ihm *Relax Mix Ney* empfohlen und ihm die CD hingelegt.

»Wie geht es Ihnen?«, fragte der Psychologe.

»Blendend, wirklich ausgezeichnet«, sagte Carsten. »Vorhin war auch Frau Doktor Kelly hier, die mich auf der Intensivstation betreut hat. Was für eine Frau. Eine Wucht! Ich glaube, sie heißt Anna mit Vornamen. Wir werden essen gehen, wenn ich hier rauskomme.« Als er Leefke auf Stellas Arm sah, rief er: »Mein liebes Kind, komm her.« Er klopfte auf seine Bettdecke. Leefke streckte ihren Oberkörper und die Ärmchen nach vorne. Sie erkannte ihren Papa. Stella setzte sie auf sein Bett, das Kind krabbelte auf der Bettdecke zu Carsten hoch, zog ihm am Kinn und stupste ihm mit ihrem kleinen Zeigefinger auf die Nase.

»Ihre Tochter hat Sie auch besucht, als Sie im Koma lagen«, sagte Freesemann.

»Ich weiß«, antwortete Carsten.

»Wie, das wissen Sie?«, fragte Freesemann. »Ich dachte, Sie können sich an nichts erinnern?«

»Eigentlich nicht, aber an das schon. Sie hat mit mir gesprochen, da bin ich sicher.«

»Das war ich, die ...«, sagte Stella.

»Psst!«, rief Freesemann und wandte sich an Carsten. »Sie meinen wohl, Merle hat mit Ihnen gesprochen?«

Carsten drehte seinen Song über die kleine Anlage etwas lauter. »Merle? Wieso das denn, die ist doch tot, dachte ich jedenfalls. Nein, nein, es war Leefke.«

»Aber Leefke kann nicht sprechen«, entgegnete Freesemann, der überaus erstaunt war, aber innerlich triumphierte, dass Carsten so locker den Namen Merle aussprechen konnte. Das war neu. Ein Erfolg der Therapie. Er war sicher.

»Konnte sie aber.«

»Was hat sie Ihnen denn gesagt?«

»Dass ich aufwachen soll«, antwortete Carsten und überlegte, während er Leefke anschaute, die ihm tief in die Augen blickte. »Irgendwas von wegen, ich müsse dringend aufwachen, weil ich auf Norderney gebraucht werde. Weil etwas Schlimmes passiert.« Er streichelte Leefke. »Das hast du doch gesagt, oder nicht?«

Leefke drehte ihren Kopf zu Stella und zeigte auf das Wimmelbuch.

»Sie will dir wohl wirklich was mitteilen«, rief Stella und legte Leefke das Buch auf die Bettdecke, blätterte für sie die Seite mit dem Spielplatz auf.

Angestrengt suchte das Mädchen, zeigte dann auf einen Hammer und einen langen Nagel. Beides hielt ein Bauarbeiter in der Hand, der so aussah, als wolle er damit gerade ein defektes Gerüstteil reparieren. Carsten staunte, als hätte er dies zum ersten Mal gesehen. Hat er wohl auch, dachte Freesemann, der wusste, dass Carsten sich auch an den letzten Besuch bei ihm nicht erinnern konnte. Vielleicht würde Morlapeia seiner Erinnerung auf die Sprünge helfen. Sie lag draußen vor der Tür im Kinderwagen. Er wusste, er müsste Carsten in den nächsten Wochen und Monaten genau beobachten.

»Was meint sie?«, fragte Stella.

»Lass sie mal«, sagte Carsten.

Alle beobachteten Leefke, die mit dem Finger über dem Buch kreiste, dann, nach etwa einer Minute, tippte sie auf ein Mädchen, an dessen linkem Brillenglas ein Pflaster klebte und das zu weinen schien.

»Was meint sie denn nun schon wieder?«, fragte Stella. »Ein Bauarbeiter und ein Mädchen? Will sie auf den Spielplatz?«

»Ich glaube nicht, aber wir werden es noch rausfinden«, sagte Carsten. »Toll, das mit dem Wimmelbuch, ich bin ganz erstaunt. Konnte es kaum glauben, als dein Vater es mir gegenüber gestern erwähnte. Das muss untersucht werden. Das ist doch nicht normal. Ein Phänomen!«

Nach einer halben Stunde verabschiedete sich der Besuch, versprach, bald wiederzukommen, und Carsten widmete sich erneut seiner Zeitung. Eine weitere halbe Stunde später klingelte sein Handy. Es war Bärlein, so entnahm er dem Display. Freudig ging er ran. »Bärlein, altes Haus, wolltest du nicht schon längst hier sein?«

Bärlein gab keine Antwort.

»Bärlein«, wiederholte Carsten. »Hey, Balthasar.«

»Ja, ich bin es«, sagte Bärlein und hörte sich alles andere als gut an. »Ich wünschte, wir hätten uns heute sehen können. Wir sind so froh, dass du zurück bist. Ich kann aber nicht kommen, keiner von uns wohl heute.«

Carsten erschrak. »Es ist dann was passiert. Was ist los?«

»Ich weiß nicht, ob wir dich damit belasten sollten, aber andererseits musst du es ja wissen.«

»Sag es mir«, rief Carsten. »Was ist los?«

»Du versprichst aber, dass du dich nicht aufregst und auf keinen Fall das Krankenhaus verlässt.«

»Ja klar«, sagte Carsten, der die Füße schon aus dem Bett gestellt hatte. »Was ist passiert?«

»Kennst du die Ruine der alten Nervenklinik aus dem 19. Jahrhundert?«

»Ja.«

»Dort hat heute jemand unter Stroh versteckt eine halb verweste Leiche einer jungen Frau gefunden. Und sie ist keines natürlichen Todes gestorben.«

»Ein Mord?«

»Man hat ihr eine Eisenstange durch das Auge ins Gehirn gestoßen. Es sieht schlimm aus. Totschlag, Mord. Ich fange jetzt hier an. Wir alle sind draußen.«

»Kennt man die Tote?«

»Man kann sie nicht mehr erkennen. Aber sie hatte ihren Ausweis dabei, wir haben sie gecheckt. Sie ist wohl eine prominente Bloggerin. Sie schreibt über *Dark Tourism.*«

»Dark was?«

»Das sind so Reisegruppen, die an gruselige Orte reisen, um sich einen Kick zu verschaffen.« Bärlein atmete hektisch. »Und weißt du was? Professor Hahn aus Oldenburg hatte mich vorgestern angerufen und mir verraten, dass seine Tochter eine Freundin vermisst, die so was in der Art hier bei uns machen wollte. Ich solle mal ein Auge auf so was werfen. Hatte ich natürlich für Spinnerei gehalten.«

»Scheiße«, sagte Carsten, dem auf der Stelle einfiel, was Leefke ihm im Buch gezeigt hatte. Ob das Zufall war oder sie seherische Fähigkeiten hatte, das sollte Freesemann rausfinden. Er jedenfalls wurde jetzt gebraucht. »Ich bin gleich da«, rief er in den Hörer.

»Nein«, schrie Bärlein, aber Carsten drückte das Gespräch weg, ging zum Schrank und zog sich an. Dann schlich er über den Gang zum Fahrstuhl. Er würde zu Fuß rübergehen, die Ruine stand ganz in der Nähe.

Nur zwanzig Minuten, nachdem Bärlein Carsten den geschundenen Körper der toten Sophia gezeigt hatte, griff der Mann, der in einem dunklen Raum saß, nach seinem Wegwerfhandy. Unter seinem gelben Bauschutzhelm war er ins Schwitzen gekommen. Nervös tippte er eine Nummer ein und wartete darauf, dass der Anruf durchgestellt wurde. Nach einigen Sekunden hörte er das Klicken in der Leitung.

»Ja?«, meldete sich eine tiefe, raue Stimme am anderen Ende.

»Es ist passiert«, sagte der Mann. Die Norderneyer Ermittler haben die Leiche gefunden. Sie sind jetzt am Tatort.«

Eine kurze Pause folgte, dann hörte er das Schnauben seines Gesprächspartners und seine Antwort: »Dann muss es jetzt schnell gehen. Ich rufe ihn an.«

Nachdem der Gesprächspartner die Verbindung unterbrochen hatte, wählte er nun seinerseits eine Nummer. Es dauerte nicht lange, bis die Verbindung aufgebaut war.

»Was gibt's?«, fragte Skeletor.

»Die Polizei hat die Leiche gefunden. Du solltest dich bereithalten. Es wird jetzt ernst.«

Skeletor lehnte sich in seinem Stuhl zurück, ein diabolisches Lächeln huschte über sein Gesicht. »Perfekt. Ich danke dir. Ich werde jetzt die nächsten Schritte vorbereiten.«

Er legte auf und holte tief Luft, bevor er sich in seinem Raum umsah, der von einem schwachen, flackernden Licht, das von mehreren Monitoren ausging, erleuchtet wurde. Skeletor zog die lilafarbene Kapuze von seinem Kopf und nahm die gelbe Knochenmaske vom Gesicht. Er warf beides achtlos auf den Boden. Am liebsten hätte er sich dieser langweiligen Garderobe vollständig entledigt, doch um keine Aufmerksamkeit auf sich zu lenken, würde er seinen Kanal noch viele Monate weiterbetreiben müssen. Doch in wenigen Minuten würde er zu jemandem anderen werden – einem wahren Monster. Skeletor öffnete eine Datei auf seinem Bildschirm. Er klickte auf »Upload« und beobachtete gespannt, wie der Fortschrittsbalken langsam voranschritt. Jeder Prozentpunkt brachte ihn seinem Ziel näher. Der Adrenalinschub, den er in diesem Moment fühlte, war unbeschreiblich. Es war längst nicht mehr die dunkle Befriedigung, dass er seine schärfste Konkurrentin und ihren nervigen Kanal *Sophia's Shadow Shows* losgeworden war. Vielmehr realisierte er, dass Dark Tourism ihn nicht mehr reizte. Es langweilte ihn förmlich. Mit seinem echten, kaltblütigen Mord würde er die Snuff-Szene, auf die er abzielte, im Sturm erobern und eine neue Ära des Terrors einläuten. Ein Signalton bedeutete ihm, dass das Video vollständig hochgeladen war. Skeletor stieß einen tiefen, zufriedenen Seufzer aus und lehnte sich zurück. Er konnte bereits sehen, wie die ersten Kommentare und Reaktionen voller Entsetzen und Faszination hereinströmten. Er schloss die Augen und genoss den Moment. »Das ist erst der Anfang«, flüsterte er. »Die Welt wird mich bald kennen. Und sie wird sich vor mir fürchten.«

Skeletors Hände zitterten vor Aufregung, während er die letzten Details überprüfte. Der Videotitel, die Verschlüsselung, der geheime Kanal – alles war perfekt vorbereitet. Dann stand der Youtuber auf und trat vor seinen Kleiderständer in der Ecke des Raumes und legte dort auch seinen Skeletor-Mantel ab. Darunter trug er bereits schon den weißen Kittel, der zu seiner neuen Identität gehörte – er konnte bereits spüren, wie sie sich mit jedem aufgeregten Atemzug in ihm manifestierte – wie eine zweite Haut, die ihn vollständig einhüllte. Skeletor zog die Silikonhaut des Nervenarztes auf und klemmte sich die altmodische Chirurgenmaske, die er im Darknet bestellt hatte, hinter seine Plastikohren. Seine Hände schlüpften in blutbefleckte Gummihandschuhe, die das Bild des verrückten Arztes perfekt abrundeten.

Doktor Eisenfels ging zu seinem Schreibtisch zurück und richtete die Webcam auf sich aus. Die Beleuchtung hatte er so eingestellt, dass sie sein Gesicht im Schatten hielt, während der Rest des Raumes in unheimlichem Licht erstrahlte. Er überprüfte ein letztes Mal das Bild auf dem Bildschirm und begann dann, die Aufnahme zu starten.

»Guten Abend, meine verehrten, verrückten Zuschauer«, begann er mit tiefer, bedrohlicher Stimme. »Willkommen auf *Real Crime Murders*, dem Kanal des Wahnsinns und des Grauens. Dem einzigen, der euch echte Morde präsentiert. Ihr habt richtig gehört: kein Fakescheiß. Heute präsentiere ich euch die neuesten Entdeckungen in den Ruinen des Lunatic Hospital Ney. Über meine Tat könnt ihr morgen in den Nachrichten lesen. Aber ich verrate euch heute schon, wie ich es gemacht habe. Und vor allem, zeige es euch.« Er lachte höhnisch, sprach dann weiter und erzählte von den medizinischen Praktiken und Experimenten des echten Doktor Eisenfels, der Norderneyer Legende, während er im Hintergrund unheimliche Musik in den Stream einspielte. Seine Hände gestikulierten theatralisch und seine Augen funkelten. Dann spielte er das verwackelte Video aus dem Lunatic Hospital ein. Mit Genuss sah er sich sein Werk ein weiteres Mal an. Er kannte inzwischen jede Bewegung, jedes Stöhnen, jeden Schrei, jeden Blutspritzer, der gegen die Kamera spritzte. Manchmal hatte er beim Ansehen des Filmes geglaubt, er habe den Mord selbst begangen. Eisenfels blickte noch einmal direkt in die Kamera und vollzog das geisteskranke Lachen, das er in den letzten Wochen bis zur Perfektion eingeübt hatte. Bevor er den Stream stoppte, um danach eilig die ersten aufgeregten Kommentare lesen und Likes zählen zu können, schwang er Metallstab und Hammer vor der Kamera hin und her.

Es waren die echten Tatwaffen, doch das wusste niemand.

Ein besonderer Soundtrack und Dank

Blank & Jones alias Piet Blank und Jaspa Jones zählen zu den erfolgreichsten deutschen DJs. Wie der Autor dieses Buches lieben die Musiker Norderney, wo sie seit vielen Jahren regelmäßig in der *Milchbar* auftreten. Beide waren sofort bereit, unterstützt durch ihr Management *Soundcolours*, im Buch mitzuwirken, sowie Titel und Songtexte vorbehaltlos zur Verfügung zu stellen. Das ist nicht selbstverständlich, aber das ist Norderneyer Kultur, die sich gegenseitig unterstützt. Danke!